THE STRANGER DIARIES
陌生人的日記

A DARK STORY HAS BEEN BROUGHT TO TERRIFYING LIFE.
CAN THE ENDING BE REWRITTEN IN TIME?

ELLY GRIFFITHS
艾莉·葛里菲斯 著
嚴麗娟 譯

獻給艾力克斯和茱麗葉。也獻給葛斯，我的伴侶動物。

第一部

克萊兒

1

「若您允許，」陌生人說，「我想說個故事。畢竟，路途遙遠，看這天色，一時也下不了車。那麼，何不說個故事，打發幾個小時呢？十月下旬的晚上，再合適不過了。

「您在那裡舒服嗎？不要擔心赫伯特，他不會傷害您。就是這種天氣，讓他很緊張。好，我說到哪兒了？來點白蘭地驅寒，怎麼樣？您不介意用我隨身帶的這個酒壺吧？

「嗯，我要說的是真實的故事。真實故事最棒了，您說對不對？更棒的是，這是我年輕時的親身經歷。我當時大概是您的歲數。

「我在劍橋念書，念的當然是神學。就我來看，沒有別的科目可以讀了，要說有，應該是英國文學吧。念神學，就是幫人做夢的。我在那裡念了快一學期。我是鄉下來的，個性害羞，算挺孤單的。我不屬於風雲人物——那些人戴白色的領結，從容穿過中庭，好像上帝給了他們什麼特權。我很少跟別人聊天，平日就是去上課跟寫作業，我交了一個朋友，跟我同年級的男生，他也有獎學金，滿羞怯的一個人，他偏偏叫作格傑恩❶。我每個星期都寫信寄給母親。我會去教堂。對，那時候我還是教徒。我算是滿虔誠的——我們習慣只說『信』。所以，地獄社邀我加入的時候，我吃了一驚。既驚又喜。我當然聽過這個社團。聽說過夜半時分的雜交，聽說過僕人進去打掃房間，被看到的景象嚇昏，聽說過出自《亡靈書》的神祕吟誦，聽說過埋起來的骨頭和裂開的墳墓。但是，還有其他的故事。很多成功人士的開端都在地獄社：政治人物，甚至有一兩個內閣成員，還有作家、律師、科學家、商業巨頭。你一定認得出他們，因為他們左邊的衣領上別了一個不仔細看還看不到的骷髏頭，他們的徽章。對，就像這邊這個。

「所以，受邀參加入會儀式，我很高興。入會儀式那天是十月三十一日。萬聖節前夕，沒錯。紀念諸位聖人的前夕。您知道的，今天是萬聖節前夕。相信巧合的話，會覺得不是個好兆頭。

「回到我的故事吧。儀式很簡單，定在午夜舉行。當然要在這個時候。我們三個新來的得進一間破房子，就在校園外面。有人輪流蒙上我們的眼睛，給我們一人一根蠟燭。我們要走到那棟房子，爬上一樓[2]，在窗戶前面點起蠟燭。然後要大聲叫，『地獄空蕩蕩！』愈大聲愈好。等三個人都完成任務，就可以摘掉蒙眼布，回到社友旁邊。再來會舉行盛宴，可以狂歡一番。格傑恩……我說了嗎？可憐的格傑恩也是其中一個。格傑恩很擔心，因為不戴眼鏡的話，他什麼都看不到。但是，我跟他說了，反正眼睛會蒙起來。人不用眼睛也看得到世界運作的方法。」

「那麼，」我說，「這裡怎麼了？」

---

❶ Gudgeon，意思是容易受騙的人。
❷ 一樓在英國是地面層，所以他們的一樓是台灣的二樓。

「不太好的事，」彼得說。

「不錯，」我說，在心裡告訴自己要冷靜。「為什麼會想到不太好的事？」

「嗯，」烏娜說，「設定不太好吧，萬聖節前夕的半夜。」

「有點老套。」泰德說。

「因為有用，才會老套，」烏娜說。「真的很陰森，天氣什麼的，都鬼氣森森。要不要賭他們搭火車的時候會下雪？」

「那就是抄《東方快車謀殺案》。」彼得說。

「《陌生人》的年分比阿嘉莎．克莉絲蒂早，」我說。「還有哪些地方可以看出這是什麼類型的故事？」

「敘事者讓人起雞皮疙瘩，」莎朗說，「他說『用我隨身這個酒壺喝酒，還有不要擔心赫伯特』。赫伯特到底是誰啊？」

「這個問題問得好，」我說。「大家覺得呢？」

「一個又聾又啞的人。」

「他的僕人。」

「他兒子。必須綁起來，因為他是瘋子，很危險。」

「他的狗。」

眾人哄笑。

「說老實話，」我說，「泰德說對了，赫伯特是他的狗。在鬼怪故事裡，同伴動物是很重要的概念，因為動物能感覺到人類察覺不到的東西。一隻狗死瞪著看不見的東西，是不是很嚇人？當然，大家也常說貓很詭異。拿愛倫坡的作品來說吧。很多人認為動物是女巫的妖精，幫她們執行黑魔法。不過，動物角色很有用，還有另一個理由。大家要猜猜看嗎？」

沒有人猜得到。現在是下午三、四點，快要下課了，他們心裡只想著咖啡和餅乾，不會想到小說的原型。我看看窗外。雖然才下午四點，墓園旁的樹林已一片漆黑。短篇故事真的應該留到黃昏時段，但是短期課程就是很難涵蓋所有的內容。該做個總結了。

「動物是消耗品，」我說。「作者為了製造緊張，說殺就殺。不像殺人那麼嚴重，但讓人心煩意亂的程度可能超乎想像。」

創意寫作班的成員哐啷哐啷下了樓梯，去找咖啡因，我暫時還不想離開教室。學校這一角感覺很奇怪。只有成人教育的課會在這裡上；教室太小、太怪，不適合教課。這間教室有壁爐，跟一張看起來很不舒服的油畫，畫裡的小孩像是拿著一隻死掉的雪貂。我可以想像七年級的學生會設法從煙囪裡溜走，彷彿二十一世紀的掃煙囪工人。塔爾加斯中學的活動幾乎都集中在新大樓，一棟一九七〇年代的怪物，外牆是玻璃板跟上了色的磚塊。這棟樓是舊大樓，以前叫作荷蘭屋，其實只是附屬建築物。裡面有餐廳、廚房及禮拜堂，還有校長的辦公室。一樓的教室有時候用於練習音樂或演戲。舊圖書館也在這裡，現在只有老師出沒，因為學生在新大樓有新的圖書館，裡面有電腦、扶手椅和放在旋轉架上的平裝書。頂樓是R・M・荷蘭的書房，禁止學生進入，仍保留當初的模樣。創意寫作的學生聽說《陌生人》的作者以前就住在這棟房子裡，都非常興奮。事實上，他很少出門。他隱居在此，很老派的那種，有管家和整組的僕人。要是有人幫我煮飯打掃，燙平了《泰晤士報》跟早上要喝的茶一起用托盤送上來，我應該也不想踏出門一步。不過我有個女兒，終究還是得起床。沒有我對著樓梯上頭喊現在幾點了，喬琪絕對不會起來，R・M・荷蘭應該沒有這個問題，儘管他可能真的有個女兒。這一點則是眾說紛紜，沒有定論。

現在是十月的休假時間，周圍沒有學生，一直待在舊大樓裡，很容易想像我在大學教書，在一個古老神聖的地方。荷蘭屋有些地方看起來就像牛津的學院，只要假裝旁邊沒有新大樓，鼻子也聞不到體育館的味道就可以了。我很喜歡這段屬於我自己的時間。喬琪在賽門那裡，赫伯特在狗狗寵物旅館。什麼都不用擔心，等回到家，我可以徹夜寫作，毫無阻礙。我正在寫R・M・荷蘭的傳記。十多歲的時候，我在鬼故事選集裡讀到《陌生人》，就一直對他很感興趣。來這裡申請工作的時候，我不知道他與這所學校的關係。廣告裡沒有提到，面試在新大樓進行。知道這件事的時候，就像個徵兆。我白天教英文課，晚上憑著環境給我的靈感寫荷蘭的傳記；寫下他古怪的隱居生活、他妻子的莫名死亡、他不見人影的女兒。開頭還不錯；附近的電視台甚至來採訪我，做了一條新聞，我笨拙地走過舊大樓，談論著這位以前的住客。不過，不知道為什麼，最近我覺得才思枯竭。每天都要寫，這是我給學生的建議。不要等靈感出現，可能寫完了才有靈感。繆思女神會發現你一直在努力。審視你的心，一直寫。但是我跟大多數老師一樣，不擅長採納自己的建議。我幾乎每天都會寫日記，可是這不算寫作，因為沒有讀者。

我想我應該趁著下課時間還沒結束，下樓去買杯咖啡。我看著窗外，站起來。天色漸黑，突然一陣狂風吹過樹木。樹葉乘著風吹過停車場，跟著樹葉走，我看到我剛才沒注意到的景象：陌生的車子，裡面坐了兩個人。不算特別異常。雖然是休假時間，這裡畢竟是一所學校；有訪客也不奇怪。甚至有可能是教職員，想把教室整理好，完成下個星期的規劃。不過那台車有點說不上來的地方，還有裡面的人，讓我心神不寧。灰色的車子，毫不起眼；我不懂車子的品牌，賽門應該說得出款式——很堅實，有種工匠的感覺，白牌車司機會選的那種車。但是，乘客為什麼就坐在那裡？我看不到他們的臉，兩人都穿著深色的衣服，感覺跟車子很像，平平淡淡又有一種威脅感。

真的就像我在等待某種召喚，所以手機響起時我也不覺得驚訝。瑞克．路易斯打來的，我們的科主任。

「克萊兒，」他說，「我要告訴妳一件很糟糕的事情。」

克萊兒的日記

二〇一七年十月二十三日星期一

艾拉死了。瑞克告訴我的時候，我不敢相信。然後，我聽懂了，第一個想到車禍或意外，甚至想到用藥過量。不過，瑞克說出「被殺」的時候，我以為他在說另一種語言。

「被殺？」我蠢蠢地重複他的話。

「警察說，昨天晚上有人闖進她家，」瑞克說。「今天早上，他們出現在我家門口。黛西以為我要被逮捕了。」

我還是拼湊不起來。艾拉。我的朋友，我的同事，我在英文科的盟友。被殺了。瑞克說東尼已經知道了。今天晚上，他會寫信給全體家長。

「會上報，」瑞克說。「謝天謝地，現在正好放假。」

我應該也會想到一塊去。謝天謝地，正好在放假，謝天謝地，喬琪在賽門那裡。但是，我又覺得很內疚。瑞克一定發覺到他的語氣不恰當，又說，「克萊兒，我很遺憾。」彷彿是認真的。

他很遺憾。老天啊。

然後我得回到教室裡，繼續討論鬼故事。課上得一塌糊塗。但《陌生人》一定能達成該有的效果，尤其是要下課時，天色已黑。最後烏娜真的尖叫了。最後一個小時，我給他們寫作的題目：「收到壞消息的情境」。看著低頭奮筆疾書的學生（「兩點半的時候，電報來了……」），我心想：要是他們知道發生了什麼事。

一回到家，我就打電話給黛博拉。她跟家人出門，還沒接到消息。她哭了，說她無法相信，等等，等等。我們三個上星期五才約過。瑞克說艾拉的慘劇是星期天的事。我記得那天傳了簡訊給她，提到《舞動奇蹟》的結果，沒有回覆。她那時候是不是已經死了？

教課的時候，還有跟黛博拉通電話的時候，都沒有那麼糟，可是現在我一個人，我有種……嗯，恐懼……的感覺，怕到全身僵硬。我拿著日記本坐在床上，不想關燈。艾拉人呢？他們把她的遺體帶走了嗎？她的爸媽得去認屍嗎？瑞克沒有提到細節，現在，我突然覺得這些事重要得不得了。

我就是不敢相信，我再也看不到她了。

2

我早早到了學校。一整晚沒什麼睡。惡夢連連，其實不是關於艾拉，而是在飽受戰爭蹂躪的城市裡尋找喬琪，赫伯特不見了，死去的祖父在看不見的房間裡呼喚我。赫伯特在狗狗寵物旅館過夜，可能因此才有那麼多焦慮的惡夢——可是我不需要他來把我吵醒，要吃的，要散步，要玩跳舞女郎。六點起床，八點前到了塔爾加斯。已經有幾個人到了，在餐廳裡喝咖啡，努力找人聊天。在休假期間，這裡都會舉辦幾項課程，我喜歡把學生跟課程配對：戴著奇特首飾的女人通常來織掛毯或做陶藝，穿著涼鞋留著長指甲的男人通常來學弦樂器。我的學生向來最不惹眼。教創意寫作就有這樣個好處——來上課的可能有退休的老師和律師、把一家人撫養長大後現在想為自己做點事的女性、相信自己是下一個 J.K. 羅琳的二十多歲年輕人。我最喜歡的學生通常已經上完了其他的課程，然後只因為創意寫作在課程清單上排在蠟燭製作下面，就選了我的課。那些學生總讓我很驚喜——也會讓他們自己很驚喜。

我從販賣機買了一杯黑咖啡，拿著咖啡走到最後面的桌子。感覺很奇怪，在這裡吃喝，進行例行公事，思索今天要教的課。想到我在一個沒有艾拉的世界裡，我依舊覺得不習慣。雖然我可能會說大學時代認識的珍和凱西是我最要好的朋友，但是我跟艾拉見面的機會絕對多得多——在學期間我每天都會看到她。我們會分享瑞克和東尼讓我們失望的地方，聊學生，聊小確幸，講牧師跟實驗室一名技師的勁爆八卦。即使是現在，我也想傳簡訊給她，很荒謬吧。「妳一定不相信發生了什麼事。」

「我可以坐在這裡嗎？」是泰德，創意寫作班的學生。

「當然可以。」我調整了一下表情，想表達歡迎。

在創意寫作的學生裡，說到難以分類，泰德是很好的例子。頂著光頭、身有刺青的他比較有可能去報名「木雕入門」，甚至去上「探索日式陶藝」。不過，他昨天提了幾個不錯的見解，而且謝天謝地，他並不想討論他正在寫什麼。

「昨天的課很棒，」他邊說邊撕開了一包餅乾，飯店房間提供的那種。

「很好。」我說。

「那個鬼故事，我想了一整晚。」

「效果相當好，對不對？R．M．荷蘭不算是最偉大的作家，但他的確知道怎麼嚇人。」

「他以前真的住在這裡嗎？在這棟房子裡？」

「真的，他在這裡一直住到一九〇二年。臥室在我們昨天那層樓。書房在閣樓裡。」

「現在這裡是學校，對不對？」

「對，這裡是塔爾加斯中學。荷蘭過世後，這棟樓改成寄宿學校，然後又變成文法學校。一九七〇年代成為普通中學。」

「妳在這裡教書嗎？」

「對。」

「妳會跟學生講那個故事嗎？《陌生人》的故事？」

「不會，荷蘭不在我們的課程裡。課程內容大多還是《人鼠之間》和《長日將盡》。我以前有一個GCSE[3]學生的創意寫作班，有時候我會講《陌生人》給他們聽。」

「一定把他們嚇壞了。」

「沒，他們很喜歡。青少年都很愛鬼故事。」

「我也喜歡。」他對我咧嘴一笑，露出兩顆金牙。「這裡感覺怪怪的。我敢賭這裡鬧鬼。」

「有幾個說法。有一個女人從頂樓墜落。有些人說是荷蘭的妻子。也有可能是他女兒。聽過學生說，他們看到穿著白色睡衣的女人飄下樓梯。有時候，眼角可能會瞄到一個墜落的形體。聽說還能看到血跡，就在校長的辦公室外面。」

「很適合你們的校長。」

「哦，他很年輕，也很時尚。完全不屬於狄更斯的時代。」

「真可惜。」

泰德把餅乾泡進茶裡，但這種餅乾不適合浸泡，一半落進了茶裡。「今天早上的主題是什麼？」他說。「昨天我把課程表留在教室了。」

「創造出難忘的角色，」我說。「下午則是時間跟地點。然後下課。抱歉，我該去準備了。」

我上樓，進了教室，要去確認整天的東西都準備好了，但是進了教室，我只能坐在辦公桌前，用雙手捧著頭。要怎麼度過這一天啊？

第一次遇到艾拉是五年前，我們來塔爾加斯中學面試工作。瑞克來迎接我們，他沒有透露英文科三分之一的老師在復活節學期結束時辭職，因此他得在短短幾個月的時間裡找到兩名有經驗的英文老師。不久以前，我在日記裡找到我對瑞克的第一印象，平凡到讓人失望。高，瘦，看起來亂亂的。瑞克是那種認識久了以後才會看到魅力的人——如果他有魅力的話。

「英文科真的很有活力，」帶我們參觀學校時，他這麼說。「學校也很棒，很多元化，精力充沛。」

那時候我們已經知道有兩個空缺，不需要競爭。我們對看了一眼，兩人都懂「很有活力」是什麼意思。這所學校快要進入無政府狀態。在最近一次審查後，塔爾加斯中學拿到「需要改善」的評等。前一任校長梅根．威廉斯戀棧不去，但過了兩年，只有十年教學經驗的東尼．史威特曼從另一所學校空降，把她幹掉了。學校現在的評等是「佳」。

事後，我和艾拉在教職員辦公室交換看法，陰鬱的辦公室位於新大樓，電器上貼了消極抵抗

---

❸ GCSE為普通中等教育證書的縮寫，學生通常選修九到十門科目，學程為期兩年，藉此充分了解自己的興趣與專長，並用GCSE的成績作為A-Level（普通教育高級證書）的依據。

的便利貼——「請幫忙清空洗碗機。每次都是我，不公平！」我們兩個與咖啡及一盤餅乾被留在那裡，等「小組」做決定。兩人都知道我們會得到這個職位。坐在對面的這個女人讓求職的前景沒那麼渺茫：長長的金髮，骨頭特別突出的鼻子，不美但充滿了吸引力。後來我才知道熱愛珍．奧斯汀的艾拉覺得自己很像伊麗莎白．班奈特。但在我心中，她永遠是艾瑪。

「妳為什麼想來這裡？」艾拉問我，拿了一枝筆攪她的茶。

「我剛離婚，」我說。「我想搬離倫敦。我有一個女兒，十歲了。我覺得住到鄉下可能對她比較好。離海邊也比較近。」

學校在西薩塞克斯郡。十五分鐘可以到濱海肖勒姆，日子好的話半小時可以到奇徹斯特。瑞克和東尼兩人頻頻提到地點。開車過來的時候，我極力去注意鬱鬱蔥蔥的鄉間，而不是窗戶破掉的美術教室，還有慘澹的中庭，裡面的植物都被帶鹽的海風吹死了。

「我也要逃離某個地方，」艾拉說。「我本來在威爾斯教書，但是跟科主任有了曖昧。很糟糕。」

我記得我有點嚇到，又有點感動，才剛認識，她就向我傾訴自己的祕密。

「我無法想像跟那個瑞克搞曖昧，」我說。「他看起來像個稻草人。」

「我要是有腦子就好了，」艾拉模仿《綠野仙蹤》裡的稻草人唱了起來，沒想到還真像。

但是她有腦子，而且她腦子很好，應該能看得出瑞克是哪種人。她應該聽從我的建議。

現在，來不及了。

晨間，我對學生講《陌生人》。

「鬼故事裡常有原型角色，」我說。「無辜的年輕男子、幫手、阻礙的人、討厭的女士。」

「我知道幾個，」泰德說，他的哄笑聲有些粗野。

「我不知道那是什麼意思，」烏娜說。「討厭的女士是什麼？」我發覺她習慣把這些事情弄得很繁瑣。

「哥德式鬼故事裡常見的角色，」我說。「想想看《黑衣女子》，或《簡愛》裡的羅契司特太太。她源自傳說故事，例如《巴斯太太的故事》，一個美麗的女人變成可怕的醜老太婆，或反過來。」

「我肯定碰過這種人。」泰德說。

我不想讓他岔開話題。過去這兩天，我們早就聽夠泰德的愛情生活了。「當然，」我說，「濟慈的《蕾米亞》也是一部傳說，裡面的蛇變成了女人。」

「但是《陌生人》裡面沒有蛇女。」烏娜說。

「沒有，」我說。「R．M．荷蘭在他的小說裡盡量不提到女人。」

「可是妳說他太太的鬼魂在這棟房子裡作祟，」泰德說，我暗暗詛咒自己，剛才吃餅乾時聊得忘我了。

「要聽。」好幾個人說。比較敏感的人打顫了，一種愉快的顫抖，秋天的太陽穿過窗戶照進教室裡，很難相信這裡有鬼。

「R．M．荷蘭娶了一個女人，叫愛麗絲．艾佛瑞，」我說。「他們住在這裡，就在這棟房子裡，愛麗絲死了，可能是因為跌下樓梯。她的鬼魂注定要在這裡走來走去。你會看到她滑過一樓的走廊，甚至飄下樓梯。有些人說，如果看到她，表示馬上會有死亡事件。」

「妳看過她嗎？」一個學生問我。

「沒看過，」我轉身對著白板。「現在，我們要做創造角色的練習。想像你在火車站……」我偷偷瞥了一眼手錶。再熬六個小時就好。

這一天似乎沒完沒了，感覺像好幾個世紀，有上千年那麼長。終於結束了，我對學生說再見，承諾會在《星期日泰晤士報》的文化版留意要推薦的書。我收起紙張，鎖上教室的門。然後，我用近乎衝刺的速度奔過碎石路，跑向我的車。五點了，感覺像半夜。學校裡只有幾盞燈亮著，風吹過樹木。我等不及了，我想馬上回家，倒一杯葡萄酒，想艾拉的事，最重要的是趕快看到赫伯特。

五年前，如果有人告訴我，我會這麼依賴一隻狗，我一定會笑出來。小時候，我從來不是那種喜愛動物的孩子。我在北倫敦長大，爸媽都是學者，我們只養過一隻貓，她叫美杜莎，很沒禮貌，對任何人都愛理不理，只愛我母親。但是，離婚並搬到薩塞克斯後，我決定喬琪需要一隻狗。養狗以後，就會有動力走進鄉間，出門散步，讓她少花點時間盯著手機。她可以對著狗狗無怨無悔的耳朵傾倒青少女的焦慮。我也會受益吧，養狗能保持身材，還可以認識其他遛狗的人。比讀書會好多了，讀書會的風險就是總有人建議要讀《列車上的女孩》。

所以，我們去了救援中心，選了赫伯特。或許該說其實是他選了我們，對不對？我想要一隻狗小的狗，碰到危急情況時可以一把抱起，但不要小到不像一隻狗。赫伯特的來歷不明，但救援中心認為他可能是凱恩㹴和貴賓狗的混血。事實上，他看起來就像童書繪本裡的插圖。白色版的《唐納森乳製品公司的毛茸茸麥克拉里》，在書頁上塗一些白色顏料，然後加幾條腿創造出來的生物。

當然，是我愛上了赫伯特。喬琪也非常愛他。她會帶他去散步，賦予他各種擬人化的情緒。「赫伯特碰到別的狗狗就很害羞。因為他是獨生子。」但我才是那個溺愛他的人，把我的煩惱都告訴他，讓他睡在我床上，還常常讓他進被窩。我愛他愛到有時候仔細一看，會相當驚訝他身上有毛。

狗狗寵物旅館（我知道有人不喜歡這種地方）的老闆安迪很高興看到我。他人很好，很喜歡聊天。不過，一看到赫伯特，一看到他快樂、寬容的毛毛臉蛋，我眼淚都要掉下來了。我把他抱進懷裡，付了錢給安迪，幾乎是飛奔著回到車上。我只想帶著我的動物好友回家。路上我去店裡買了葡萄酒和巧克力餅乾，懷裡的赫伯特在我耳邊喘氣。

我住在連棟房屋裡，兩層樓各有兩個房間，黑色的前門，鑄鐵的欄杆。只是，這排連棟房屋在鄉間，後方的白堊懸崖像一堵屏障。本來建給水泥廠的員工居住，但水泥廠現在已經荒廢（看不到外面的窗戶、生鏽的器械、夜間的風聲呼嘯著穿過鐵皮屋頂）。房子卻都留了下來，漂漂亮亮的，變成中產階級的住所，面對著草地，上有放牧的牛隻，堅決忽視背後如惡夢般的大工廠。我們已經習慣這棟房子了；去學校很方便，離斯泰寧不遠，那裡有幾家不錯的咖啡店，跟一家很棒的書店。但是，我偶爾會注意到那座工廠和那些裂開的窗戶，心想：怎麼會有人選擇住在這裡？

岔路的盡頭就是我們那排房子，看到門外停了一台車，我有點驚訝。需要驚訝嗎？一整天，我都有種不祥的預感。事實上，認出那台車的時候，我模糊覺得該來的還是來了。我停好車，把興奮的赫伯特抱下車，一個女人從車裡出來。

「哈囉，」她說，「妳是克萊兒．卡西迪嗎？我是考爾警長。我可以進去一下嗎？」

3

考爾警長個頭不高，黑髮往後梳成一條馬尾。她應該三十五、三十六歲吧，比我年輕十歲。瘦瘦小小，幾乎是少女的身形，但不知道為什麼，她散發出一種權威感，就像某些老師那樣。考爾警長身後是個男人，年紀比她大，已經有白頭髮，衣服不是那麼合身。他介紹自己是尼爾・溫斯頓警長。一雙警長，就跟電視上演的一樣。

赫伯特想撲向考爾，但我把他拉開了。上了無數的訓練課程，他依舊堅決地要讓我出醜。

「沒關係，」她說。「我喜歡狗。」

但她還是拍了拍自己的衣服。其實赫伯特有貴賓狗的血統，所以不太掉毛，但考爾警長不知道。她穿著黑長褲跟白襯衫，還有深色的西裝外套。便衣的打扮，但毫無特色，簡直像是制服。我確定她跟溫斯頓就是昨天停車場裡那兩個人。

「進來吧。」我說。我們走上小徑，穿過擦得很亮的都會風前門。我用一隻手拿起郵件，帶著訪客走向客廳。脫掉了牽繩後，赫伯特急急跑進廚房，對著不存在的目標狂吠。

「要喝茶嗎？」我問考爾和溫斯頓。

「不用了，謝謝。」考爾說，溫斯頓同時回答，「加奶，加兩顆糖。」

我把購物袋放到廚房裡，裡面的酒瓶噹啷作響，彷彿透露了某種罪行。希望考爾沒聽到。我一看就知道，她才是重點人物。我泡好茶，把餅乾放到盤子裡。然後我回到客廳，赫伯特跟在腳邊。

「我們在調查艾拉．艾爾菲克的謀殺案，」我坐下來的時候，考爾說。「據我了解，妳已經收到通知了？」

「對。瑞克．路易斯，我們的科主任，昨天打電話告訴我。」

「我很遺憾，」考爾說。「我知道妳一定嚇壞了，但我們要盡快跟艾拉所有的朋友和同事聊一下。我們想大致了解她的生活，找出誰做了這麼可怕的事。」

「我以為……」我沒說下去。

「妳以為什麼？」考爾說。

「我以為——我假設……凶手是陌生人。隨機攻擊。搶劫然後失手了。」

「大多數被害人死在認識的人手下，」考爾說，「我們有理由相信這個案件也一樣。」

「瑞克說艾拉是被刺死的……」

「沒錯，」考爾說。「被刺了很多刀。」

「天吶。」

一陣沉默。溫斯頓喝著茶，赫伯特輕聲嗚咽著。

「那麼，」考爾拿出了筆記本。「妳跟艾拉在塔爾加斯中學教書。對嗎？」

「對，我們都教英文。過去式。天吶。」

考爾靜靜等我恢復自制。

「我是第三階段❹的主任。艾拉是第四階段的主任。」

「第三階段是……？」

「七年級到九年級，十一到十四歲。第四階段是十年級跟十一年級，考GCSE的年級，大概是十四歲到十六歲。」

「那麼，妳們工作上的合作一定很密切嘍？」

「對，我們的部門很小，只有六個人。我們每個星期開會，艾拉跟我一起做工作計畫、追蹤進度、目標，就這些事。」

「妳們處得來嗎？」考爾問。她很自然地用了過去式，但是她不認識曾存在於現在式的艾拉。

「我們處得很好。」

「下了班會去社交嗎？」

社交。好奇特的用詞，用來描述我們的關係也太正式了：帶著赫伯特散步、一起吃得太多喝得太多、在臉書Messenger上聊《舞動奇蹟》聊個沒完。

「會。」我說。

「妳最後一次看到艾拉是什麼時候？」

❹ 第三階段的學生學習中學課程，例如數學、英文、科學等等。

「星期五晚上。我們去看電影，然後去吃飯。」

「就妳們兩個？」

「還有黛博拉・格林。她在塔爾加斯中學教歷史。」

「妳們看了什麼電影？」

「新的《銀翼殺手》。」我說。

「我也想看，」溫斯頓警長終於出聲了。「好看嗎？」

「有點長，」我說，「沒有第一部那麼好。」下半場我幾乎都在睡，只記得雷恩葛斯林很慢地走過雪地，一滴眼淚流過他的面孔。我真不敢相信，我們坐在這裡聊電影，而艾拉死了，躺在某個地方。

「星期天，艾拉有找過妳嗎？」考爾問。

「沒有。我在《舞動奇蹟》的結果出來前發了訊息給她，但是她沒回。」

「那時候是幾點？」

「七點吧。」

「妳整個晚上沒做其他事？就看電視？」

「看了一下。我也在準備星期一的課，我有一個創意寫作班。」

「整個晚上都是一個人嗎？」

「不是，我女兒喬琪也在。」

「整個晚上？」

「對。她基本上在自己的房間裡，不過都在家。」

「然後星期一，妳有創意寫作班？也在塔爾加斯中學，對不對？」

「對，放假的時候有成人教育。」

「妳女兒現在在哪裡？」

「去她爸爸那邊了。我星期一早上送她去車站。她明天回來。」賽門會開車送她回來，很好。只是我就得見到他了，很糟。

考爾跟溫斯頓互相瞥了一眼。這一定象徵要轉變語氣了，考爾在我凹陷的扶手椅上往後一靠，說，「艾拉是什麼樣的女人？」

看來，我一定要好好回答這個問題。艾拉是被害人，我不希望她要為自己的謀殺承擔指責，女性常常碰到這種事。考爾警長或許看似那種會穿印著「女性主義者就我這個樣」T恤的人，但我不信任她。她的問題在引導我說艾拉有性生活，因此必須對自己的死負一些責任。刺死。刺了好多刀。就這樣，我捲動滑過我對艾拉的記憶：複製、重播、刪除。

「她是個好人，」我說。「很聰明，很有趣。大家都喜歡她。」

但是，顯然有人不喜歡她。我繼續努力：「艾拉是個很好的老師。學生都很喜歡她。聽到這個消息，他們會難過死了……」

考爾似乎沒聽進去。「艾拉有男朋友嗎？」她問。

我就知道。「據我所知，沒有，」我說。

「前任呢？」

「以前有，」我很謹慎地說。「最近就沒有了。」

「她有沒有特別提起誰？」

「她提過以前威爾斯那所學校的人。叫布萊德利什麼的。」

考爾記了下來。「她從來沒提過有人騷擾她嗎？在臉書上跟蹤她？那一類的事？」

等一下我必須逼自己去看艾拉的臉書。但要先喝掉至少兩杯葡萄酒。

「沒有。」我說。

我以為他們會繼續問，沒想到他們站起來了，動作一致，彷彿回應著祕密的訊號。

「謝謝，」考爾說。「妳幫了我們大忙。」

「我很遺憾妳的好朋友過世了。」溫斯頓走出去的時候對我說。聽起來好像美國辦案節目的台詞。考爾則保持緘默，只停下腳步，堅定地拍拍赫伯特，讓他不要靠近她的長褲。

他們走了以後，我進廚房倒了一杯葡萄酒。倒酒的時候，我注意到剛才撈起來的郵件。有幾個棕色信封，看起來像官方郵件，先不看，而有一封看起來很不一樣，厚實的紙質是奶油色，貼著浮凸的郵票，來自劍橋的聖裘德學院。

我知道很荒謬，但我第一個想到喬琪。她才十五歲，還沒考試，劍橋的學院為什麼要寫信給我討論她的事？還有，雖然喬琪很聰明，毫無疑問，但她一心只想用最少的負擔輕鬆度過學校這幾年。我已經放低我的期望，從劍橋牛津，降到羅素大學集團[5]其他的學校，降到只要宿舍附衛浴的好大學。但我已經看到信上的字了，彷彿我已經打開了信封。「我們注意到……天賦極佳的學生……開放獎學金。」

但這封信並不是通知我們喬琪得到格頓學院的無條件錄取。不論如何，依舊很有意思。

親愛的卡西迪女士，

據我了解，您正在寫一本書，關於R．M．荷蘭的生活及作品。近期我碰巧得到一些信件，或許您會有興趣。若您能抽空來訪，我很樂意向您展示。十月二十三日開始的那週可以安排會面。

祝好。

亨利．H．漢米爾頓

英文系高級講師

[5] 羅素大學集團（The Russell Group）包括二十四間英國的研究型大學，類似於美洲大學協會。

我對著這封信看了好久。感覺是封來自十九世紀的信函，幾乎就是荷蘭本人寫來的。那個一本正經的中間名縮寫是維多利亞風。這個亨利．漢米爾頓到底怎麼找到我家的地址？我的電子郵件地址不是祕密，反正在學校的網站上，要猜的話也很好猜。這位語氣莊嚴的人士是這樣找到我的嗎？天啊，拜託，他不是看了那個節目吧！這位縮寫HHH的仁兄在YouTube看過我？而且他說的信件是什麼？珍貴到不能寄給我，甚至不能掃描？

我的手機嗡嗡作響。我希望是喬琪，結果是黛博拉。

「妳在家嗎？」她說。

「對啊，回來一個小時了吧。」

「我剛打電話給艾拉的爸媽。」

我也應該要打，但我不敢拿起電話。我見過奈傑爾和莎拉．艾爾菲克一次，他們感覺很和藹，很有教養。艾拉是獨生女。

「太可怕了，」黛博拉說。「能說什麼？什麼都說不出口。一個人最可怕的經歷莫過於失去自己的孩子。」

「沒錯，」我說。

「我哭了，反而讓她媽媽安慰我。我覺得我好糟。」

「妳打電話給他們，已經很好了。」

「我不知道，」黛博拉說，我可以聽到她吸了一口菸。那表示她一定站在花園裡。里歐不讓她在房子裡抽菸。「但是能怎麼辦？妳看了她的臉書嗎？」

「沒。」

「一堆人發了『願妳安息』或『天堂又多了一位天使』。很多人根本不認識她。拜託。」

我想到考爾警長問我有沒有前男友在臉書上跟蹤艾拉。

「警察剛來過。」我說。

「警察？為什麼？」

「看來他們要找艾拉的每一個朋友問話，下一個可能是妳。」

「天吶。我兒子應該會很興奮，門口來了兩名警察。」

「一個是女的，也是比較嚇人的。」

「他們知不知道凶手有可能是誰？」

「他們問起前男友的事。」

「妳怎麼回？」

「我說她這一陣子都是單身。」

「妳沒提到瑞克吧？」

「沒有。」

她又深吸了一口氣。我叫自己要堅強，繼續聽她下一個問題，但黛博拉只說，「我還是不敢相信。艾拉死了。被殺了。像一場惡夢。」

「或一本書，」我說。「我一直以為我是書裡的人。」

「妳總覺得自己活在書裡，」黛博拉說。「要來我家嗎？」

「不要。沒事。我有一瓶葡萄酒。還有赫伯特。」

「聽起來很完美。我馬上要去幼童軍那邊接我兒子，然後做晚飯。里歐出去踢五人制足球了。」

「家庭生活，對吧？」

「對啊，這個陷阱差強人意啦。明天要約嗎？」

「喬琪明天回來。」

「給我打個電話。看要不要一起喝咖啡。」

「OK，」我說。「拜。小心點，開車小心。」

我站著喝掉了一杯葡萄酒，又倒了一杯。然後點開了艾拉的臉書。

4

第二天，賽門在四點鐘出現，比預定的時間晚了三個小時。喬琪在路上發了訊息給我，所以我沒有站在窗邊等他們，不過還是很討厭。今天早上我跟黛博拉見面，買了東西，但是，如果賽門沒有這種奇怪的想法，認為從倫敦開車到西薩塞克斯郡只要二十分鐘，下午本來有時間做很多事。

「我以為你們一點就會到。」一見到前夫我就冒出這一句。

「喬琪發訊息給妳了。」他就這麼回。

「嗨，親愛的。」我抱了抱女兒。「玩得開心嗎？」

她也抱了抱我，就放開了，迎接赫伯特的時候倒是充滿熱情。

「我的小狗狗好嗎？小狗狗好不好？噢，上帝祝福他。看看他的小臉。」

她一把抱起他，滿頭滿臉亂親。賽門和我看著他們。我知道在這種時刻我們心裡想著同一件事（她對我們怎麼沒那麼熱情？），但我不想說出來。

「赫伯特真好命。」賽門終於開口了，他把喬琪的袋子從行李箱裡拿出來。

「要進來喝杯茶嗎？」我說。

他遲疑了一下。他其實不想跟我困在同一棟房子裡，但他可能想上廁所（他現在是攝護腺出問題的年齡)。

「快快喝一杯好了，」他說。「謝謝。」

他以為喝茶要喝很久嗎？我可不會幫他來一場日式的喝茶儀式。我跟在他後面走進屋子，發覺自己咬緊了牙齒。

他立刻進了廁所，在我把茶包放進水裡、做這件千辛萬苦耗時費力的工作時，他又現身跟我閒聊。喬琪帶著赫伯特消失到樓上。

「廚房看起來不錯。」賽門說。搬進來的時候，我把廚房整個換新了，確實不錯——閃亮的櫃門、花崗岩檯面、天窗、花園的景色。但賽門的話總是只說一半，我敢確定還有半句，因為他很不高興我有了夢寐以求的廚房。離婚時，我們賣了倫敦的房子，不過，因為賽門娶了一個相當富有的女人，他能在城裡買另一棟房子。我則被放逐到鄉間，所以我認為我至少該有花崗岩檯面吧。

「芙勒好嗎？」我決定反擊。我對賽門的老婆沒什麼惡意。事實上，我很同情她，嫁了一個會按顏色排襪子的男人。她是律師，跟賽門同行，不過她現在在家帶一個三歲大的孩子，另一個二十個月大。應該不太好玩，尤其是賽門從來沒想過要請育嬰假——他自認是個新好男人。

「她還好，」他說。「有點累，海洋還是不能睡過夜。」我不怪那個孩子，這個荒謬的名字很有可能造成了創傷。

「很辛苦。」我猜賽門已經逃到客房去睡了，他看起來睡得很飽。

賽門撥弄著鑰匙，這表示他有點緊張。「很遺憾，妳朋友碰到那種事，」他最後擠出這句話。「喬琪給我看了一些網路上的消息。」

艾拉的死已經傳遍所有的地方。報紙、電視、網路，飄浮在以太中。聽說臉書可以改成「紀念帳號」，讓死去的人能永遠留在虛擬空間裡；黛博拉說我們應該跟艾拉的爸媽提一下。

「大家都嚇到了，」我說。

「喬琪說這個艾利教過她。」

「艾拉。對，她是喬琪十年級的英文老師。」

「她也嚇到了。一直在唸。」

「可以說，她第一次跟死亡擦身而過吧。」賽門的臉色一變。「第一次應該是你爸，」我趕快補了一句。「我沒忘。不過德瑞克過世的時候，喬琪才三歲。現在是個荷爾蒙過剩的青少女了。」

「說到荷爾蒙，」賽門說，「她還在跟那個泰交往。」

「我知道，」我說。

又一個因緣具足的時刻，然後賽門說，「我想我們沒辦法規定他們不可以見面。」

「那應該弊大於利。」我說。

「有一段時間了吧，對不對？」

「差不多夏天開始的。對青少年來說，已經是天長地久。」

「妳是不是見過他？」

我早就提過了，不過我還是盡量保持耐心，「見過。非常討喜的男生。也很有禮貌。不過他二十一了。」

「她為什麼不能找個同學談戀愛呢？同年齡的人。那樣比較合理。

「泰比較酷吧，」我說。「他自己一個人住，有車。十五歲的女孩很在乎這些事。」而且他很帥，一身漂亮的肌肉，快從襯衫裡繃出來那種。這我就不跟賽門說了。

「好吧，可以的話，盡量把他們分開。」

我討厭賽門跟我說這種話，那兩個人每分每秒都可以用手機傳訊息，怎麼分得開？但我想到怎麼頂他了，完美。

「我星期五帶她去劍橋，」我說。「我要跟別人討論我寫的那本書，帶她去走走一定很好玩。」

我跟賽門是大學同學。布里斯托大學有一大群學生叫作「牛劍棄兒」，交往幾個月以後，我們才很不好意思地透露，兩人都曾被牛津或劍橋拒絕入學。我參加了面試，但沒有得到錄取通知，即使我真的達到了他們要求的成績。賽門被錄取了，但成績不夠。很難說哪個比較糟。一開始我其實不在乎。我滿喜歡布里斯托，光線對的時候，學校裡有些地方看起來很像牛津或劍橋，尤其是威爾斯紀念大樓。直到最近，我在寫書的時候，才注意到有多少人碰巧提到他們是牛津或劍橋的畢業生，作家、演員、學者都有。R．M．荷蘭在《陌生人》的第一頁就提到這件事。規則是：如果你從牛津或劍橋畢業，你得講明，不然就只說「我念大學的時候」。

賽門念法律系，第一年我幾乎沒注意過這個人。法律系都會成群行動，醫學系也是。我念英文系，忙著參加戲劇社和辯論社，還跟哲學系的塞巴斯汀談戀愛，我們的關係很不健全，超刺激的。第二年，過了耶誕節後開始新學期，我認識了賽門。那時我跟珍和凱西一起住。她們兩個先認識，都是很好的人，不過在那個年代，她們就是我們說的「斯隆人」，上流社會的女生，會把衣領豎起來，床邊擺著拉布拉多愛犬的照片。這兩個室友說到玩，就是辦晚餐派對；名廚迪莉婭的西班牙豬肉佐橄欖、奇揚第葡萄酒的瓶子當燭台、從左傳到右的大麻菸捲。她們也很愛成雙成對，所以雖然快分手了，我還是邀請了塞巴斯汀。賽門同來的女生是現代語言的學生。他看了一眼美耐板廚房裡的精心餐桌擺設，就哈哈大笑。我對上他的視線，就看對眼了。大家在喝酒抽大麻、玩真心話大冒險的時候，我們偷偷跑出去，在凌晨時分跑步穿過布里斯托，在波爾多碼頭邊停住腳步接吻，聽著港口裡的船隻叮噹作響。我們回到賽門在克利夫頓的公寓，在他鋪著黑色床單的床上做愛，床頭板上面貼著切．格瓦拉的海報。我們的感情如膠似漆，一直持續到大學畢業。二十三歲時，我們結了婚，賽門考過事務律師的考試，我完成教師訓練。我們是朋友中最早結婚的，如果你那時對我說，將來有一天光是看到賽門喝茶的樣子，我就會惱火到全身僵硬，我一定會嗤之以鼻。

一提到劍橋，果然激起了他的好奇心——我就知道。

「哦，妳還在寫書啊？」他就擠出了這個問題。

「對啊，」我說。「挺順利的。」

「那個寫鬼故事的作家嗎？」

「R．M．荷蘭，沒錯。」

「殺了他老婆的那傢伙？」賽門說，顯然自以為很俏皮。

「沒有人知道他是否殺了她，」我說。「我可能會在書裡解開這個謎題。他女兒怎麼了也是個疑問。」

「第一次聽說他有女兒。」

「這件事沒有人能確定。他在日記裡提過M，我覺得可能是他的私生女。不過她也死了，因為有一首詩的標題是〈願M安息〉。」

賽門誇張地抖了幾下，看了就一肚子火。「天啊，他是個巫師吧。真不敢相信他的東西還放在你們學校的閣樓裡。難怪那個地方就是陰陰的。」

我剛搬到薩塞克斯，在塔爾加斯中學找到工作後，賽門堅持喬琪要上附近的私立學校。儘管意識形態上我有異議（順帶一提，賽門以前也有這種意識形態），我同意了。雖然接下塔爾加斯中學的聘書，但我知道這所學校狀況不佳。那一年，喬琪的生活一團混亂，爸媽離婚，搬離倫敦，我們以為聖菲斯這所學生經過挑選的小型女校可以解決問題。喬琪恨死了那裡。她討厭那些女生，她們多半都從隔壁的預備學校❻畢業，她討厭那裡的制服跟囉囉唆唆的規定，什麼都討厭。才念了一學期，她變得抑鬱封閉，瘦到讓人擔心（聖菲斯很擅長的一項運動是減肥比賽）。八年級的時候，我讓她轉學到塔爾加斯，一般來說，她過得非常好。交了很多朋友，學業表現也不錯。賽門仍私心希望她穿著私校制服，拿著裝長笛的箱子。他要讓老虎和海洋變成那個樣子，我沒有意見（這些年來，他愈來愈能忍受奇特的名字，應該是芙勒的影響）。但賽門不能否認喬琪在這裡很開心，所以他最多只能說塔爾加斯中學是「藏汙納垢的普通中學」，以及批評學校裡那種陰鬱的氛圍。

「學生不准上頂樓，」我說，「今年GCSE的成績很不錯，在全國名列前茅。」

「喬琪要努力準備GCSE了，」賽門說，「不應該浪費時間跟二十一歲還遊手好閒的人來往。」

雖然有同樣的情緒，但是他一定得說出來，讓我很煩躁。還有，遊手好閒的人？賽門是不是活在七〇年代的情境喜劇裡？我一把抓走他的茶杯，開始清洗。

「你該回去了吧？」我說。

稍後，我跟喬琪一起看《實習醫生》的DVD（我們現在最親密的時刻都有腦部手術和心臟繞道手術陪伴），我問，「星期五要不要跟我去劍橋？」

❻ 預備學校提供小一至中二課程，一般接受七至十三歲學生寄宿。

喬琪的眼睛盯著螢幕，因為一名患了白血病的青少年，梅若迪絲和德瑞克正在情緒激動。

「去幹嘛？」

「我要找一個人聊我的書，但我們可以去吃午餐，在鎮上走一走。劍橋很漂亮。」

「妳要去找誰？」

「那個人有幾封R．M．荷蘭的信。」喬琪知道荷蘭是誰，我們學校的學生都知道，但她從來沒問過他的事。

她依舊看著螢幕，過了一分鐘，她說，「妳不會再碎碎唸，要我去申請牛津或劍橋吧？」

「我有唸過嗎？」

「不是很明顯的唸，」喬琪說，她看也不看手機，就開始在上面打字。「說誰跟誰的女兒上牛津或劍橋，在那裡過得多開心。什麼五月的舞會，一堆廢話。」

我沒發覺我唸過這些事，不過我在倫敦的朋友好像都有小孩在牛津或劍橋。有時候我會胡思亂想，搬到薩塞克斯是不是讓我們兩個的未來都毀了。

「我絕對不會再提這些事。」我說。

「好吧。泰可以一起去嗎？」

「不行，」我說。「這是母女時光。」

「少噁了。」喬琪說，不過她沒說不去。

克萊兒的日記

二〇一七年十月二十五日星期三

今天早上，我鼓足了所有的勇氣，打電話給艾拉的爸媽。我不覺得能接通。腦袋裡反覆排練，「我試過了。他們現在可能不願意接電話。打電話過去，說不定會打擾他們。還是寄張卡片好了。」但是電話響第二下時，有人接了。艾拉的母親，莎拉。我一說完自己是誰，「學校的克萊兒，」她就哭了起來。「噢，克萊兒。怎麼會這樣？」真可怕。我想說出得體的話來安慰她，但在這種情況下，怎麼說才得體？沒辦法得體。艾拉死了，她爸媽失去唯一的孩子。他們本來的期待——抱孫子，全家一起變老——都破滅了。我只能說我覺得很遺憾，問她喪禮怎麼安排。莎拉說，她想在塔爾加斯中學的禮拜堂舉行喪禮，我一時語塞。我當然說我會參加，又問她有什麼可以幫忙的，不過我什麼忙都幫不上。那才是問題。

打電話前，我到村裡跟黛博拉喝咖啡。她很難過艾拉死了，但又莫名地興致高昂，問起驗屍及刑事偵查的過程，彷彿這整件事是電視連續劇。我一直想到那兩個來找我的警探，考爾和溫斯頓。他們不是真的不友善，但也不怎麼和善。「大多數被害人死在認識的人手下，」考爾說，「我們有理由相信這個案件也一樣。」

他們在懷疑誰？

「世界上沒有什麼會永久隱藏」——威爾基．柯林斯，《無名》。

5

我們把赫伯特送到狗狗寵物旅館，準備一大早開車去劍橋。天氣很好，有陽光，氣溫涼爽，田野鑲著火焰般的秋葉。就連M25公路也感覺還可以。喬琪塞著耳機，我把收音機轉到BBC廣播四台。正在播報有關性騷擾的報導。我努力回憶有多少次受到別人不當的評論，在學校、在大學，跟在職場。數到兩位數的時候，我放棄了。喬琪拔下耳機，問還要多久。

「快了，」我說，斜眼瞟了一下導航，上面有預估的到達時間，一如以往地充滿希望。「大概一個小時吧。」

喬琪懶懶地躺進了座椅。我們在休息站停下來，買了飲料跟糖果，上了廁所，然後又上路了。車子開上M11，然後是名字超妙的沼澤堤道。土地不見了，只看得到天空和眼前的道路。我想起一名美國作家的話：「在堪薩斯州，過了好幾天還看得見那個跑走的人。」或許在這裡不會到好幾天，不過那個跑走的人要過好幾個小時才會消失在地平線上。我的外婆住在蘇格蘭高地，但她家在漁村裡，附近有店鋪，社區也算有規模。父親一有能力就離家了，逃到愛丁堡念大學，然後到倫敦工作。但我很愛蘇格蘭；在阿勒浦的房子裡留下了一些最快樂的回憶。這真的不尋常。即使是像這樣的好天氣，那裡的景觀依舊奇特而憂鬱；就是個很適合沉到海底的地方。

到了劍橋，問題來了。我找不到聖裘德學院，導航也放棄了，自言自語著「可以的話就掉頭」。最後我不得不停車問路，喬琪在座位上繼續往下縮。再一次繞過單行道，通過古老的入口與通道，瞥見了另一個世界。

聖裘德學院出現了，突然到像某種超自然現象。我踩下煞車，後面的車子大按喇叭，我急轉通過低矮的拱門，差點撞上腳踏車騎士。巨大到驚人的人形從警衛室冒出來，但看似我的名字在某個名單上，可以把車開進去，穿過祖母綠的方院，來到一個很小的停車場。

「漢米爾頓教授會在圖書館的樓梯旁等妳。」這是給我的訊息，我把車停在圖書館附近，回收垃圾桶旁邊，兩人下了車。

喬琪東張西望。停車場的三邊是矮小的都鐸式建築，鉛框玻璃窗在十月的陽光中閃閃發光。

「讓人起雞皮疙瘩。」喬琪說。

「不錯的雞皮疙瘩。」我說，也沒別的可說了。

圖書館在方院的對面。我們繞過草地，又來到另一扇矮門。我得稍微低下頭。或許不該來的，我不想得永久性腦震盪。前面是一道黑暗的石材樓梯，不知怎的令人生畏，不過左邊有個牌子「圖書館」，用了二十一世紀的字體，有種撫慰感。我正要推開門的時候，一個聲音說，「卡西迪小姐嗎？」

我轉過身。如果我要低下頭，這個人應該要折成兩半才進得了那個門。我身高一七八公分，但我得瞇著眼睛抬頭看他，他的頭幾乎消失在走廊的陰影裡。

「我是亨利．漢米爾頓。」一隻手伸了過來。

「克萊兒・卡西迪。」我調整了目光，看到亨利・漢米爾頓留了略長的深色頭髮，有種作曲家或詩人的感覺。四十多歲吧，他的臉在陰暗光線中能看到的地方很瘦，看似很敏感。身高應該超過一九〇公分。

「這是我女兒喬琪。」

喬琪緊張地握了手，嘟噥著打了招呼。

「妳們好，」亨利說。「第一次來劍橋嗎？」

「是啊。」喬琪說。

「希望妳們有時間去看看別的學院。跟國王學院或三一學院比起來，聖裘德學院只是條小魚。」

「很漂亮的小魚。」我說。

「不錯，」漢米爾頓說。「麻煩跟我去我的辦公室。我準備了咖啡。喬琪，我找一個大學部的學生帶妳參觀一下好嗎？」

喬琪氣呼呼瞪了我一眼，但沒有說話。漢米爾頓把她的沉默解讀成同意。

我們一起上了樓梯，他的辦公室門上標著「H・H・漢米爾頓教授」。他的朋友會叫他HH嗎？我開始亂想。辦公室很小，但可以看到方院的景色，以及周圍金黃色的建築物。不然，這間辦公室簡直是平凡到讓人失望：金屬書架、電腦、看起來像是宜家家居買的桌子。還好有咖啡機，托盤上擺了一碟餅乾。

漢米爾頓倒了咖啡，說他要暫時離開一下。回來的時候，他帶了個瘦高的紅髮男孩，臉上的痘痘微微發亮。「這是艾德蒙。我們看文件的時候，他可以帶喬琪去學院裡逛逛。」喬琪走出去的時候，我想告訴她小心點，卻忍下了這股荒謬的衝動。在這個讓人起雞皮疙瘩、哥德風的世界裡，她安全嗎？我也非常失望，艾德蒙這種型應該沒辦法讓喬琪對劍橋生活充滿期待。

「希望妳同意我的安排，」亨利．漢米爾頓說。「我只是覺得她可能會無聊。」

「沒問題，」我說。「我想讓她看看大學是什麼樣子。她才十一年級，不過也不算太早。」

「她想上劍橋嗎？」

「我覺得她應該還沒想過這些事。」

漢米爾頓微微一笑。「我中學畢業後，在一家薯條店工作，根本沒想過念大學。我們家沒有人上大學。我在準備包炸魚薯條的報紙，看到一篇關於劍橋的文章，鼓勵工人階級的孩子申請劍橋。我心想，『應該比在薯條店工作好吧。』」他有一絲北方的口音，我聽不出來是哪裡。不是賽門的家鄉紐卡斯爾，更軟一點。

「我爸媽都是學者，」我說。「他們會一直提上大學的事。真的沒有標準答案。」

短暫的沉默後，漢米爾頓說，「妳怎麼會想到要研究R．M．荷蘭？」

「他以前住在我教書的學校，」我說。「我當然早就看過《陌生人》，不過到他實際住過的地方，又不一樣了。我變得很迷他。很有趣的人物，沒有人寫過他的傳記。」

「《陌生人》是個很棒的小故事。」

「對啊，很適合上課用。」

「我也覺得。我對荷蘭所知不多，不過，拿到這些信以後，我也研究了一下。我找到一條新聞短片，妳在介紹這個人。」

我做了個鬼臉。「真不喜歡看到螢幕上的自己，不過我也沒上過電視。」

「我上過《大學挑戰賽》，」漢米爾頓說。「我們輸了，我媽唸了我一頓，因為我沒打領帶。」

「這些信怎麼會在你手上？」我說。「我知道荷蘭念的是彼得學院。」

「收信人是威廉・佩瑟瑞克。你知道嗎？《陌生人》裡的格傑恩就是他。」

「可憐的老格傑恩。」

「沒錯。不過，跟格傑恩不一樣，佩瑟瑞克並未英年早逝。他進了聖袞德學院，教神學。想要走上聖職的人都很想進這所學院。佩瑟瑞克也會作曲，我們有幾位讚美詩學者最近整理了他的作品，找到這些信。」他把桌上的一個透明信封推過來。我立刻認出了荷蘭難懂的字跡。取出紙張時，我雙手發抖。

「一開始，我們不知道羅蘭是誰，」漢米爾頓說，「但是，後來我記起了R・M・荷蘭的全名。」

「羅蘭・蒙哥馬利・荷蘭，」我說。我心癢癢，想趕快打開那些信。漢米爾頓一定懂這種心情，因為他說，「妳慢慢看。我有幾封信要回。」他轉向他的電腦。

一八四八年十一月

親愛的佩瑟瑞克，

謝謝你三號寄來的信。友誼的確是慢慢成熟的果實，我們的友誼現在肯定已經飽滿地掛在樹枝上。愛麗絲死後，我很沮喪，但是如你所說，瑪麗安娜一直給我安慰。即使如此，我真的很擔心她。困在一棟又大又空的房子裡，周遭一片荒涼，只有一個暴躁的老紳士作伴，真的不算生活。可憐的瑪麗安娜。願上帝保佑，她的名字不會帶來不祥之兆。但M真的是個天使，個性溫暖和善。儘管如此，我很害怕她繼承了母親的瑕疵。但是，我不會像個自私的老暴君，把她留在我身邊。我姊姊住在什羅普郡，我會把她送去，跟他們一家人住在一起。啊，但是時候未到。我需要她再陪我一陣子。

老友，謝謝你的體恤。我真的很渴望看到劍橋的石頭。

祝好。

羅蘭

下一張顯然來自一封比較長的信。

……出版界的低能兒。《飢餓的野獸》很難消化，沒錯，但文學及藝術價值一點不少。他們只想要更多用《陌生人》翻模出來的短篇故事，你知道我有多後悔寫了那本俏皮話。瑪麗安娜覺得《野獸》是我最好的作品，雖然她並不是文學評論家。但她帶給我不少安慰。

我想聽聽看你新編的垂憐經。我真想去劍橋聽唱詩班唱這首曲子。但是，你也知道，最近我很少出門。要是我……

沒了。我又把每張紙都讀了一次，抬起頭來，發現漢米爾頓正看著我，他深陷的眼睛是很深的顏色。

「這些……有意思。」我說。

「我本來就希望妳會覺得有意思。」他說。

「信裡提到的瑪麗安娜，」我說，「還有，暗示她是愛麗絲生的……」

「瑪麗安娜究竟是誰？」漢米爾頓說。我有點期待他會把兩手指尖靠在一起，弄出一個三角形，就像導師在問話的樣子。

「荷蘭結婚的對象叫愛麗絲．艾佛瑞，」我說。「她是女演員。不知道他們怎麼認識的，因為荷蘭很少離開薩塞克斯，愛麗絲死後，他幾乎連家門都不出。他在日記裡寫過愛麗絲的事。他一開始被她迷倒了，但很快就出了差錯。愛麗絲似乎精神不太穩定。荷蘭的說法是『歇斯底里』。維多利亞時代很常見的診斷結果，你應該也知道，而且一定是女人的問題。他們結婚才四年，愛麗絲就過世了。據他所述，她『墜落殞命』，我老想像她從荷蘭屋的樓梯上摔下來，那一棟是我們學校的老建築。荷蘭結婚跟愛麗絲的死都記在家庭聖經裡，但沒有提到瑪麗安娜。不過，在另一封信裡，他說，『我可愛的孩子瑪麗安娜』。然後有一首詩是〈願M安息〉，說到瑪麗安娜的死讓他有多哀慟。她可能只有十三歲。不過其他地方沒提過她，她也沒葬在塔爾加斯的墓園裡。」

「學校裡有一座墓園？」

「有。不准學生進入，不過你應該猜得到，大家都很愛去。」

「非法吸菸的完美所在。」

「還有其他那些。不過在這封信裡，荷蘭寫到瑪麗安娜繼承了『母親的瑕疵』。似乎在暗示她是愛麗絲的女兒。」

「說不定他真的把她送去什羅普郡的姑姑家了？」

「有可能。荷蘭的姊姊唐瑪西娜嫁給一個牧師，她沒有寫信或寫日記的習慣。不過他們家也有家庭聖經，裡面列出唐瑪西娜所有的小孩，包括嬰兒時期就死去的兩個孩子，可是也沒提到瑪麗安娜。」

「有點讓人起雞皮疙瘩，」漢米爾頓說，「他一直說需要瑪麗安娜陪著他。」

他說「雞皮疙瘩」，我真沒想到。不光是這個詞聽起來很不學術，還有喬琪剛剛才說過這所學院讓人起雞皮疙瘩。

「很奇怪，」我說，「不過那時候，荷蘭確實很奇怪。他吸了非常多鴉片，一直到他死為止。」

「那些人都很愛吸鴉片，」漢米爾頓說。「威爾基・柯林斯吸食的量很大，他的男僕收到柯林斯死後給他的贈禮，吸了一點點鴉片酊來慶祝，只有他主人每天吸食量的八分之一，結果死了。」

「還有《阿瑪代爾》裡的格威爾特小姐說：『是誰發明了鴉片酊？我全心感謝他。』」

「我沒看過《阿瑪代爾》。」

我有點得意，不過他的口氣好像他看過世界上的每一本書。「你應該找來看看，」我說。「書裡的女反派角色很棒。我聽過那個男僕的故事，我覺得很難相信。聽起來有點太威爾基・柯林斯了。」

漢米爾頓大笑。「有道理。《飢餓的野獸》是什麼？沒出版的作品嗎？」

「對。他的日記裡有一些關於這本書的筆記。書裡寫到一隻住在森林裡的野獸，偶爾會到山下荒涼的村落裡拖走年輕女性，把她們吃掉。只是不太確定，野獸究竟是動物還是一個瘋子，說不定就是敘事者。荷蘭說這本書是《巴斯克維爾的獵犬》及《化身博士》的交集。」

「手稿還在嗎？」

「不在荷蘭屋的文件裡，不過荷蘭在日記裡會引用這本書。他很愛引言。檔案裡也有幾封出版商的拒絕信。」

「那就是他在第二封信裡說的事？」

「對。這本書聽起來的確『很難消化』。有好幾段相當露骨。我看到的幾段有點像吸鴉片引起的漫長惡夢。但是，就像荷蘭說的，出版商只想要《陌生人》這樣的短篇故事。」

「而且他說他很後悔寫了那個故事。」

「對。他寫那本書的時候還很年輕，剛離開劍橋，住在倫敦的寓所。還沒繼承荷蘭屋。《陌生人》登在週刊上，後來收錄到鬼故事選集裡。荷蘭愈來愈不滿這個故事的成功。或許他很抱歉，讓格傑恩死了，特別是他還跟佩瑟瑞克一直保持朋友的關係。」

「友誼是慢慢成熟的果實，」漢米爾頓說。「對了，那出自亞里斯多德。我查過了。」

「不是很愉快的形象。果實最後不是乾枯了，就是爛了。」

漢米爾頓露出一絲驚訝的表情，彷彿他沒想過謙遜的布里斯托大學畢業生會提出文學評論。但是門開了，艾德蒙陪著喬琪回來。他含糊不清地說了再見，便離開了。喬琪看著他的背影，若有所思。

「謝謝你安排這次會面，」我站了起來。「我可以影印這些信嗎？」

「當然可以，」漢米爾頓說。「很高興能跟妳聊天。等妳找出瑪麗安娜發生了什麼事，可以讓我知道嗎？」

「等書寫好，我會給你一本。」我半開玩笑地說。

「那就太好了。」

我們在一家很不錯的純素咖啡廳吃了午餐，在幾所學院的公共空間逛了一下。喬琪說，劍橋的方院叫作庭院，看來她從艾德蒙那接收到的資訊就只有這樣。「那真的是學院的禮拜堂嗎？」喬琪盯著國王學院高聳的哥德式窗戶。「看起來像棟大教堂。」

「比塔爾加斯中學的禮拜堂大一點，」我邊說邊想到艾拉的爸媽想在那裡舉辦她的喪禮。塔爾加斯不屬於任何教派，但禮拜堂仍未廢除，多半用來舉辦婚禮。儘管現代風格的建築物令人望而生畏，但有些人真的會選擇在學校結婚，也是校方很需要的收入來源。我只是無法想像在那裡辦喪禮的情景，棺木抬上門口的台階，前來哀悼的人沿著走廊前進，牆上卻是GCSE的結果。不能再想了。不想了。

回家路上，喬琪問我信裡寫了什麼，我有點驚訝。以前她沒透露過對荷蘭有興趣。

「很有意思，」我說，「信裡提到那個神祕的女兒，瑪麗安娜。荷蘭說擔心她繼承了母親的瑕疵。」

「妳覺得是什麼瑕疵？」

「發瘋吧，我猜。」

「他太太那時候已經瘋了嗎？」

「可能還沒。那時候，女性如果得了產後憂鬱症，或違背丈夫的心意，就有可能被送進精神病院。甚至有的女人因為『讀太多小說』而被關起來。」

「那就是妳。」

我笑了。「女性常被診斷出得了『歇斯底里』。那個詞來自拉丁文的子宮……」

不過喬琪開始看手機，我感覺到我失去了聽眾。車子開上M25高速公路，我用隨意的語氣說，「妳對聖裘德學院有什麼看法？」

「OK啊，」喬琪說。「那個艾德蒙有點怪。他念古典文學，會划船。妳知道嗎，像電視上那種划船比賽。」

「我知道。」

喬琪突然咯咯笑了起來。「不過，我喜歡亨利教授。他喜歡妳。」

我忙著把車子橫過三條車道，等我可以開口了，我說，「什麼意思？」

「那個『那就太好了』。」——她裝出低沉、貴族的聲音。順便說一下，一點都不像亨利·漢米爾頓。「他想再約妳。」

「亂講。」但是，我不禁有些開心。我想到亨利認為我的書會有出版的那一天。那就是他習慣的世界吧，寫一本書，然後出版。在真實世界裡，可不是那樣。想到要寫R·M·荷蘭的傳記時，我聯絡了幾個經紀人，有一個人很感興趣。但我還沒拿到合約，有時我也覺得這本書永遠寫不完。我已經寫了大約六萬字，心情低落的時候，我覺得有五萬字是廢話。

再開了幾英里，喬琪說，「今天晚上可以讓泰來我們家嗎？」

我努力讓我的聲音聽起來很輕快。「我本來想兩個人安安靜靜在家就好。可以叫披薩。」

「泰喜歡吃披薩。」

我沒說話。

「明天不能見面，因為他要工作。」泰在村裡的酒吧工作。我應該要高興他有事做（不是「遊手好閒的人」），但也正因如此讓我不斷想起，他已經超過可以飲酒的法定年齡，甚至可以在酒吧上班。

「拜託啦，媽。」

「好吧，OK。」我說。

畢竟，沒有必要破壞今天的好心情。

泰很準時，在七點鐘到。他穿著皮夾克出現在我們家門口，我完全明白喬琪為什麼喜歡他。他很帥，是一種成熟的帥；深色的頭髮、有點鬍碴、肌肉非常明顯。我偷眼看著喬琪接過他的外套，問他想吃什麼口味的披薩。她看起來不是那種痴心女孩，但我希望就算她是，她也要裝酷，不能表現出來。泰說他的披薩要有鳳梨（對啦！），被她嘲笑了一番，但他只是懶懶地對著她咧嘴一笑，拒絕站起身來。我喜歡，我也喜歡他推辭了葡萄酒，選擇喝水。等披薩的時候，我問起他家裡的情況。他來自肯特，父母親死於車禍，然後由祖父母撫養長大（喬琪已經跟我說過這樁慘事）。

「我奶奶很酷，」泰說。「網路那些東西都有。她是銀髮網族，平日去圖書館上電腦課。」

「她幾歲了？」喬琪問。

「不是很老。七十五歲。」泰，加分。

「超老的。」喬琪，扣分。

我抗議了。「我沒有不好的意思，」她說，「老人呢，就是很有智慧。」

「奶奶總說我應該聽她的話，因為她有智慧，」泰說，「但是話說回來，她在Snapchat上追蹤金卡戴珊。」

那可不得了。我不太確定Snapchat是什麼東西。

披薩來了，我們邊吃邊看電視。慣常的星期五晚間主題問答節目，雖然泰沒聽過保守黨政治人物麥可．戈夫的名字（算他走運），不過說到伊恩．希斯洛普這名記者跟他主編的《私家偵探》雜誌，他的評論還滿好笑的。顯然不笨。泰和喬琪坐在沙發上，我讓赫伯特分享我的椅子。他對男性訪客總是很警惕，從瀏海下盯著泰的一舉一動，而泰似乎也有點怕赫伯特。

「小時候不能養狗，因為我過敏。」他說著就打了個噴嚏，彷彿要證明他說的話。

「過敏的人不用擔心貴賓狗的毛，」喬琪說。「比較像羊毛。」

「赫伯特是混血。」我說。不過，《新聞問答》快結束的時候，赫伯特終於同意讓泰拍拍他。

喬琪想看《葛瑞姆．諾頓秀》，因為今天的特別來賓是某個無腦的名人。我進退兩難。開了一天車讓我累壞了，我想寫日記，回顧這一天，回顧R．M．荷蘭的信件，還有跟亨利的會面。但是我不能把泰和喬琪丟在樓下吧。賽門會說絕對不可以。他會要我留下來，狠狠瞪著他們，最好頭上還戴著老太太的蕾絲帽。我下了決定，才不幫賽門幹這種爛工作。我道了晚安，上樓。有趣的是，這一次赫伯特沒跟著我。他留在客廳裡，或許因為壁爐裡還有火。不論如何，這樣也好，要是泰撲到喬琪身上，他一定會狂吠。我不願意想到撲倒，或任何青少年親熱時會做的事。我會覺得自己很老，很悲慘，還有點病態。我不想變成一名壓抑的母親——更糟的是變成嫉妒女兒的母親。但自從賽門離開我以後，我還沒有跟男人接過吻。我知道那是個人的選擇，但是，就在此刻，我覺得沒辦法安慰自己了。我想起考爾警長問我艾拉有沒有男朋友。我是不是該給不同的答案？告訴她真相，關於瑞克的事？

不管怎麼樣，有赫伯特在，就會有效果。《葛瑞姆．諾頓秀》還沒結束，泰就走了。我聽到他們在門口道別，沒有難分難捨，喬琪帶赫伯特出去最後一次解手。然後兩個寶貝都上樓來，準備睡覺。

我以為我很快就會睡著，但一整天的事件在我的腦海裡反覆排列：開車去劍橋、聚集在方院（庭院）周圍的古老建築、門上標著「H．H．漢米爾頓」的辦公室、信件、瑪麗安娜、《飢餓的野獸》。過了一會兒，我起身，開了燈。我到書架上，想找本讀了可以安心的書——幽默小說家伍德豪斯或喬潔．黑爾的羅曼史——卻看到我那本翻爛的丁尼生。荷蘭說他祈願瑪麗安娜的名字不會帶來不祥之兆。我快速翻查薄薄的書頁，找到了那首詩。

夜半時分，

行走著，她聽見了夜禽的啼叫：

天亮前的一小時，公雞高鳴：
從黑暗的沼澤，牛隻的叫聲
傳了過來：沒有改變的希望，
在睡夢中，她似乎走得很絕望，
直到冷風吹醒了灰眼的清晨
在圍繞著壕溝的寂寞農莊附近。
她只說了，「好沉悶的一天，
他不會來，」她說；
她說，「我好倦，好厭倦，
希望我已經死了！」

「黑暗的沼澤」讓我想起劍橋，在堤道上開車，道路是景觀中的最高點，兩邊都是平坦的田野。這一段很陰森：夜禽、黑暗、冷風和灰眼的清晨。荷蘭的女兒瑪麗安娜有這種感覺嗎？她也希望自己不如死了？我必須繼續挖掘她的資料。這可能就是我的突破，讓我的書得以出版。不過，更重要的是，我對這個似乎只存在於文字中的女孩有一種奇特的共鳴。荷蘭顯然很愛她，但他也擺出高人一等的樣子，「雖然她並不是文學評論家」。但是，或許瑪麗安娜很聰明，而且「個性溫暖和善」，或許她也是一名遇到障礙的作家……

我的窗簾沒拉緊，能看到月亮高掛在老工廠的上面，照亮了破掉的窗戶和鬼氣森森的塔樓。我起身拉上窗簾，就那麼一秒，在高高的堡壘上，玻璃上閃出了一道光，彷彿搖曳的燭火。然後又是黑暗一片。我又想到另一句丁尼生的詩，「四面灰色的牆，四座灰色的塔。」有種荒謬的感覺，彷彿有人看著我。我把窗簾拉緊，回到書櫃前。坐在我床上的赫伯特輕聲咆哮。「安靜點，」我告訴他。

我選了《春天的吉夫斯》，伍德豪斯的短篇小說，然後回到床上。赫伯特繼續盯著窗戶，搞他那種「通靈動物」的行為，很煩人。有時候我會後悔幫他取這個名字，跟荷蘭小說裡的那隻狗同名。我記得星期一對學生說，「動物是消耗品。」我為什麼會說這種話？

「沒事的，赫伯特，」我說。「那裡沒人。」我摸摸鍾愛的同伴動物，讓吉夫斯與伍斯特催眠我，他們戴著霍姆堡氈帽，在麗池飯店用午餐，研擬怎麼讓賓果・利特爾不會因為想要娶女服務生而失去財產繼承權。

克萊兒的日記

十月二十九日星期天

想到明天要去學校，就滿心畏懼。學生一定會滔滔不絕談論艾拉的事——有些人真的很難過，有些人則是酷愛那種話題性。這幾天去了劍橋，跟喬琪共度週末，我沒那麼常想著艾拉，可是現在她又回來了。我沒有夢見她，但是惡夢不斷。昨天晚上，我夢到在樹林裡，喬琪不見了，我必須扯下自己的頭髮，幫她開路。不需要佛洛伊德的解讀，我也知道那是一種深切的母性焦慮。是鵜鶘嗎？我記得有一種鳥，從自己的胸口扯下肉來餵下一代？我也會用我的肉來餵喬琪，不過我不覺得她會喜歡放了人肉的三明治。她一直在宣告要改吃素。

星期天是打電話給爸媽的日子，我打了。我不想告訴他們艾拉的事，不過他們應該在報紙上看到了（雖然他們只看《衛報》的藝術版）。媽似乎不太明白「謀殺」的意思。「她死了嗎？」她問了好幾次。「嗯，媽，她死了。」「她人真的很好，」母親說，似乎沒發覺好人確實常常被殺。他們兩人似乎都沒想到這件事對我的影響，我最要好的朋友兼最親近的同事死於非命。父親說「很驚人」，不過他聽起來沒有其他的話要說。母親說很令人難過，但立刻開始談起耶誕節的安排。我告訴她，我們只住一晚。一個晚上是我的極限，隔天是節禮日，喬琪應該會想去找朋友。我弟弟馬丁待的時間甚至不到一個晚上。他覺得他要「待命」。我肯定一定是藉口。據我估計，過去五個耶誕節他都在待命。

放下電話，隱約覺得不滿，每次跟爸媽打完電話都有這種感覺。不過不管發生了什麼事，我都過了快樂的幾天。昨天晚上，喬琪的朋友塔莎來我們家，我們一起看了萬聖節前夕的《舞動奇蹟》。我確實想起了艾拉，因為每次看這個節目我都會傳訊息給她。但昨晚很棒，就我們三個人跟赫伯特坐在沙發上，臭罵評委克雷格，幫強尼和蘇珊加油。女孩們毫不留情──「那個恰恰要多一點旋轉」──不過我很愛這一集，浮華閃亮，流行歌曲改編成大型樂隊的演奏。有一度我也納悶亨利．漢米爾頓會怎麼看這個節目。對他來說可能太低俗了，不過他跟我想像中差得遠了，不是留著白鬍鬚的學者。喬琪說他「喜歡」我。我喜歡他嗎？有一點吧。他很有魅力，有點美國總統林肯的風格，我也滿高興能認識一個真的聽過荷蘭、似乎也對他有興趣的人。

喬琪今晚跟泰出去。沒明說做什麼，「去布萊頓找朋友。」沒有理由禁止她出門，不過我嘀咕了一下作業的事，要她保證十點前會回來，因為明天要上學。十點了，我希望她會回家。起碼泰有車，她不會在公車站冷到發抖。不過，話說回來，車子又給人各種新的擔憂。我忍不住想，泰可能喝醉了，或嗑了藥。嗑到嗨了，現代版的鴉片，跟威爾基．柯林斯一樣。我為什麼還是放不下對泰的疑心？是吧，他對喬琪來說年紀太大了，但他似乎很理智，星期五他沒喝酒，而且也比我預期的更聰明。就是，他有點費解；我覺得我看不到真正的他，因為他戴著一個帥氣和善的面具。但他不是那種嗑了藥還開車的人吧。他爸媽死於車禍，他說不定開車超小心的。儘管如此，我還是能想像他在海岸邊的公路上一路急轉彎，放著音樂，喬琪在旁邊大笑，兩個人都不注意前面的路況。我要不要打開地方電台，或上Google查「西薩塞克斯郡車禍」？不要吧。感謝老天，我聽到她開門的聲音。

6

車子一穿過學校大門，就能感覺到裡面的氣氛。學校的入口是荷蘭屋時代留下來的，相當雄偉，鑄鐵大門，兩邊有石獅子，但今天車道上擠滿穿著藍色運動服的青少年，女生的短裙在腰部捲起來，怪異地變成不修飾身材的迷你裙，也有蔑視校規、穿著黑色牛仔褲的男生。他們讓路給我的車子，但我覺得他們一直瞪著我看，推來推去，指指點點。我可以想像他們在說，「卡西迪老師來了，她跟艾爾菲克老師是好朋友。」

前座的喬琪幾乎是水平躺在椅子上。

「讓我下車。」她說。

我停車，她跳出了車子。不到幾秒，她就隱沒在藍色的人群裡。我繼續把車子開到舊大樓前面的停車場。瑞克要在上課前召開部門會議。他必須找我們開會，我知道，但我滿心恐懼。我拿起提袋，裡面塞滿了期中考的成績，我直視前方、快速通過大樓的主要入口。

英文科的教職員辦公室在舊大樓的一樓，圖書館旁邊。夏熱冬冷，但起碼天花板很高，還有垂直推拉窗，不像理科辦公室在地下室，看不見自然光。不過，今天推開門的時候，整個地方籠罩著哀傷與震驚。維拉和艾倫靜靜坐在沙發上，安努許卡滿臉淚痕，瑞克站在辦公室中間，一臉無助，彷彿剛講完話。藍色的扶手椅上坐著一個陌生人。我看不到他的臉，但我猜是代課老師，來接手艾拉的課程。

維拉看到我，走過來抱了我一下。她個子很小，頭頂著我的下巴，髮髻逸出的髮絲弄得我鼻子癢癢，感覺很奇怪。此外，我們其實不是習慣身體接觸的一群同事。我們處得很好，學期末會聚餐，但我們不擁抱、沒有團隊情誼、不聊情緒。所以感覺很奇怪，站在公告欄旁邊，小個子的維拉抱著我，年僅二十五歲的安努許卡在背景中啜泣。最後，維拉放開了我，我們坐到沙發上，艾倫的旁邊。他沒有流淚，但他拿著「老教師不死」的馬克杯，可以看到他的手在顫抖。

「東尼打算怎麼辦？」他問瑞克。「安排團體治療？」艾倫個性守舊，跟東尼合不來。從他的聲調聽來，東尼不管做什麼都不對。

「他今天會召集學生，跟他們講話，」瑞克說。「會安排心理諮詢。」

「心理諮詢！」艾倫哼了一聲。不過我知道，他跟艾拉相處融洽。他們常在一起講彼此才聽得懂的笑話，也公開表示對東尼的鄙視，討厭他的新時代成長思維文化。

「我贊成，」安努許卡說。「孩子們一定覺得心碎了，他們都很喜歡艾拉。」

「我們的心都碎了，」瑞克說。「但我們要想辦法撐過去。現在，我跟大家介紹一下，唐這個星期會代艾拉的課。唐很有經驗，我們很幸運能請到他。」

唐確實看起來經驗豐富，但也不一定都是好的經驗。他可能五十多歲吧，看來不自然的深色頭髮已經開始稀疏，皮膚很鬆弛。

「很遺憾，在大家很難過的時候來到這裡，」他說。學生一聽到他的聲音，應該就會分類到

「上流口音」，另一個類別可能是「同性戀」（我跟他們說過很多次，這是性向，不是罵人的說法）。

「克萊兒，」瑞克轉向我。「妳接第四階段的主任，立即生效。這個星期我們再開一次會，討論GCSE的預測成績。」

瑞克已經通知我這件事了，我只能點點頭。實際上是升職，但我當然感受不到喜悅。

「維拉接第三階段的主任，」瑞克說。「我知道我們會一起度過這個難關。」

「我們要不要……你知道的……幫艾拉做個什麼？」安努許卡問。「種一棵樹，或用她的名字成立獎項？可以紀念她的東西。」

「東尼會準備弔唁冊，」瑞克說。「她爸媽想在學校的禮拜堂舉行喪禮，我們可以在那個時候紀念她。不過我們英文科可以做點什麼的話也不錯，讓我想想。」

「耶誕劇呢？」維拉說。

耶誕劇一向是艾拉負責的。今年的劇目是《恐怖小店》。瑞克的表情更慘了。

「我確實想過取消，但東尼覺得我們要想辦法提振士氣。克萊兒，妳可以跟安努許卡一起負責嗎？」

安努許卡的頭抬高了一點。「我們會演出一場好戲，來紀念艾拉，」她說。「克萊兒，可以吧？」

突然之間，我看到艾拉站在我面前，清晰如畫，兩隻手插在腰上，面孔掩在頭髮後面。「妳得到了我的工作，」她說，「妳也得到了我的耶誕劇。妳要接收我的人生嗎？」眼前的景象清晰到我必須揉揉眼睛，才能消除。

「克萊兒？」瑞克看著我。

「不好意思，」我說。「沒錯，我們會用舞台來紀念艾拉。」

「我們永遠不會忘記她，」維拉說。「她會一直陪著我們。」

我開始相信了，她真的一直在這裡。

要出去的時候，瑞克攔住我。我覺得他看起來很嚇人：兩眼發紅，脖子上爬出一道皮疹。

「妳還好嗎？」他問。

「喔……你知道的……」我一直告訴七年級的學生不要把「你知道的」當成標點符號，但有時候很好用。

「警察找過妳了嗎？」

「他們星期二來過我家。」

「他們有沒有……」瑞克左右張望了一下，彷彿有人要他比劃「鬼鬼祟祟」這個詞。「他們有沒有問到海斯的事？」

我瞪著他，真不敢相信他敢問這個問題。「沒有。」我說。

瑞克用手梳了梳頭髮，他的頭髮已經豎起來了。「要是他們問起，拜託別提到我跟艾拉的事。我知道她什麼都跟妳說，妳們兩個之間沒有祕密，對吧？」

噢，祕密多著呢，我很想告訴他。不過，我當然知道他跟艾拉的私情——如果可以用「私情」來形容的話。

「你跟艾拉有什麼事，是你們的事，」我說。「我不會告訴別人。」

「謝謝妳，」他說。看到他鬆了一口氣，我覺得好尷尬。「只是……黛西現在不能受到刺激。」

雖然說這句話的人是瑞克，我還是覺得好低級。

「結束了，」他說。「在夏天的時候，我跟艾拉就結束了。」

夏天也不是很久以前的事，而且在那之前，瑞克曾說要是我不跟他上床，他就自殺。一股怒氣湧上來，我自己也覺得驚訝。

「你說了算，」我說。「我要去集會了。」

「克萊兒……」瑞克向我伸出手，但我避開了。走出辦公室的時候，我聽到急促的呼吸聲，他好像哭了。

學校裡沒有大到容納得下所有人的空間，所以東尼把學生分成兩批來發表談話。我去了高年級的集會，五百名青少年擠在體育館裡，懸在東尼頭上的籃球框像天使的光環。

他講得不錯。他說，我們永遠不會忘記艾拉，認識她，我們的生命變得更美好。雖然艾拉未得善終，但我們要記得她活著的樣子，還有她為這所學校帶來的光明與歡笑。「你們將要踏上人生的旅途，」他說，「把艾爾菲克老師和她代表的價值觀放在心裡。」坐在我旁邊的艾倫聽到「價值觀」的時候翻了個白眼，但很多學生熱淚盈眶，我的眼睛也有點濕了。九年級到十一年級的學生陸續離開，艾倫說，「說到每個人走上什麼他媽的旅途，真噁心。為什麼這些日子以來，從來沒看過誰到了目的地？」

「我覺得還好啦，」我說。「要講這些話也不容易。」

東尼走下草草搭設的講台，朝我們走過來。他四十多歲，身材保持得很好，持續運動和節食。從學校周圍的塗鴉來判斷，有些學生覺得他「很有型」。他的姓氏「史威特曼」是「甜人」的意思，也有很多人拿來開玩笑。不過就我看來，他的兩隻眼睛靠得太近，微笑的頻率也太高。不過，他現在臉上沒有微笑。

「講得很好，」我說。「真的不容易。」

東尼揉了揉眼睛。「一場惡夢。我好幾天沒睡了。警察今天會來。他們要找艾拉的導生談話。我必須取得家長的允許，很多人還沒回覆。」

「為什麼不肯？」我說。

「妳知道這裡的家長是什麼樣，有些人自己就跟警察打過交道。」

他說的沒錯。這一區多半是中產階級，不過大多數富裕的家庭會把小孩送到聖菲斯之類的私立學校。本校很多學生有所謂的「複雜問題」。

「很多人可能被警察惡搞過，」艾倫上鉤了，接住東尼的話。「誰能怪他們不想讓警察約談自己的小孩？」

「謀殺案件調查，」東尼說。「大家都願意幫忙吧。」

「為什麼？」艾倫說。「他們為什麼願意幫忙撐起這個系統？」

「因為他們的老師被殺害了。」東尼提高了聲量，又面帶愧色地四處看看。「艾倫，別跟我談學生的馬克思主義。」

「接受偵訊滿痛苦的，」我說。「我沒想到會那麼難受。」

「我們找了心理諮詢師待命。」東尼說。

「教職員也有嗎？」

東尼瞪了我一眼，彷彿在說「不准原地崩潰」。「克萊兒，沒事吧？」

「我很好，」我說。我不會有事，我一定要堅持下去。「我該去上課了。」

第一堂課是十年級的學生，這是他們第一年的GCSE準備。這堂課本來要上《人鼠之間》，不過，無可避免地，我們一直提到艾拉。我的課程進度或學習目標都沒有達成，但這確實符合了學生的要求和需要。

「我剛來塔爾加斯的時候，艾爾菲克老師對我好好。」

「你們記得嗎？老師跟學生比籃網球的時候，她打扮成神力女超人。」

「才藝比賽的時候，她唱了《彩虹之上》，你們也記得吧？」

「她好漂亮。」

「好親切。」

「她的頭髮……」

「她的聲音……」

「她是我們學校最棒的老師。」

她活著的時候，你們說過這些話嗎？我心想。但我知道，青少年認真的時候非常真誠。在這一刻，他們確實很敬愛艾拉，確實滿心悲傷地懷念她。不過，就像東尼說的，他們的人生才剛開始。這件事會過去，應該會過去。這群男孩女孩紅著眼睛，多愁善感，在意的只有當下。再過幾年，甚至只是再過幾個月，他們可能就想不起來艾拉叫什麼名字。

最後，我們回歸主題，討論《人鼠之間》裡科里的妻子。我記得她也被謀殺了，作者史坦貝克甚至沒寫出她的名字。

「她的紅洋裝有什麼含義？」我問學生。

「紅色代表危險。」一個人說。

「熱情的顏色。」另一個人說，引起了幾道口哨聲。

「她穿得很正式，」戴著眼鏡的喬許·布朗說，一位很認真的學生。「住在牧場裡的人通常不打扮，或許作者要引導我們以為她想誤導男人。」

「喬許，『誤導男人』是什麼意思？」我說。我想到考爾警長問起艾拉的男朋友。就是這樣；一個女人被殺，就因為她有性生活，或具備一對危險的乳房，人們就暗示她或多或少促成了自己的死亡。我相信艾拉的衣櫃裡放了很多紅洋裝，但這不表示她該死。我準備跟學生討論責任感與允諾的話題，不過門開了，門口有個七年級的女生，讓我鬆了一口氣。她是今天的「練習生」，這是學校的方案，幫新生熟悉校園的配置。

練習生個子小小，一臉驚慌，頭髮綁成了辮子。「超可愛，對不對？」一名十年級的女生說，她也才比練習生大三歲。

辮子女孩遞給我一張紙條。

「警察要找妳談談，」上面寫著這幾行字。「可以在下課時間來我的辦公室嗎？東尼。」

我把紙條還給女孩。「跟史威特曼校長說，我等一下過去。」

❖

考爾警長和溫斯頓警長在東尼的辦公室裡等我，顯然已經佔領了這間辦公室。他們面前放著免洗杯裝的咖啡，桌子上有一盒甜甜圈，就跟電影裡演的一樣。東尼當然已經被流放到祕書的房間裡，連通的門緊閉著。

「哈囉，克萊兒，」考爾說。「謝謝妳過來。」

「既然妳叫我克萊兒，」我說，「那妳叫什麼名字？」

她看了我一眼。「哈賓德。」

「好吧，哈賓德，我時間不多。十五分鐘後有一堂課。」

應該看得出來是下課時間吧，學生在走廊上來來去去，發出震耳欲聾的聲音。除非下雨，不然他們應該到外面去，不過今天的紀律顯然很鬆散。

「一下子就好，」哈賓德說。她把一個塑膠信封推過來。「我們看了艾拉的社群媒體資料，」她說，「我想問妳幾個問題。」

跟我剛才預想的完全不一樣。她說的「社群媒體資料」是什麼意思？我有臉書帳號，僅此而已。主要用於群組聊天——我們甚至有一個英文科的群組。喬琪用Snapchat和IG，但我覺得有點蠢，不想拍了自己的臉（或晚餐），然後傳到以太中。我也不用推特，因為我既不有名，也還沒發瘋。

「七月的時候，妳跟艾拉去海斯參加教師訓練課程，」哈賓德說。「發生了一件事。我們從她的臉書訊息看到的。是什麼事？」

所以這就是瑞克提到的事。警方知道海斯那幾天不單純。他們甚至有可能知道艾拉跟某人上床了，只是不知道是誰。我想到科里的妻子，與紅色的洋裝。我不想幫他們。這與瑞克無關，重點是艾拉。「什麼意思？」

「我們知道海斯發生了一件事，讓艾拉覺得困擾，」哈賓德說。「妳去了海斯，妳是她的朋友。我想妳可能知道她在煩什麼。」

「不知道，」我說。「就是一般的訓練課程。妳知道的。」

「我不知道，」哈賓德一臉嚴肅。「薩塞克斯警察沒有錢去上訓練營。在海斯究竟怎麼了？」

我知道我不能眨眼，也不能轉頭。「什麼都沒有，」我說。「就一般的課程。很多演講，團體活動，傍晚喝點小酒。」

「喝酒？」

「嗯。」我盡量讓我的聲音不要失去穩定。「也有社交活動。大家一起喝東西，吃飯。」

「妳跟誰一起喝？」

「很多人。」

「艾拉也去了？」

「對。」

「瑞克呢？你們的科主任也去了？」

「對，一兩次吧。」

「塔爾加斯中學還有其他人在那裡嗎？」

「安努許卡。她那時候是NQT。」

「NQT是什麼？」

「新晉教師。」

「這裡，」哈賓德敲敲那些紙，「艾拉提到她想忘了海斯。妳覺得是什麼意思？」

我克制著不讓臉上浮現任何表情。

「我不知道。」我說。

「她提到《化身博士》，本來是傑基爾博士和邪惡的海德先生，但她寫的是海斯，」哈賓德嚴厲的目光沒有離開我。「妳覺得那是什麼意思？」

「寫錯了？」我大膽猜測。我敢說哈賓德和溫斯頓警長應該都沒看過那本小說。

哈賓德假裝沒聽到。「她說『C知道。』C是妳嗎？」

「我不知道。」我現在得轉開視線，希望他們沒發現我冒了點汗。哈賓德說不定會假設那是更年期的症狀。

尼爾．溫斯頓開口了，他的聲音與外型很不符。他一口英國東南部的河口腔調，毫無起伏，讓他的每一個字都平淡無比。

「艾拉的遺體旁邊有張紙條。」他說。

真的出乎預期。「上面寫什麼？」

尼爾看著手機螢幕，讀了出來。「『地獄空蕩蕩』。妳聽過這句話嗎？」

「是一句台詞，」我說。「出自莎士比亞的《暴風雨》。」

「下一句呢？」哈賓德說，不過我很確定她一定查好了。

「地獄空蕩蕩，」我說，「魔鬼在人間。」

7

紛亂的一天，到家後才有時間看臉書，反正我本來也不想看。我真的無法專心，周圍都是同事，到教職員辦公室敲門的學生，維拉認真詢問關於課程的問題。但是一到家，我就坐到早餐吧檯前，打開我的筆電。喬琪在塔莎家，據說在做作業，赫伯特在狗狗寵物旅館（跟托嬰中心一樣貴），我六點再去接他就好。在精品廚房發出的嗡嗡響聲中，我找到臉書小小的藍色圖示。

自從上回第一次看過後，我再也沒看過艾拉的頁面。說不定已經關閉了。或許只有一個黑色方塊，請安息，一片虛無。或許她爸媽已經按著黛博拉的建議，申請「紀念帳號」，雖然肉體死了，但她的網路分身可以繼續活下去。不過，按下艾拉的名字，我發現她還在。她的大頭貼是去年英文科耶誕聚餐時拍的照片。她散著頭髮，在馬里尼義大利餐廳的燈光下，頭上的紙帽看起來像都鐸王朝的頭飾，鑲嵌著珠寶。她面帶笑容，直視著鏡頭，有點挑釁，睜大了雙眼。照片是誰拍的？我不記得了。在「相片」裡，有一張是我，同一個場合。我沒有笑，看起來相當憤怒，就是我平日不說話時的樣子。我的頭很小，戴不住紙帽，所以我看著就是那個破壞宴會氣氛的掃把星。別再自我陶醉了，以為我這番話只是出於瘋狂，而不是針對您的過失。❼

沒有海斯的照片，在她的動態時報上，我捲回到七月，然後就不知道該怎麼辦。哈賓德說的回覆在哪裡呢？在艾拉應該有密碼保護的Messenger裡？傳給其他人的私訊裡？我點進我自己的頁面。二〇一五年以後，我就沒發過文（「喬琪十三歲生日，美好的一天！突然變成青少女的母親！」），但我常傳私訊，也會在聊天室裡發言。星期天，艾拉過世時，我傳了最後一條訊息到「什麼時候我們三個……？」我跟艾拉和黛博拉的聊天室。我說，「那個鬥牛舞才四分。他們都瞎啦？？？」我不記得誰跳了鬥牛舞，但是考爾警長應該不會贊同這條對通俗節目的毒舌評論。也不會贊同那三個問號。我在社群媒體上沒提過海斯，但我一定記在日記裡了。我幾乎每天都寫日記，臥室裡一個鎖起來的小櫃子塞滿了我的日記本。有時候，我會把最新這本帶去學校，但舊的都鎖起來了——我心裡叫它們檔案庫。

才五點。還不用去接赫伯特，喬琪要過幾個小時才會回來。我進了房間，走到櫃子前面。日記都在裡面，不同大小和顏色，按著日期排得整整齊齊。最近這本從八月開始寫，所以海斯在前一本。淡藍色的Moleskine，「二〇一七年一月至八月」。

我快速翻到我想找的日期。二〇一七年七月二十日。前一天，星期四❽，是學期的最後一天。空氣中有種學期末的感覺，我記得。那天天氣很好，大海是藍綠色的條紋，上面點綴著帆

❼ 出自《哈姆雷特》第三幕第四場，哈姆雷特對母親說的話，指責她的罪行。
❽ 二〇一七年七月二十日是星期四，前一天學期結束應該是星期三。

船。我和艾拉一起開車去海斯，開著窗戶，跟著收音機歡唱。喬琪在賽門那邊——他們隔天要去康沃爾，他堅持說是「家庭旅遊」。不過，他怎麼說都無法打擊我的心情。學期結束了，我要跟最好的朋友和最喜歡的同事們共度週末。課程也很有趣，雖然名稱是典型的教育術語，看不出意義：寫日記，練寫作。但是我充滿熱情。明年，塔爾加斯中學的英文科會成為最佳實踐的榜樣。

至少，我以為那是我當時的感覺。

二〇一七年七月二十一日

今年我分派到的房間還不錯。特大雙人床，面對海景，還有沙發呢，簡直是套房了。艾拉剛發了訊息，說她只有普通的雙人床。「所以要去妳房間縱慾了。」「哈哈。」我回她。縱慾的機會很渺茫，但在第一場黃昏課程前，六點鐘要舉辦提供飲品的歡迎會。不知道斯托克波特的保羅今年會不會來。艾拉會說我對他有意思（那就是她坐在車裡的樣子——睜大眼睛的青少女與成年女子的綜合體），不過有一個還沒結婚又不是同性戀的男老師，不是很棒嗎？先不管了，現在可以先在房間裡混幾個小時。我很喜歡一個人待在飯店房間裡。我可以看《鑑寶路秀》，喝特色茶配餅乾。心裡想著這個週末應該很不錯。

稍後

今天晚上，艾拉真的好煩人。預科學院學生的狂歡情緒變成了狂躁的調情，伴隨著針對我的倒刺。「噢，克萊兒覺得我們太吵了。」「克萊兒不准大家玩得太開心。」稍早一點，她就霸佔了斯托克波特的保羅，晚餐時坐在他旁邊。他們的笑聲飄過桌子，來到我們比較沉悶的這一頭。我坐在瑞克旁邊，他似乎陷入了陰鬱。

黃昏課程還算可以。那門課叫「親愛的日記」，告訴大家每天書寫可以改進你的讀寫能力，即使你只寫出了一堆垃圾。「克萊兒有寫日記的習慣，」艾拉提高了音量。「是嗎？」保羅說。「我還以為只有維多利亞時代小說裡的人物才會寫日記。」沒禮貌的傢伙。我微微一笑，「噢，我有很多別人想不到的習慣。」但在內心深處，我氣壞了。

晚餐後，我們在步道上散步。艾拉跟瑞克走在一起，我實際上看到她有一度挽住了他的手臂。我停下來看海，等我轉過頭，他們已經快走回飯店了。甚至沒注意到我落在後頭。

二〇一七年七月二十二日

快到半夜了。艾拉剛剛才離開我房間。我真不敢相信發生了什麼事。她今天又狂躁了一頓，不過這次對我和善了一點。事實上，太和善了。抓住我的手臂，說我是她「最好的朋友」，講了一些故事，我們兩個在故事裡扮演英文科的野孩子。我很慶幸下午分組的時候，我們兩個不在同一組。保羅跟我一組，還有安努許卡和兩個來自北愛爾蘭的老師，路易絲與貝絲，人都很好。我們討論得很開心，我又找回愉快的感覺。晚餐時我們這組坐在一起，我看到艾拉和瑞克跟我們隔了幾張桌子，聊得很熱絡。然後兩人不見了。我在酒吧喝了兩杯，然後準備睡覺。幾分鐘前，艾拉來敲門。她一頭亂髮，眼睛是平日的兩倍大。我以為她嗑了什麼東西。

艾拉往我的特大號雙人床上一倒。「我覺得，我要跟瑞克上床。」她說。我看著她，沒有開口。艾拉滔滔不絕訴說他們怎麼在海灘上「像青少年」一樣激吻，這只是「外出日性愛」，在真實世界裡不算數。「可是他已婚。」我說。艾拉說瑞克愛她愛得要發瘋了，「全然的迷戀」。「他說他滿腦子都是我。」

就是他，就是一模一樣的話，惹怒了我。他對我說過同樣的話，就在幾個月前。「克萊兒，我想妳想得快瘋了。我無時無刻都在想妳。我滿腦子都是妳。」我記得那時候，我覺得這句話好噁心。滿腦子都是我。「如果你有幻覺，要去看醫生，」那是我的回覆。「你有老婆了，」我說，「我才不跟已婚男人上床。」不過，我有點動搖。天曉得為什麼，我真的動搖了。或許那就是為什麼我這麼氣艾拉。我對她大吼。告訴她，我覺得她的行為很幼稚，很愚蠢。她反擊，說我就是不能給自己找樂子。「妳幹嘛不找保羅做愛？或吧檯那個男的，他整個週末都在對妳拋媚眼！因為妳一定要比其他人都厲害。妳才沒有。妳只是很無趣。」

她離開的時候，我氣得發抖。我不認為我會原諒她。

也不會原諒瑞克。

放下日記，我又開始發抖。我記得艾拉和瑞克的婚外情，我當然記得。只持續了一個週末。週末還沒結束，艾拉已經厭倦他了。我記得回家那段雨中的車程，開了很久，艾拉嘲笑瑞克的一本正經、缺乏幽默感、對傳教士體位的偏好。整個八月都在下雨，不過喬琪在臉書上放了康沃爾的照片，金色的夏日、旋轉木馬與獨木舟、海灘上的烤肉，喬琪穿著比基尼在鏡頭前擺姿勢，同父異母的弟弟老虎在旁邊，穿著吸睛的Boden海灘袍。

瑞克有點迷上了艾拉。據說他猛打電話給她，哀求要見面，說他會跟妻子離婚，就那一套。所以我瞧不起瑞克，想到不過就幾個月前，他坐在我家門外，求我跟他上床。但是我不記得在海斯的時候，我那麼生氣、那麼拘謹、那麼滿心嫉妒。我覺得艾拉很笨，跟科主任搞婚外情。畢竟，她在前一所學校不就犯了同樣的錯誤？瑞克宣稱他的愛永不變，我也不看好。不過那是她自己的事了。我到底為什麼會說我永遠不會原諒她？

回頭看前面的日記，暗自期待這次會看到不一樣的字眼，翻回去的時候，我注意到那一頁最下面寫了幾個字。小小的英文字，都是大寫。

哈囉，克萊兒。妳不認識我。

8

哈囉，克萊兒。妳不認識我。傍晚，我跟喬琪聊起塔莎的新髮型，提醒她隔天要交歷史作業，那幾個字在我的腦海裡不斷迴響。我問喬琪要不要吃晚餐，她說她跟塔莎吃過了。每次喬琪說不吃東西，我的腦袋裡就會響起警鈴，「小心厭食症！」——不過她雖然很瘦（跟我一樣），但是沒有不健康的感覺。無論如何，我也吃不下。我帶赫伯特去睡前最後一次散步。這條連棟房屋前面的路其實不算街道，靠著幾盞路燈讓我們不至於淹沒在鄉間的黑暗裡。到了晚上這個時候，很少看到車子，赫伯特跟我就走在路中間，他假裝對著樹叢抬腿，用假動作騙我，然後又改變主意。

哈囉，克萊兒。妳不認識我。

有人在我的日記裡寫字。我認不出是誰的筆跡。很窄很尖，用專門寫斜體字的那種筆寫的。我一直想到《我，克勞廸亞斯》[9]裡面那一段，卡利古拉把他的父親逼瘋致死，一個手段就是在牆上用小小的字母寫父親的名字。每天少一個字母，直到有一天，只剩下日耳曼尼庫斯開頭的G，他的父親就死了。誰是我的卡利古拉？

怎麼想也想不透。我必須想一想誰能拿到我的日記。去海斯的時候帶了，可能也帶去辦公室兩回。但我總是很小心，不會讓人看到我在裡面寫字。就連喬琪也沒看過我寫日記的樣子。寫日記是個很奇怪的習慣，也是一種執著。我沒有刻意保密，但也不會跟別人聊這個習慣。不過艾拉知道。

都在我寫的日記裡。「克萊兒有寫日記的習慣。」「我還以為只有維多利亞時代小說裡的人物才會寫日記。」難道這些字是艾拉寫的？另一方面，她還在的話，會覺得這件事很好玩（過去式變得比較容易一點了），但是話說回來，這不像她的筆跡，她的字都大大的、鬆鬆的、連在一起。

「地獄空蕩蕩」也一直揮之不去。《暴風雨》是GCSE的必讀課文。我很確定哈賓德・考爾查過了，也知道英文科的每個人都很熟這句台詞；那是我們所謂的「關鍵引言」。但是，考爾知不知道這句話也進了R・M・荷蘭的短篇故事？果真如此，她一定會認為那張紙條指向的是我。她不會認真覺得我跟艾拉的死有關吧？我想起她問我星期天晚上在做什麼，有沒有人跟我在一起。難道，那時候她就開始懷疑我了？他們也留了我的筆跡。每個人都提供筆跡了嗎？我開始疑神疑鬼，甚至懷疑我的字跡在不在那張紙條上。

赫伯特終於撒了一泡尿，我們可以回家了。喬琪在房間裡，我聽到她的筆電傳來《六人行》

❾《我，克勞廸亞斯》是羅伯特・格雷夫斯（Robert Graves）一九三四年出版的歷史小說，後來也改編成電影及電視劇。

的主題音樂。賽門和我一直不肯在她的房間裡裝電視，不過她隨身會帶著MacBook，就有攜帶式電視／CD播放機／相機／錄影機。我關掉樓下的燈，又檢查了一次前門。赫伯特看著我，歪著頭，彷彿在納悶我為什麼這麼在意居家安全。然後我又檢查了一次後門，把我的手機跟提袋帶到樓上。以防萬一。

上了床，我仔細翻過那本淡藍色的日記，但神祕的筆跡沒有再出現。我實在無法打開其他的日記來檢查。一九九七年（「讀者，我跟他結婚了」），或二〇〇二年（「喬琪亞・美・紐頓出生了」），或二〇一三年（「離婚今日生效。黑暗，黑暗，黑暗」）。結果，我拿出最新這本日記，寫了起來。

第二天是萬聖節前夕，放學後，我必須帶學生進行《恐怖小店》的第一次排練。我真的很不想讓喬琪一個人回到空無一人的家裡，但我不想說為什麼，免得嚇到她。

「今天會晚點回家，」開進圓環的車陣內後，我告訴她。「晚上要排戲。」

「妳真的要負責演出嗎？」喬琪把視線從手機轉到我臉上。

「要，跟帕瑪老師一起。我很擔心。」

「是啊，有小豬佩奇，那也難怪。」

喬琪與她的死黨口中的小豬佩奇名叫琵琶・帕森斯，演女主角奧黛莉的那個女生。琵琶念十一年級，高個子金頭髮，唱歌的聲音令人讚嘆，對了，還有一個朝天鼻。每次有頒獎典禮，或唱耶誕頌歌時，總會把她推出來。喬琪可能就是因為這個理由而不喜歡她。

「我不知道妳在說誰。」我說。

「妳一定知道。」

「別說了，妳想去塔莎家的話，就去吧。」

「塔莎也要排練，她是合唱團的。」

「那妳留下來看排練吧。」

「不要，你們去弄吧。我去接赫伯特，然後回家。」

「我不希望妳從安迪那裡摸黑走回家。」

「妳是說狗狗寵物旅館吧，」喬琪每次說到這幾個字，都會用美式腔調唱著歌說。「才十分鐘。沿著大路走的話。」

「好吧。只能走大路，而且不要戴耳機。妳要聽車子的聲音。」

「OK，OK。媽，別緊張。」

「妳可以找人到家裡來。」

「媽，妳沒事吧？『明天要上學』的話，妳都不讓我帶朋友回家的。」她把「明天要上學」這幾個字框上了語氣諷刺的引號。

「我只是想說妳可能希望有人陪著。說不定會有討糖的小孩。」

「我會告訴他們『不給糖，你搗蛋』。他們就會逃走了。」

「倫敦巴士的那個罐子裡有糖果。」

「沒事啦，媽。幾個打扮成女巫的小孩我還能對付。赫伯特會陪我。妳不會太晚回來吧？」

「不會，不會很晚，」我說。

在接下來的路上，我們兩人都沒說話。

妳不認識我。一整天下來，我一有空就想到這幾個字。還好又是狂熱的一天。艾拉的班級一直給可憐的老唐找麻煩，有兩次我必須「突襲教室」，怒視著學生，恢復秩序。還要努力對付大量的GCSE資料。我本來有點生氣，艾拉可以教第四階段，我卻卡在第三階段，但是老實說，第四階段要檢查的資料量要讓我發瘋了。政府似乎每過幾秒就改一次GCSE的規格，更是雪上加霜。最新的奸計則是把英文和數學用一到九來評分，而不是A*到E。「意思是我的英文再也拿不到A了，媽。」喬琪知道這件事以後，裝著很難過的樣子對我說。我才不會告訴她這件事真的讓我掉了幾滴眼淚。

排練五點開始，學生想要的話可以先回家。我也有個空檔，從劍橋回來後，我就一直想做一件事。

R．M．荷蘭閣樓裡的書房從他死後基本上就沒動過。門已經鎖起來了，但身為資深教師和常駐的荷蘭專家，我有鑰匙。我想等下課後上去看一下。我以前當然進去過，還曾經帶人到裡面參觀。但這一次，我想仔細看看那些相片。牆上掛滿了相框，桌上也有很多銀相框。說不定其中一張有瑪麗安娜？我可以用手機拍照，回家後再檢查。在腦海裡，我想像著打電話給亨利．漢米爾頓，「我發現了很有意思的東西。」

最後一堂課結束後，我快步走到舊大樓的地面層。放學後，這裡通常很安靜，因為班級教室都在新大樓，學生大多留在那裡。但今天有幾個青少年女巫和殭屍在舊大樓閒晃，希望能嚇到某個可憐的老師。由於艾拉去世，東尼禁止舉辦正式的萬聖節活動（前幾年有便服日，還辦過一次舞會），但學生仍興奮過度，甚至比平日更容易做蠢事。

「你們在這裡做什麼？」我問那些女巫和殭屍。「是課後活動嗎？」

「沒有啊，老師，」穿著哈利波特斗篷的女巫咯咯傻笑。她叫艾希莉，忘了姓什麼。七年級的時候我教過她。

「那就回家吧。回去找人要糖。」

「小孩子才會討糖，」一個聲音低沉的殭屍說。派翠克．奧利里：十一年級，橄欖球隊員，麻煩人物。

「回家去做功課吧。派翠克，多讀一些課文。你知道的，對模擬考可能有幫助。」

他大笑著踱步離開，其他人跟著他走了。我看著他們通過前門，然後走樓梯到了一樓。

這一層在課後禁止學生進入，但也聽說有人偷溜上來過。不過，今天很安靜。事實上，感覺學校裡的撞門聲、跺地聲、足球場上的喊叫聲全都消失了。走進去的時候，有種超自然的寂靜。這裡有地毯，不像地面層的鑲木地板，也不像新大樓令人不悅的貼皮地板。綠色的地毯像是青苔，掩蓋了我的腳步聲。門都關著，如同繪畫的透視練習，所有的線條都指向走廊的那一頭，通往R．M．荷蘭書房的螺旋樓梯。這也是這棟房子很奇怪的地方：據說荷蘭的妻子愛麗絲習慣光著腳（有些版本則說是裸體）走上樓梯，進他的書房，她死後，荷蘭訂做了地毯，把她的腳印印上去。爬上樓梯時，幾乎沒辦法避開這些恐怖的腳印。之前我就已經注意到這些腳印跟我的腳一樣大。

走到樓梯前面，我停下腳步。不知道為什麼比平日更有壓迫感的寂靜在我周圍膨脹了起來。我伸手拿手機，想用一點二十一世紀的嘰嘰喳喳聲來安慰自己，但我把手機放在辦公室了。別傻了，我告訴自己，妳在學校裡，妳是老師，會碰到什麼事？我開始爬樓梯，穿著靴子的腳踩在愛麗絲．艾佛瑞曾走過的地方。

門很順利打開了。在我面前的是荷蘭的書桌，書架上的書，牆上的相片。坐在桌子後面的是羅蘭．蒙哥馬利．荷蘭本人，張開雙臂歡迎我。

您冷嗎？風又大起來了，是不是？看這場雪如何對著窗戶連續發射攻擊。啊，火車又停下來了。我真的很懷疑今晚能不能繼續前進。

要來點白蘭地嗎？旅行的毯子就一起蓋吧。出門旅行的時候，我一定會為最糟糕的情況做好準備。這是美好人生的格言，年輕人。隨時準備好面對最糟糕的情況。

所以，說到哪裡了？哎呀，對了。因此，我跟格傑恩，還有第三個人，就叫他威伯福斯吧，一起走近那間房子。三個地獄社的既有成員遞了蒙眼布過來。他們當然蒙著臉，不過有些人聽聲音就知道是誰。巴斯蒂安勳爵和他的親信柯林斯。第三個人有外國口音，可能是阿拉伯人。

威伯福斯第一個蒙上眼睛。他出發了，舉著蠟燭，拿著一盒火柴，像個盲人般跌跌撞撞走向破房子。我們等了又等。寒冷的冬風在身旁呼嘯。對，就像這樣的風。我們等了一陣子，感覺就像過了一輩子，然後看到窗洞上閃爍著燭光。在夜晚的空氣中，微弱的叫聲傳了過來，「地獄空蕩蕩！」

我們歡叫，聲音在石頭與寂靜間迴響。巴斯蒂安拿了一根蠟燭給格傑恩，還有一盒火柴。格傑恩慢慢取下眼鏡，用布蒙住眼睛。

「祝你好運，」我說。

他笑了一笑。現在想起來，很有趣。他微微一笑，做了個奇怪的手勢，像店東一樣展開雙手，推銷他的商品。我看得很清楚，彷彿他現在就站在我面前。巴斯蒂安勳爵推了他一下，格傑恩踏過結霜的草地，蹣跚前行。

等待，等待，等待。一隻夜禽叫了起來。我聽到有人在咳嗽，另一個人忍住了笑聲。我的呼吸粗重，但我想不透為什麼。

我們繼續等，最後，窗口出現了燭光。「地獄空蕩蕩！」我們回應的歡呼聲傳了出去。

現在輪到我了。我拿到了蠟燭跟火柴，戴上了蒙眼布。夜晚立刻變得更黑，也更冷，更充滿敵意。我不等巴斯蒂安推我，就上路了。我很焦慮，希望能趕快結束。然而，看不見的時候，那段路感覺好長。我以為自己走錯了，錯過了破房子，但我聽到身後傳來巴斯蒂安的聲音：「笨蛋，直直走！」我伸長了雙臂，踉踉蹌蹌地前進。

手碰到了石頭，我到了破房子。我摸索著正面的牆壁，最後摸到了一個空處。門口。我在門口滑了一跤，重重摔在石板上，不過，我至少進了房子。裡面的風比較小，但寒意更甚。還有那片寂靜！寂靜圍繞著我，迴響再迴響，似乎壓在我身上，把我壓向地面。我發覺自己快折成兩段了，像背著袋子的乞丐。我聽到自己的呼吸聲，很不規律，像在打鼾。我慢慢挪向樓梯，只有呼吸聲與我為伴。

有多少階？他們跟我說二十階，但數到十五我就亂了。踩空的時候，我才發覺我到了平台。我以為格傑恩或威伯福斯會輕聲向我問候，但他們很安靜。等待。我一吋一吋往前移。我得找到窗戶，趕快結束這場默劇。我的手掃過前方牆上的灰泥，最後……到了！找到木質的窗台。我拉下蒙眼布，冰冷的手指笨拙地拿起火柴，點亮蠟燭。然後我在窗台上滴了一些蠟，把蠟燭立上去。

「地獄空蕩蕩！」我的聲音在我自己的耳朵裡感覺好微弱。就在那時，我轉過身，才看到腳邊的屍體。

第二部

哈賓德

9

從一開始，我就不喜歡克萊兒．卡西迪。首先，她太高了。短短的黑髮，大眼睛，長脖子，長到看不到盡頭的腿。那種女人穿起來很飄逸的洋裝，在我身上就是個帳篷。連尼爾也淪陷了。「她看起來像模特兒，」他說。「那種爛雜誌上的模特兒。」看到我的臉色，他便補了一句。尼爾，不是渣男。

第一天，開車進塔爾加斯中學的時候，我就知道有事。我一點也不驚訝，畢竟我對這裡很熟。

我們把車停在舊大樓前的停車場裡。「我只是想再看一眼。」我先前對尼爾說。我以為放假期間學校會空無一人，但我忘了現在有成人教育課程，有人拿著資料夾和美術設備穿過大門。我放假的時候絕對不做功課，但那跟品味沒有關係。

「我還是不敢相信妳念過這所學校。」尼爾說。

「嗯，是真的，」我說。「甚至有一塊增建的地方用我的名字命名。」

「真的嗎？」

尼爾太好騙了。真的。

「沒啦，當然沒有。我離開的時候，甚至沒人跟我握手。喏，妳的GCSE證書，拿去，滾吧。」

「但是妳上了大學。」尼爾急著想證明我的學業並沒有失敗，真可憐。

「奇徹斯特大學。那不算什麼。我還住在家裡呢。」那是我爸媽的但書。我可以去上大學，只要我留在家裡，不做其他大學生該做的事：飲酒、嗑藥、性愛。當然，我還是一一試過，只是不能盡情享受。

我抬眼看著台階、雙開門、一排排窗戶。常春藤比我記憶中更繁茂，紅紅綠綠像是耶誕卡。我媽以前常說學校這一塊很漂亮（「私立學校的感覺，像羅丁中學[10]」），但回憶依舊太多，多到我看不清楚。

「我們來這裡幹嘛？」過了幾分鐘後，尼爾問我。「我們應該回局裡，跟艾拉的爸媽談話。」

「我只想想像艾拉在這裡的樣子，」我說。「一分鐘就好，讓我浪費一點時間。」我抬頭再看了一眼那些窗戶，看到樓上有個人在看我。白色的面孔，深色的眼睛。

克萊兒．卡西迪。

星期天晚上十點，電話來了。在肖勒姆，鄰居聽到艾拉．艾爾菲克家傳來爭吵聲。制服警察到場，發現一名年約四十歲的女性死在廚房裡。看起來有多處刀傷。

[10] 羅丁中學是英國著名的女子寄宿學校，擁有逾一百三十年的歷史。

我到的時候，CSI[11]已經在場。黑暗的街道上閃著藍色的燈光，前門搭起了雨篷。教堂後面有一排很可愛的小房子，其中一戶就是艾拉．艾爾菲克的家。我完全能想像鄰居會有什麼反應。我穿上紙袍，把頭髮塞進帽子裡。我必須在這個地方塞滿白袍前先看到屍體，他們會拍照、跪在地上採取灰塵的樣本、計算血漬的弧線。我要先看看未經破壞的現場。

小小的廚房裡已經很擠了。裡面有一名制服警察，他靠著後門，臉色像是快吐了，一群CSI蹲在屍體旁邊。艾拉直挺挺躺在地上。廚房是飛機上那種風格（挺不錯，白色的設備光滑發亮，深藍色的磁磚），她幾乎佔滿了地板的空間。她的雙手擺在身體兩側，彷彿有人把她擺成那個樣子，上面有刀痕，兩隻手掌都有很深的傷口。到處是血——在她的胸口、頭髮、發亮的廚房設備上。我看不到她的脖子，因為一名CSI警官彎腰擋住了她，從血的顏色看來，她的喉嚨應該被刺穿了。我看看她的腳。聽一位女演員說過，在塑造角色的時候，她會從腳開始。我不會說這麼做作的話，但我確實一定會注意到鞋子。艾拉穿著粉紅色的Converse帆布鞋。

「考爾警長。」我把識別證舉在那群蹲在地上的CSI小組頭上，晃了一下。

「帕特爾警員。」門旁的制服警察回我。

「你自己一個人嗎？」

「我的搭檔在外面。」他比了個手勢，相當無奈。

跑去吐了吧，我猜。警員不常見這種場面。

「知道死者的身分嗎？」

「艾拉．艾爾菲克。她在塔爾加斯中學教書。提袋裡有她的識別證。」

在那個時候，我就覺得這是很糟的預兆。我沒有見人就說我念過塔爾加斯中學。一直住在自己上學的那一區，感覺有點尷尬。而且更糟糕的是三十五歲了還住在家裡，儘管只有唐娜和尼爾知道。局裡有三個人是塔爾加斯的校友，但我們並沒有成立校友會。在謀殺專案組的就我一個。

「聯絡近親了嗎？」

「還沒。」

所以那就是我的工作了。

「到客廳來找我，」我說。「從後門出去，不要從屍體上越過來。」

屍體。她變成屍體了，仍有一頭金髮，仍穿著粉紅色的球鞋。我離開蹲在地上的CSI小組❶，進了旁邊的房間，跟我想的一模一樣：書櫃，放滿靠墊的沙發，所有的平面上都放了蠟燭和乾燥花草。

帕特爾警員出現在門口的時候，尼爾也到了。穿著白袍的尼爾看起來比平日更大隻，像頭北極熊；大家都知道看起來可愛，其實不然。

「謀殺嗎？」他問。

「除非她割了自己的喉嚨。」我說。

❶ 犯罪現場調查小組的簡稱。

帕特爾雖然跟我一樣，是人事部所謂的「有色人種」，但現在看起來很蒼白。

「她的頸部跟胸口都被廚刀刺傷，」他說。「我們在前門找到凶器。」

「凶手沒把刀子帶走？」尼爾說。「很蠢呢。」

「說不定很聰明，」我說。「上面一定沒有指紋。」

「看來她曾奮力抵抗襲擊她的人，」帕特爾說。「手上有傷。」

「我們應該要仔細檢查那些傷口，」我說。「看起來有什麼含義。兩隻手上有同樣的傷痕。我覺得是死後才割的。」

「聖痕，」尼爾說。「跟耶穌一樣，」他補了一句，應該是解釋給我聽。

「尼爾，多謝，」我說。「我雖然是錫克教徒，但我聽過耶穌的故事。猶太人的木匠，對吧？」

「OK，OK。」尼爾轉向帕特爾。「還有其他要告訴我們的事嗎？」

「有一張紙條，」帕特爾說。「其實是便利貼。留在地板上，就在屍體旁邊。」

凶手對我們真好，我心想。有這麼多地方可以挖出DNA，還有筆跡可以分析。

「上面寫什麼？」我問。

「地獄空蕩蕩。」帕特爾說。

「那是什麼地獄哏啊？」尼爾說，似乎沒注意到他重複了其中兩個字。

「聽起來像一句引言，」我說。「查一下好了。便利貼在證物袋裡嗎？」

帕特爾點點頭。

「上面有沒有血跡？」

「應該沒有。」

「所以凶手一定在作案前先寫好了，」我說。「不然上面一定會有血。廚房都淹沒了。」

在這個不幸的時刻，帕特爾那個想吐的搭檔出現了，一名年輕的女警官。她也很蒼白，但似乎還能控制得住。我叫她翻一下艾拉的提袋，找近親的聯絡資訊。

「如果手機沒鎖，那就簡單了，」我說。「到『聯絡人』裡找『媽媽』。」

「老天啊，」尼爾嘆了口氣，他心腸比我軟，因為他有小孩。「可憐的人。」

我四處張望了一下。大多數的書像是經典作品，從書脊就看得出來；不過電視是平面顯示器，咖啡桌上有一疊時尚雜誌。所以艾拉的生活並非完全高高在上，也有通俗的地方。我很好奇她在塔爾加斯教什麼。英文或美術吧，我猜。牆上掛了幾張幾何圖形，買這種圖片的人絕對不是因為喜歡上面畫的東西。我想到廚房裡也有泰特現代美術館的月曆。咖啡桌上的雜誌旁邊有個杯子，裡面好像是花草茶。

「那個要扣押。」我對帕特爾說。究竟發生了什麼事？艾拉坐在這裡，啜著熱茶看電視，同時凶手按了門鈴？

「你們到的時候，電視開著嗎？」我問。

「沒開。」

手機就在她的提袋裡。女警官正在檢查。所以艾拉沒有在滑臉書，或玩熊貓泡泡（我下班後最愛做的兩件事）。也沒有翻開的書或雜誌。

「知道死亡時間嗎？」

「我們九點到的，」帕特爾說。「她已經死了，但是……妳知道的……還有溫度。」

「跟鄰居談過了嗎？」

「還沒。」

「現在去問。找到電話號碼了嗎？」我轉向另一名警官。她點點頭，把手機交給我。「謝謝。妳叫什麼名字？」

「奧莉薇亞。奧莉薇亞・格蘭特。」

「好，奧莉薇亞。妳跟帕特爾一起去訪談鄰居。找出他們究竟是什麼時候聽到這裡傳出了吵鬧聲。尼爾，我們兩個要找艾拉的朋友和家人談話。」

尼爾依舊坐在沙發上，一動不動。「誰准妳發號施令的？」

「就假設我來負責吧，」我說。「別弄得那麼複雜。」

10

克萊兒．卡西迪的名字一開始就出現了。我打電話給艾拉的母親，只告訴她出了「意外」，問到她的地址，好讓當地的警察過去揭露這個消息，接著我跟尼爾就回去局裡。馬隆警探是資深調查員，她讓我當她的副手，這也在我的意料之中。唐娜可能看起來有點瘋癲，但該果斷的時候非常果斷，也知道怎麼組織調查。她把這一案設為優先，給我們相當充足的人力及情報配額。我們也擬定了行動計畫。早上，會通知塔爾加斯中學的校長東尼．史威特曼。我們要攻其不備，看他有什麼反應。也會找艾拉的好友和同事談話。我們拿到了艾拉的手機，發了交出令給電信公司，意思是我們可以搜尋她所有的加密訊息。我到家時差不多半夜了。我媽沒有等門，但也應該等到很晚。用鑰匙開了前門的時候，正好看到她的莎麗⑫揮過樓梯的上方。

早上八點，我們到了東尼．史威特曼家。尼爾想早點去，但我推測八點能製造最強的破壞。現在在放假，我知道他的孩子還很小。史威特曼一家住在斯泰寧的郊區，房子很漂亮。我花了一點時間查他的薪水有多高。塔爾加斯有一千兩百名學生，快速瀏覽了一下《泰晤士報》教育版的廣告，我猜他的年薪應該超過十萬英鎊。他的薪水夠買老牧師的寓所嗎：蜜色石材、雙車庫、大

⑫ 印度婦女的傳統服飾。

花園？我不知道，但我想找出答案。

史威特曼本人來開了門。我看過他在網路上的照片，但是我還是很驚訝他這麼年輕。我在塔爾加斯的時候，校長是威廉斯夫人。她那時候看起來差不多一百歲了，三年前才退休，說不定也快走到人生盡頭了。東尼．史威特曼膚色黝黑，看起來很結實，穿著牛仔褲和橄欖球衫。不是我喜歡的型——即使在我還願意跟男人約會的時候——但對教師來說確實很帥（沒有「對政治人物來說確實很帥」那麼糟，但也差不多了）。在十月的英格蘭，他也曬得太黑了。滑雪的關係？不過時間還沒到吧。應該曬了日光浴床。不論如何，我對他就是有偏見。

「史威特曼先生嗎？我是薩塞克斯警局的考爾警長，這位是溫斯頓警長。可以跟你聊聊嗎？」

「有什麼事？」史威特曼心不在焉地回頭看看。我們聽到狗叫聲和小孩的聲音，搭配著《海綿寶寶》的主題曲。

「不好意思，不能等，」我說。「有沒有地方可以讓我們私下聊聊？」

「有點難……」他用手梳了梳頭髮，我覺得對一個白人男性來說，他頭髮太長了。不過他應該頗以這頭頭髮為榮；頭抬得高高的，彷彿頂著一顆足球。

「很重要的事，」我說。「我們是謀殺專案組。」

他驚駭地看了我一眼，急忙領著我們進了一個小房間，應該是他的書房。書架上放了教育相關書籍，還有東尼參加不同橄欖球隊的相片。他太太是做什麼的？我在心裡納悶。儘管有小孩子的東西（樂譜架，電視上插了PlayStation的遙控器），看不到屬於另一名成人的事物。尼爾跟我並排坐在沙發上，可能是一張沙發床。我很想坐到書桌前，但覺得在調查才開始的時候，那樣似乎太挑釁了。

東尼在門外，輕聲與另一人交談。他的妻子？保母？互惠生？他又出現在門口，看起來更加心不在焉。

「抱歉，」他說。「我太太去上班了，現在學校在放假。」

「沒關係，」我說。「有小孩就是這樣。不好意思，我們要告訴你一個壞消息。」

他坐下來，轉過椅子對著我們。

「據我了解，艾拉．艾爾菲克是你們學校的老師。」

東尼的嘴巴略微張開了一點。「是。」他說。

「很遺憾，昨天晚上我們發現了艾拉的屍體。我們認為她的死因很可疑。」

我認真盯著東尼的表情。他確實看起來頗為震驚。曬黑的膚色似乎褪色了，頭髮也亂了。

「艾拉？我真不敢……我真不敢相信……」

「我們要盡快跟艾拉的朋友和同事談話，」我說。「謀殺調查的頭幾個小時非常重要。」

「謀殺？」東尼說。「你們確定嗎？」

「調查才剛開始，」尼爾努力保持著面無表情，「但是，正如考爾警長說的，我們認為艾爾菲克小姐的死因很可疑。」

我拿出筆記本。我們之後會在局裡做筆錄跟錄音，但我要讓東尼知道我在做筆記。

「那麼，」我說，「艾拉在塔爾加斯中學教英文。」

「對。」東尼似乎極力想振作起來。「她在塔爾加斯差不多五年了，表現得非常出色。」

「你當校長多久了？」

「三年，我讓這所學校脫離了不合格的名單。」

「恭喜喔。」我就想讓他知道我只是隨口回應。

「我不是那個意思……」

「艾拉跟同事相處得還好嗎？」尼爾問。

東尼一臉驚恐。「大家都很喜歡她。你們不會以為……」

我無聲地告訴他，不要管我們怎麼想。接著大聲說，「你可以給我們一個名單嗎？英文科所有老師的名字，還有跟艾拉特別要好的人。」

「當然可以，」東尼說。「我現在就寫給你們。她跟很多老師都是好朋友。」

「最親密的是誰？」

東尼抬眼看看左上方，表示他在認真想。或者只是在看上面寫了八的氦氣球，那顆氣球卡在天花板上。

「克萊兒．卡西迪，」他終於想到一個名字。「她也教英文。跟艾拉同時入職。還有歷史科的黛博拉．格林。我都叫她們三劍客。」說到這個俏皮的外號，他苦笑了一下。

「能給我們聯絡資訊嗎？」我在筆記本上隨便寫了幾個字。

「我找給妳，都在檔案裡。」

「艾拉有男朋友嗎？」尼爾說。

「據我所知，沒有。英文科的主任是瑞克・路易斯。他一定會很難過。」

「你有路易斯先生的地址嗎？」

「讓我找一下。」東尼打開面前的筆記型電腦，開始捲動。他只用大拇指操作滑鼠，跟青少年一樣。我猜威廉斯夫人連筆電都沒看過。

「你最後一次見到艾拉的時候，她是什麼樣子？」我問。「有沒有擔心或憂慮的事？」

東尼的臉依舊正對著螢幕，沒有轉過來看我。「她沒事啊，很期待放假。你們應該知道老師有多累。」

是你自己覺得累吧，我心裡想，不過你三點就下班，又可以放長假。警察工時長，薪水少，到了十月可沒有幾個人還能曬得一身黝黑。不過我只發出了同情的聲音——「一定很辛苦。」

「愈來愈辛苦了，」東尼順從地上了鉤。「我們有很多目標要達成。也要掌控安全措施、教育補助金、考前預測。我們是很負責，沒錯，但有時候壓力真的很大。」

「艾拉覺得有壓力嗎？」

東尼立刻開始回憶。「噢，艾拉向來每件事都把控得很好。英文GCSE的規格去年改了，工作量也變大。但是一切都在艾拉的掌控中，我們在夏天拿到了有史以來最好的成績。她以前是第四階段的主任。那是GCSE的分法。」他解釋道。他立即改用過去式，讓我比較有興趣。我的GCSE英文雖然只拿到B，但是我會注意到時態變化。

❖

我把車停在巷子裡，從房子裡看不到的地方，跟尼爾討論了一下。

「你覺得這人怎麼樣？」我問。

「有點圓滑。而且，他怎麼買得起那樣的房子？」

「他太太是律師。」在我們離開的時候，東尼透露了這項資訊。「兩人的薪水都不錯。」

「還可以請外籍互惠生來照顧小孩。」尼爾說，這位家有一歲半嬰兒和太太的男人表達了他的責難。

「要是我有小孩，一定找互惠生，」我說。「還有保母跟奶媽。」尼爾笑了，不知道是在笑我有小孩的樣子，還是在笑我沒錢找人帶孩子。

「現在怎麼辦？」尼爾說。「應該問一下家庭聯絡官我們能不能跟她的爸媽見面。」

昨天晚上，家庭聯絡官陪伴艾爾菲克夫婦去了太平間，他們已經確認艾拉的遺體，現在住在附近警局安排的住處。尼爾說的對，我們應該對他們進行正式偵訊。

「先去找瑞克．路易斯吧，」我說。「他家離這裡只有一英里。」

「為什麼？」尼爾一臉固執。

「因為問到男友時東尼說的話。」

「他說艾拉沒有男朋友。」

「對，」我說，「可是他就接著說出瑞克・路易斯的名字。」

瑞克・路易斯住在肖勒姆，他家是連棟房屋的邊間。絕對比史威特曼的豪宅差了一點，但也是很舒適的家庭住所。瑞克開了門，他個頭很高，穿著高領毛衣。

我給他看我的委任證，問他可否談一下。一名女性也來到門口。她四十多歲，有點胖但很漂亮，穿著大尺碼女性偏愛的洋裝搭長褲。

「怎麼回事啊，瑞克？」

她的聲音帶著驚慌。有意思。

「我們有個壞消息，跟你們學校的一位成員有關，」我說。「有地方可以談話嗎？」

「噢，天啊，」瑞克・路易斯說。「克萊兒出事了嗎？」

很有意思。

我們把消息告訴兩人。在這個階段，不需要堅持私下談話，此外，他的妻子黛西讓我很感興趣。她為什麼這麼失控？我公布了艾拉的死訊，她小小尖叫了一聲，用雙手摀住臉。

「我不相信，」瑞克說。「我星期五才見過她。天啊，她爸媽一定難過死了。」

我問瑞克知不知道艾拉的心理狀態，得到同樣的答案：還好，有點累，很期待放假。我也問了瑞克星期天晚上他在做什麼。瞥了黛西一眼，他說，「我們在家看電視。買了外賣，一瓶葡萄酒，看《舞動奇蹟》。每個星期天晚上都是這樣。」

「真好，」我說。東尼的不在場證明一模一樣，只是他們吃在家煮的健康晚餐，而不是外賣。不過，這棟房子雖然完全就像影集《二．四個孩子》裡的場景，路易斯夫婦卻沒有小孩。刻意不要嗎？我在心裡納悶。或許就是這對夫婦如此親密的關係。他們兩人幾乎擠在一張椅子裡。

離開的時候，尼爾跟黛西聊起南方鐵路，我問瑞克他跟艾拉的關係怎麼樣。

「很好，」他說。「她是一個美麗的人。」

我知道他指的是她的個性，但是我看過照片，知道艾拉生前相當美麗，那種又瘦又高、一頭金髮的女性，可惜的是很多人喜歡這一型。不論如何，他選的這個形容詞耐人尋味。您瞧瞧，我在心裡對教我英文的凱瑟卡老師說：我也會文法，我知道什麼是形容詞。

坐上車子，我才告訴尼爾我念過塔爾加斯中學。他嚇到的樣子給了我一點滿足感。

「我真沒想到。」

「為什麼想不到？附近就這間普通中學。」

「是只有這間，不是有點噁爛嗎？我希望莉莉能上更好的學校。」

老天啊，那孩子還不到兩歲，他們就已經在找學校了。

「我爸媽沒想那麼多，」我說。「我們都念塔爾加斯，過得都還可以啦。」庫許負責看店，阿比德是電工。我的兩個哥哥共有五個小孩，也都還戴著頭巾。在我爸媽眼裡，這已經是非凡的成就。至於我，三十五歲，未婚，做媽媽口中「男人的工作」，能別提就別提了。如果他們知道我是同性戀，那就完了。

「現在去塔爾加斯吧，」我說。「回局裡的路上去看一下是什麼樣子。」

11

第二天，我們才見到克萊兒·卡西迪。我本來想過等她一下課，就在教室前堵她，但後來我決定還是去她家比較好。然而，把車開到她家外面，我倒是很驚訝。我一直在納悶會有誰住在這排房子裡，那麼靠近廢棄的水泥工廠。現在有了答案。

「我的老天啊，」尼爾說。「給我一百萬英鎊，我都不要住在這裡。妳知道這個地方的傳說嗎？」

「我聽過幾個版本。」我說。

「鬧鬼。妳聽說過有個小孩掉進水泥裡的事嗎？現在還有人在晚上聽見她的哭聲呢。而且——」

「好啦，好啦，」我說。「在學校也一樣。每個人都在說同樣的鬼故事，舊大樓裡有個女人從樓梯上摔下來。穿著白衣服的女人，飄過走廊。有人死了，她就會出現。」

「不知道星期天晚上出來了沒有。」

「可以問克萊兒，」我說。「她來了。」

我看著她愈來愈近。黑色的雷諾Clio，就是她這個型會開的車款。她把車子靠邊，停在我們後面，下了車。光看到她，我就覺得不爽。她穿著黑色牛仔褲，灰色的針織上衣。看似基本的打扮，但是褲子很貼身，塞進了及膝長靴，上衣則是喀什米爾材質，那種附上圍巾的垂懸設計穿在我身上一定很可笑，即使不爽，我也必須說克萊兒穿起來很好看。她手裡有個購物袋，又從行李箱拿出一個旅行袋（Cath Kidston的，我看過型錄）。然後她打開了副駕駛座的車門。一隻白色的小狗跳出來，縱聲大叫。

我對狗沒什麼意見，不過我希望牠們看起來像狗。我爸媽養了一隻德國牧羊犬，取名蘇丹。他應該要守衛店面，但實際上，他睡在我爸媽床上，得到兒子般的待遇（比他們的女兒過得更好）。有時候我也覺得煩，但起碼蘇丹是很美的生物，動物界的王子。這團不停吠叫的白色毛球算是狗嗎？

我走過去，那隻狗朝著我的黑色長褲直奔而來。克萊兒想把他拉走，可是拉不住。自我介紹後，我問她可否與我談一談。克萊兒橫了我一眼，然後替那隻還在流口水的動物道歉，他叫作赫伯特。

「沒關係，」我拍了拍自己的長褲。「我喜歡狗。」

房子裡面很不錯，客廳漆了那種很流行的顏色，介於灰藍之間，白色的書架，木質地板。看得出來，尼爾對這房子充滿讚嘆。克萊兒說要幫我們泡茶。她的聲音很低——不純是上流社會的感覺，但很像BBC第四台在宣布金融危機時會聽到的聲音。看得出來她本人也讓尼爾讚嘆不絕。他說要茶，加兩顆糖，克萊兒的微笑很有高人一等的感覺。她走進廚房，我卻聽到她的購物袋發出玻璃的噹啷聲。有人計畫好今天晚上要一個人獨酌。

廚房裡也傳來狗叫聲。那就是小型犬最討厭的地方，一直在背景製造噪音。哪像蘇丹一叫，就知道有大事了。我走到壁爐架前，細看上面的照片。克萊兒跟一個年輕女孩，跟她一樣高瘦，但有一頭黑色的長髮。女孩跟赫伯特的照片。赫伯特的獨照。巴洛克音樂會的傳單。別人寄來的卡片，簽名是R。

「她要回來了。」尼爾說。

克萊兒把茶和餅乾放在木頭矮几上。讓我想起艾拉的房子，和她那杯花草茶。

「我們在調查艾拉·艾爾菲克的謀殺案，」我說。「據我了解，妳已經收到通知了？」

她點點頭，眨了一下眼睛。她的眼睛很大，也很懂得用眼睛製造效果。可能我就是有偏見吧。她應該真的很難過。「對，」她說。「瑞克·路易斯，我們的科主任，昨天打電話告訴我。」

「我很遺憾。我知道，妳一定嚇壞了，但我們要盡快跟艾拉所有的朋友和同事聊一下。我們想大致了解她的生活，以便找出誰幹了這麼可怕的事。」

克萊兒的睫毛顫動；她看了尼爾一眼，又看著我。「我以為……」

「妳以為什麼？」我的問句應該沒有幫助。

「我以為——我假設……凶手是陌生人。隨機攻擊。搶劫然後失手了。」

「大多數被害人死在認識的人手下，」我說，刻意讓我的聲音有種就事論事的感覺，「我們有理由相信這個案件也一樣。」

我停下來，等她消化一下。我還沒打算提到「地獄空蕩蕩」的紙條，但我查過了，知道這句話出自《暴風雨》，也是那年的GCSE課文。艾拉、克萊兒和瑞克都在教GCSE英文。

我拿出筆記本，問她是不是和艾拉一起教課。

「對。我們都教英文。過去式。天吶。」

至少，她注意到了時態的變化。她深吸一口氣，讓自己冷靜。赫伯特把腳掌放到她腿上。其實挺可愛的。

她解釋，她是第三階段的主任，艾拉是第四階段的主任；英文科有六個人，他們合作很密切。我問她跟艾拉是否相處融洽。她說她們感情很好，下了班會去社交。最後一次看到艾拉是星期五晚上，她們跟塔爾加斯的歷史科老師黛博拉．格林一起去看電影和吃飯。我想起東尼說的三劍客。克萊兒感覺很緊張，連這些例行的問題也回答得不順利，所以我讓尼爾插嘴，聊一下電影，建立一點正向關係。畢竟，剛才要茶喝的也是他。根據心理學家的說法，這表示他們已經產生了某種關係。

我問她星期天有沒有跟艾拉聯絡，她說《舞動奇蹟》的結果出來她就傳了簡訊，可是沒有得到回覆。我痛恨《舞動奇蹟》，那些聰明成功的女性穿上有亮片的衣服，抓住她們的「女孩子氣」。我覺得好噁心。我敢打賭，克萊兒．卡西迪小時候一定跳過芭蕾舞。她看起來就是那種型。可能後來長得太高，所以放棄了。

根據克萊兒的說法，她整個晚上都在家，看電視和準備創意寫作的課程。她的女兒喬琪也在家裡，但幾乎都關在房間裡——青少年就是這樣。喬琪趁著放假去她爸爸那邊了，預計明天回來。所以克萊兒離婚了。看看客廳裡的擺設，我也猜得到。沒有男人能忍受到處都是這些有香味的蠟燭。

她好像放鬆了一點，靠在椅背上，雙腿在腳踝處交叉。我看看尼爾，努力讓我聽起來像在閒話家常。「艾拉是什麼樣的女人？」

克萊兒似乎想了很久，才開口回答。她往上看，視線又飄向左邊。她伸直了雙腿，又再度交叉，稍微轉了一下角度，不正對著我們。赫伯特輕輕嗚咽了一聲。不知道從哪裡傳出了手機的震動聲。

「她是個好人，」克萊兒終於說了。「很聰明，很有趣。大家都喜歡她。艾拉是個很好的老師。學生都很喜歡她。聽到這個消息，他們會難過死了……」

「艾拉有男朋友嗎？」在她還沒來得及考慮答案前，我拋出了這個問題。

「據我所知，沒有。」

很奇怪的答案，順帶一提，跟東尼．史威特曼的回覆一樣。「前任呢？」我再次努力讓自己聽起來像個好朋友。

「以前有，最近就沒有了。」

「她有沒有特別提起誰？」

「她提過以前威爾斯那所學校的人。叫布萊德利什麼的。」

我記下這個名字。「她從來沒提過有人騷擾她嗎？在臉書上跟蹤她？那一類的事？」

「沒有。」克萊兒看著我們，眼神流露出反抗。

我還有問題想問卡西迪小姐，不過我得先看一下艾拉的社群媒體紀錄。感覺有點東西：艾拉、克萊兒、瑞克、東尼。我的母校出了點狀況。地獄空蕩蕩，魔鬼在人間。

「謝謝，」我說。「妳幫了我們大忙。」

在回局裡的路上，尼爾發表了意見，說克萊兒看起來像模特兒。雖然他立刻撤回這個說法，不過，當我們開過一個又一個圓環，離奇徹斯特愈來愈近的時候，我思索了一下，他說的有道理。中學的教員裡，有兩個這麼漂亮的女人，不是很不尋常嗎？再回到我自己念塔爾加斯中學的時候，所有的老師都老得要命，邋遢到了極點。凱瑟卡老師有剛冒出來的鬍子，身上是一股汗水及痱子粉混合的味道。克萊兒．卡西迪噴了Jo Malone的英國梨與小蒼蘭——我是香水專家。

克萊兒．卡西迪和艾拉．艾爾菲克會不會煽起了男同事的情慾，甚至引發謀殺？我把這個想法分享給尼爾。

「東尼．史威特曼和瑞克．路易斯都結婚了。」他說，我從內線超車的時候，他皺起了眉頭。我們習慣輪流開車，他比我小心得多。

「那有什麼關係？」

「妳真覺得會是同事下的手嗎？手段很殘暴呢。」

「持刀殺人可能是情慾的作用，」我說。「要很靠近才能殺了她。那證明了情感的強度。更不用說凶手已經準備好那張寫了莎士比亞台詞的小紙條。」

「我一直不懂莎士比亞。」

「那就是為什麼你當了警察，」我說。不過說老實話，我滿喜歡莎士比亞的幾部劇本，即使是凱瑟卡老師教的。馬克白。很棒的謀殺故事。

「而且別忘了，」我說。「艾拉以前跟同事談過戀愛。克萊兒剛剛提過那個人的名字。」昨天，她爸媽告訴我們布萊德利．瓊斯的事。她在威爾斯教書時，瓊斯是科主任。艾拉和布萊德利有一段婚外情，據她母親所述，「結局很糟糕。」我們明天會去找瓊斯。

「所以艾拉跟東尼或瑞克搞婚外情，克萊兒嫉妒了，拿刀殺死她，」尼爾說。「我覺得不合理。」

「記得瑞克說了什麼嗎？『克萊兒出事了嗎？』感覺有點不尋常。」

「妳就是不喜歡她。」尼爾說。

「無所謂喜歡或不喜歡，」我說。「我只是覺得她有事瞞著我們。」

12

接下來的幾天，我們挖到了更多艾拉．艾爾菲克的資訊。一九七七年在薩里出生，念女子文法學校，在艾克希特大學念英文系，然後前往遠東地區，在日本工作了一陣子。在國外待了五年以後，她回到英國，上了教師訓練的課程。導師給她極高的讚譽，第一份實習工作的評語也非常棒。在普利茅斯的中學教書後，艾拉搬到加地夫，擔任第四階段的主任（她母親說，「錯誤的決定」）。CSI的現場報告還沒出來，鄰居也幫不上什麼忙。星期天晚上，他們聽到有人大聲說話（「男人的聲音，」不過說的人也不太確定），沒有人看到訪客接近艾拉的小屋。教堂外有監視器，但六點到十點間的影片乏味到了極點：牧師、一個遛狗的男人、兩個沉浸在手機裡的青少年。

驗屍報告說艾拉死於頸部和胸部的刀傷。跟我想的一樣，手上的傷痕是死後劃上去的。

「聖痕，」唐娜說。「凶手說不定是宗教狂。紙條上也提到地獄。」

「是一句台詞，」我說。「我覺得那就是重點所在。莎劇的台詞，艾拉在課堂上教過。」

「妳真的認為凶手跟塔爾加斯有關係？」唐娜瞥了我一眼，眼神帶著狡猾。「妳的母校？」

「一所爛普通中學很難有母校的感覺吧，」我說。「就是我上過的學校。不過……我不知道，那裡感覺有什麼。校長，科主任，那個克萊兒．卡西迪也是。他們都很緊張，彷彿在隱瞞什麼。」

「凶手跟艾拉靠得很近，」唐娜說。「說不定是激情犯罪。」

沒錯。警方有個術語叫「距離化」，這個理論說射擊比刺殺容易，因為你可以拉開跟被害人之間的距離。無人機攻擊就是一個例子。我肯定操作的人不覺得自己殺了人，但他們確實是凶手。艾拉的凶手貼得很近，選最能造成嚴重傷害的地方下手，證實此人很冷酷，也很大膽。或者艾拉跟這個人很熟。

星期三，我們開車去加地夫找布萊德利．瓊斯，他人長得好看但軟爛到極點，在偵訊過程中，他反覆告訴我們艾拉「對他表示興趣」，都是她「採取主動」。完全沒有表現出哀悼或惋惜。很可惜，瓊斯有星期天晚上的不在場證明。他去看女兒莎蒂的芭蕾舞表演。見鬼了，又是跳舞嗎？似乎整個英國的人星期天晚上不是在跳舞，就是在看其他人跳舞。無論如何，瓊斯不可能晚上八點在威爾斯看女兒表演，又在十點前跑到薩塞克斯殺害艾拉。瓊斯和艾拉搞婚外情的時候，莎蒂還是個嬰兒，但這件事不知怎的也可以怪到她頭上。「晚上常常沒辦法睡，我累死了」——他對尼爾展現一個只有男人才懂的微笑——「我就是無法抗拒。」我很高興能告訴大家，尼爾只是像尊石像般瞪著他。

「渣男，」他在回程的路上發表了評語。「她死了，他一句難過的話都沒有說。」

「艾拉總是挑到壞男人，」我說。「似乎值得深究。」

艾拉離開加地夫，到了塔爾加斯中學繼續擔任第四階段的主任。照她爸媽的說法，不在計畫之中，但她在那裡感覺挺快樂的。第四階段比第三階段好嗎？我有點好奇。克萊兒・卡西迪會不會嫉妒艾拉的工作比她好？說不定，但很難想像克萊兒會為了薪資等級上的幾個小數點就拿刀把同事刺死。我們知道，兩人都很受歡迎，很受尊敬。

這星期快結束時，我們收到艾拉的社群媒體紀錄。她在臉書上的名字是艾拉・路易斯（想必是為了避免學生找到她的帳號），推特帳號是@lizziebennet77，莉齊・班奈特。尼爾不知道典故，我得解釋給他聽。「她是《傲慢與偏見》裡的角色。」他說凱莉看過那部電影。很有意思，艾拉會自認是全名伊麗莎白・班奈特的莉齊，這個人物活潑又有吸引力，拒絕嫁給無趣的牧師，堅持等到達西先生求婚。儘管如此，她的推文不怎麼有意思——多半轉推左翼的東西和貓咪的照片。她的臉書紀錄比較值得一看。從紀錄看來，她與老同學梅根和安娜都有聯絡，每天都傳訊息給她媽媽，她喜歡工黨、約翰路易斯百貨公司⑬和行為可愛的小動物影片。夏天則和梅根在WhatsApp上猛傳訊息，提到「海斯的事」，還有一次提到「傑基爾博士和海斯先生」。看似艾拉在海斯受訓時做了一件很後悔的事（「我真希望那件事沒發生」），還有希望能保持祕密（「謝天謝地，現在在放假。C知道，不過她不會告訴別人」）。

「會不會是克萊兒・卡西迪？」尼爾從我身後探過頭來一起看。

⑬英國中上階級的百貨公司，主要客層可能三十多歲或四十多歲，注重品質。

「可能是。你猜傑基爾博士是誰？」

「如果也在受訓，一定是學校裡的人吧。瑞克．路易斯？」

我們聯絡了梅根（住在里茲，是足科醫師），她承認艾拉說過她跟「同事」上床，但事後立刻覺得後悔。但梅根不知道是誰，讓我們有點沮喪。電話詢問東尼．史威特曼後，確認英文科的四名成員在夏季學期結束時去海斯參加了「寫日記練寫作」課程。分別是瑞克．路易斯、艾拉．艾爾菲克、克萊兒．卡西迪和安努許卡．帕瑪。

我們星期一會去學校找教職員與學生談話，不過我們決定召瑞克星期六來警局一趟。在可能與艾拉有染的人選中，他的可能性最高，不過尼爾一直提醒我（不正經的眼神充滿期待），「我們不要忽略同性戀的角度。」「同性戀的角度」聽起來好像布萊頓的某間酒吧，雖然我見人就覺得是同性戀，但從開始到現在都認為艾拉和克萊兒絕對是異性戀。她們倆人在海斯一夜情不是不可能，不過我覺得機率微乎其微。

我們把瑞克帶進了一號偵訊室。唐娜在雙向鏡的另一邊。瑞克在家裡就很緊張了，現在更是坐立難安。他也不是不好看，高高瘦瘦，戴著粗框眼鏡，感覺讓他看起來比實際上更聰明了點。艾拉跟他搞婚外情，似乎也順理成章。

一開始，瑞克想針對程序施展他的權威，彷彿我們是英文課上不聽話的八年級學生。

「這到底是怎麼回事？」他問了又問。「我很忙。」

「就幾個問題。」尼爾安慰他，我則默不作聲。我知道瑞克．路易斯對我有戒心，我想讓他保持警惕。

走完手續後，我說，「瑞克，告訴我們海斯發生了什麼事。」

他的眼睛從眼鏡上方瞪著我。我可以看到桌面下有條腿在抖動。「什麼？」

我媽會嘮叨不要說「什麼」，要說「不好意思」，不過「不好意思」聽得太多了，反而沒有那個意思。

「我們知道在海斯的時候，你跟艾拉有點什麼，」我說。「不如你自己跟我們說清楚，也好澄清事實。」

我腦海裡描繪著唐娜在玻璃另一邊的模樣。指責、同情、提供替代方案。這是警校教的方法。我可能搞錯了順序。

「什麼都沒有。」瑞克說。抖抖，抖抖。

我們兩人靜靜等著。

「那是學期結束後的課程，」瑞克說。「每個人都想放鬆一下。」

「在海斯的時候，艾拉跟一個人上床了，」我說，「我們認為是你。」

「不是我，」看得出來，瑞克在努力保持冷靜。「我已經結婚了。」

「那，克萊兒．卡西迪呢？」我說。

抖動停住了，他突然完全靜止。「克萊兒怎麼了？」

「你跟克萊兒是什麼關係？」

「我們是同事，朋友。就這樣。」

「她長得不錯呢。」尼爾的口氣充滿男性的友善。

「是嗎？對啊，算是吧。」

「艾拉．艾爾菲克也挺漂亮的。」

「對。」

「如果我們問克萊兒，你跟艾拉有什麼關係，她會怎麼說？」我問。

瑞克似乎費了一點力氣來控制住他的聲音。「她會說我們是朋友，因為我們本來就是。」

之後，他守得死死的。很令人氣餒，但這件事急不得。我們說他可以走了。

星期一，我們到了塔爾加斯中學。拿到GCSE證書後，這還是我第一次回到學校。氣味一模一樣：地板亮光蠟混合著腳氣。我們在接待處簽了名（我畢業後的革新做法，九〇年代的人就不怎麼在意安全），綁著兩條辮子、胸前別著「練習生」名牌的女生帶我們穿過走廊，來到校長辦公室。學校的這一塊沒什麼變化；牆上似乎掛著同樣的藝術品，同樣的膠合板，一塊鼓勵學生報名演出耶誕劇（《恐怖小店》——哈！），一塊叫人不要在樓梯上跑動。學生拿著考試成績的照片倒是新的——塔爾加斯中學有史以來的最佳GCSE成績！我的GCSE成績相當不錯，比我兩個哥哥都好，但也沒有人特別在意。我當然沒機會拿著那張可怕的電腦打字紙條跟笑容滿面的校長一起拍照。在塔爾加斯就讀時，我成績還不錯。進了預科學院，情況急轉直下，不過我還是湊足了UCAS[14]分數，進了奇徹斯特大學。我也沒有A-Level[15]成績發布日的照片。

但是，沿著那條走廊前進，鑲木地板、有飾板的牆面和高高的天花板，感覺轉過牆角，我一定會看到十二歲的我，綁著長長的辮子，穿著深藍色西裝外套，領帶的一端被我咬到有點爛爛的。後來，制服改了，現在是運動服，沒有西裝外套和領帶。符合實用，但不怎麼帥。不過嘛，我哥庫許不穿西裝外套，總穿皮夾克，我不記得有人因此斥責他。庫許一直滿酷的，對我來說很有用，因為我不酷。

我們經過通往小教堂的雙開門，現在關得緊緊的。艾爾菲克太太告訴我們，她想在那裡舉辦艾拉的喪禮。我跟我第一個男朋友蓋瑞．卡特曾跑到唱詩班的座位後面親熱，然後就再也沒進去過。通過主樓梯，在特定的夜晚，可以看到白衣女人飄過去，像薊花的冠毛。我親眼看過一次，不過她不那麼空靈，比較像復仇天使。但我不想跟尼爾說這件事。

「挺厲害的。」尼爾伸著脖子，看向螺旋樓梯的上方。

「你應該看看新大樓，」我說。「這棟樓快塌了，我還在念書的時候就搖搖欲墜。下雨的時候，我們得在走廊上排滿水桶。」

[14] UCAS是英國統一申請大學的線上系統，學生無法直接向大學做申請。UCAS tariff的計分系統會把申請者的學歷和其他相關評級轉化為數值，用來計算每位申請者的分數。

[15] A-Level學制為兩年，相當於十一和十二年級，第一年學生會選讀四到五個科目，第二年再深入探討科目內容，申請大學要提交至少三科的考試成績。

「現在還是要放水桶，」我們的嚮導突然大聲說。「科學實驗室裡還長霉了。真正的蘑菇。」

「家政課可以用，」我說完才想到他們可能已經沒有家政課了。女生面帶困惑，但再也沒開口。她把我們帶到一扇門前，上面寫著「史威特曼校長」，然後踩著笨重的學生鞋用最快的走路速度離開。

我們計畫那天早上要與艾拉的年級組會面。在塔爾加斯中學，老師一進來就帶同一個班級，因此，即使只是每天早晚各見一次，等到了十一年級，他們跟班上的學生應該很熟了。艾拉的年級是11EL，表示他們七年級入學後，已經讓艾拉帶了五年。學生或許是很有用的證人，但我們不能急進。我們必須取得每一位家長的同意，副校長法蘭西斯太太會參與每一場偵訊，擔任「合適成年人」的角色。

「但他們不是孩子，」開車進來的時候，尼爾說，「他們十六歲了，有些男生的體格跟我差不多。艾拉那麼苗條，隨便就可以被他們制伏。」

「就今天的任務來說，他們都是小孩，」我說，但我知道尼爾說的有道理。一名學生迷戀上艾拉，受到拒絕後以暴力回應，並非不可能。只是，那不是我願意公開表述的理論。

東尼和法蘭西斯太太（莉茲）在校長辦公室等我們。我們要求在這裡進行偵訊，一個理由是此處離主要的教室有一段距離，另一個理由是這間辦公室感覺很嚴肅。這是校長的辦公室，我希望即使在穿運動服的散漫時代，這個房間仍能發揮某種力量。

我們從麥當勞買了咖啡，我看到東尼用非難的眼神盯著免洗杯。

「我已經叫祕書準備了真正的咖啡。」他說。

「來一個甜甜圈吧。」尼爾遞上了盒子。

東尼打了個抖。「不用了，謝謝。」

我喜歡莉茲・法蘭西斯。她年紀比東尼大，穿著正經的海軍藍套裝及平底鞋，看似詼諧，彷彿什麼都見過，什麼都不會太當真。她拿了一個甜甜圈，說因為裡面有果醬，一天五蔬果已經有一份了。

「莉茲，別忘了我們說好要健康飲食。」東尼看似玩笑的話裡帶著認真。

東尼告訴我們，那天早上他會召集所有的學生，告訴他們這個消息。「他們可能都聽到艾拉的事了，」他說，「現在新聞傳播的速度啊，你們知道的。但我覺得，最好還是由我來告訴他們。」他的口氣很誠懇，但也相當妄自尊大。

「那等你講完，我們再跟學生會面，」我說。莉茲準備了學生的課表（十一年級的學生會上不同的科目），也準備了我們的時間表。不過，等老師們一走，我就看著尼爾。「再找克萊兒來一趟吧。問她海斯的事。」

「她應該在上課呢。」

「叫她下課的時候來。她就很難保持鎮定了。」

尼爾嘆口氣。「我不懂，妳為什麼一定要跟她過不去。」

「我沒有。」我說。

我們與11EL的學生個別會面，法蘭西斯太太在旁陪伴。每個人都問了一樣的問題。

1. 你跟艾爾菲克老師相處得怎麼樣？
2. 你知不知道有誰和艾爾菲克老師處不來？
3. 有沒有其他的事想告訴我們？

學生都說喜歡艾拉。他們的頌詞有「她不錯啦」，搭配聳聳肩，也有「我超喜歡她」，搭配泛著淚珠的眼眶。我不太在意那些泫然欲泣的孩子。莉茲．法蘭西斯說，今天學生都非常激動。「放假後第一天回來。老師死於非命。他們真的很難過，但也有些人酷愛這種話題性。」她微微一笑。「明天又是萬聖節前夕，這一天總會讓他們很亢奮。」我痛恨萬聖節前夕。媽總會準備一堆糖放在門口，以備有小孩來討糖，但他們多半過門不入，第一，我們家有一隻大狗，第二，我們是外國人，「穿奇怪的衣服」。

艾拉的學生並沒有給人過度激動的感覺。有些很情緒化，有些很緊張，有些表現得像警察偵訊是無聊青少年生活中的家常便飯。沒有人能想到跟艾拉不合的人，也沒有人能提供重要的資訊。我們派練習生傳訊息給克萊兒，到了下課時間，她出現了，一臉傲慢與鄙視。

「哈囉，克萊兒，」我說。「謝謝妳過來。」

她坐了下來。她穿著黑裙子，配深灰色毛衣。很低調，但也莫名地高雅。又是那雙及膝長靴，黑色絲襪若隱若現。

「既然妳叫我克萊兒，」她的口氣很冷靜，「那妳叫什麼名字？」

我覺得這句話很沒禮貌，但仍努力讓我的聲音帶著愉快。「哈賓德。」

「好吧，哈賓德，我時間不多。十五分鐘後有一堂課。」

真有她的一套。「一下子就好，」我說。「我們看了艾拉的社群媒體，我想問妳幾個問題。七月的時候，妳跟艾拉去海斯參加教師訓練課程。發生了一件事。我們從她的臉書訊息看到的。是什麼事？」

我認真地看著她。她看了尼爾一眼，視線又回到我身上。「什麼意思？」

拖延戰術。「我們知道海斯發生了一件事，讓艾拉覺得困擾，」我說。「妳去了海斯，妳是她的朋友。我想妳可能知道她在煩什麼。」

「不知道。就是一般的訓練課程。妳知道的。」她換了種「職業婦女聯合起來」的親熱口氣。

「我不知道，」我說。「薩塞克斯警察沒有錢去上訓練營。在海斯究竟怎麼了？」

「什麼都沒有，」克萊兒又做出睜大眼睛的表情。「就一般的課程。很多演講，團體活動，傍晚喝點小酒。」

我才不相信。這門訓練課程一定發生了什麼事，才不是有人請所有人喝酒那麼簡單。我問她跟誰一起喝，她說艾拉，再問下去，她才說了瑞克．路易斯的名字。她也提到英文科的另一名成員，安努許卡．帕瑪。

我指了指面前的檔案，希望能讓她明白，這些問題的答案我都知道了。「這裡，艾拉提到她想忘了海斯。妳覺得是什麼意思？」

克萊兒交叉起雙腿，又換邊交叉，表示她開始緊張了。「我不知道。」

「她提到《化身博士》，本來是傑基爾博士和邪惡的海德先生，但她寫的是海斯。妳覺得那是什麼意思？」

「寫錯了？」

我看了她一眼。她可能以為我們沒看過那本書。好吧，確實沒看過，但我就想抹掉她臉上的優越。

「她說『C知道』。C是妳嗎？」

「我不知道，」克萊兒臉上現在確實露出些許驚慌，額頭上冒出汗珠。熱潮紅嗎？有可能。畢竟她已經四十五歲了。但是，或許有別的理由。現在，輪到尼爾提起屍體旁的紙條，他表現不錯，聲音平淡，不帶感情。

「上面寫什麼？」克萊兒輕聲問，幾乎是耳語。尼爾說了，克萊兒說那是《暴風雨》裡的台詞。她可能以為我們也沒看過那部劇。

「下一句呢？」我明知故問。

「地獄空蕩蕩，」克萊兒說，「魔鬼在人間。」

紙條上的引言真的讓她心煩意亂。我們倆都看得出來。她舉起手，想抹掉額頭上的汗，然後可能察覺到這個動作看起來很可疑；便改成把頭髮往後攏。她的頭髮剪得很短，但前面有一撮比較長，深棕色帶著金色的挑染。很有品味。

我要她提供筆跡。她應該懂為什麼，但她的回應相當平靜。拿起東尼時髦的萬寶龍筆，她寫下了那句話。

「地獄空蕩蕩，魔鬼在人間。」

不是同樣的筆跡。

❖

在艾拉的學生裡，只有一個人說的事比較值得一聽。輪到湯姆．克里夫的時候，快到午餐時間了，他個子瘦高，臉上有青春痘，兩邊的頭髮剃得很短。塔爾加斯這些年的髮型規定似乎也放寬了。在我念書的時候，男生的後腦勺和兩側必須剪短，女生的頭髮必須綁起來。我知道我爸來過學校，跟師長解釋錫克教徒的小孩不能剪頭髮，而且男生必須戴頭巾。但今天已經看到蜂巢頭、雷鬼髒辮、光頭和各種沒染好的髮色。湯姆不太能駕馭他的髮型。他往我們面前一癱，不住摳著運動服上的破洞。但是被問到「你知不知道有誰和艾爾菲克老師處不來？」的時候，他回答，「喔，我想到派翠克．奧利里那件事。」

尼爾和我對看了一眼。「什麼事？」

「派翠克送了一張情人節卡片給她。大家都聽說了。艾爾菲克老師告訴路易斯老師，派翠克就被換班了。」

「派翠克的反應怎麼樣？」我問。

「我不知道。」湯姆的神色驚慌了起來。「我跟他不熟。」他用手指梳過沒剃掉的頭髮。「他不會知道我說了這件事吧？」

「一切都會保密，」我向他保證。

等著被使喚了一整天的練習生去找派翠克過來的時候，莉茲提出客觀理性的看法。「可能沒什麼大不了。常有學生對老師產生好感，唯一的解決辦法就是絕對不要跟那名學生獨處。艾拉做的沒錯，應該要告訴瑞克，因為他是她的上司。」

「派翠克是什麼樣的人？」我問。

「他挺聰明的，擅長運動，是橄欖球隊的，」莉茲說。「但他來這裡以後，該惹的麻煩也惹了。」

「什麼樣的麻煩？」

「打架，跟老師頂嘴。差不多就這些。」

「聽起來跟我念中學的時候很像。」尼爾說。

派翠克．奧利里來了，但他一點也不像尼爾。他膚色黝黑，長得很帥，走起路來大搖大擺。他在我們對面坐下，雙腿肆意打開。要是在火車上碰到他坐在我旁邊，我會踢他。

我單刀直入。「聽說你送過情人節卡片給艾爾菲克老師。」

派翠克一點沒有失措的表情，甚至微微一笑。「對啊，那怎麼了？」

「艾爾菲克老師跟你談過這件事嗎？」我說。

「有啊。」他聳聳肩。「她說我不應該送她卡片，但那就是好玩而已。」

「她還告訴路易斯老師，英文科的主任，對嗎？」

「對啊，他就一直碎唸，說不恰當。『我們要守住界線。』」他裝出高昂、挑剔的聲音，顯然是模仿瑞克。

「有點苛刻了。」尼爾進入了好友模式。「你說只是好玩而已。」

派翠克皺著眉頭，抬眼看了看尼爾。他看得出發生了什麼事。「說真的，我不在乎。」

「你跟艾爾菲克老師在校外見過面嗎？」我問。「去過她家？」

「沒有。」派翠克稍微坐起來了一點。「如果有人說我去過，是騙人的。」

「誰會說那種事情？」

派翠克沉默了。莉茲靠了過來。「派翠克，你沒有惹上麻煩，但你必須回答問題。」

「我不知道。」他終於有了答案。

「你被換到別的班級，不是嗎？」我說。

「對，11GN。」

「一定不好受吧。」尼爾說。

「沒關係啦。我很少看到那些同學。就是註冊那些時候會見面。我還是有我的朋友。」

「你現在對艾爾菲克老師有什麼感覺？」我問。

他直視我的眼睛。「她死了，我很難過，」他說。「不過沒別的了。我不會想她。我已經有女朋友了，卡片就是開玩笑而已。」

東尼說我們可以在學校吃午餐，但我興趣缺缺。學校的餐廳在舊校舍這邊，我在辦公室裡就能聞到食物的味道。東尼說新大樓現在也有一個餐廳，「單片披薩，什麼都有」，但我說我們要出去呼吸一下新鮮空氣。要會面的學生剩下幾個，還有英文科的其他人。我想到奇徹斯特有家Nando's烤雞店，或許可以幫我們維持專注。

我們穿過方院，找到車子。到處是藍色運動服，發出那種壓抑的吼叫聲，就像遠處有一群在看足球的人。一群男生在停車場附近遊蕩。看得出來他們正要抽菸，臉上有那種鬼祟卻又叛逆的神情。一名教師走了過來。「你們在這裡做什麼？停車場這邊已經越界了。你們不吃午餐嗎？」

「卡特老師，我在節食。」一名男生說。

我們剛好從旁邊經過，我停下來看著那名老師。斜紋軟呢外套，綠色領帶，愈來愈稀疏的頭髮，略帶絕望的表情。

蓋瑞・卡特一點都沒變。

13

「我今天看到蓋瑞．卡特。」我告訴我媽。

「我喜歡蓋瑞，」她暫停了切菜的動作。「對吧？」

「誰妳都喜歡。」

「才沒有呢。我不喜歡小學那個個子很矮的男生，那個把妳推下滑梯的。我也不喜歡柴契爾夫人。」

「前幾天，妳也說妳不喜歡電視上那個獨立黨的男人。」

「他如果來店裡買東西，我會很有禮貌，」她用一隻手把頭髮往後撩了一下，「但我沒那麼熱衷不動腦子的種族主義。」

我媽就是這樣，總是很認真看待假設的情況。「如果女王來吃午餐，我會很小心準備食物，因為菲利普親王有消化的問題。」「如果我是賽車手，」——她不會開車——「比賽結束後，我不想喝香檳，我要義大利氣泡酒。也是很不錯的氣泡飲料，但是便宜多了。」這也是她日常的輕描淡寫。我媽「沒那麼熱衷」種族主義，種族滅絕讓她「相當憤怒」，戰爭「想一想，真的不是什麼好主意」。

「蓋瑞在塔爾加斯中學教書，」我說。「跟他聊了一下，他是地理老師。」

「噢，妳的地理成績一直不錯。妳畫的地圖很好看。」

「媽，我八年級就不畫了。」但她說的沒錯，我真的很會畫地圖。我喜歡用藍色畫出大陸的界線，再畫上山脈，每座山都有小小的白色冰帽。

「蓋瑞結婚了嗎？」有時候，她真的想什麼就說什麼。她故意不看我，把洋蔥和蒜頭放進鍋裡，看著食材在油裡滋滋作響。

「我沒問。」其實我問了，他還沒結婚。我們也約好明天晚上見面。我只能用這個方法獲取塔爾加斯中學教職員的八卦，不過我不想告訴我媽。我可不希望她想歪了。此外，我們也要避免讓她過於激動。

「當老師的話，感覺不錯呢。」她裝出漠不關心的聲調，往鍋裡加了香料。

「並不比當警察更厲害。」我當然要開始抗辯。

「我覺得當警察很厲害啊，」她轉頭看看我，表示抗議。「我一天到晚跟別人炫耀妳有多棒。」

我才不相信。我很確定，他們去錫克教廟宇的時候，要是有人提起我的名字，爸媽就會想辦法轉移話題。「哈賓德在做什麼？」「她還沒結婚嗎？」「有小孩了嗎？」

蘇丹開始吠叫，表示我爸回來了。我看看時鐘，是一個很奇怪的銅製品，印度的形狀。時針在邁索爾上。七點了。店是九點關，表示現在由庫許看店。

我爸媽在肖勒姆開了一家小超商。他們本來賣DVD，但網飛斬斷了這門生意。現在最賺錢的貨品是酒，他們父子都不喝酒，連那號稱要噴灑義大利氣泡酒的母親也不喝。小時候我們都會在店裡幫忙，如果有人要買啤酒或葡萄酒，我就會喊爸媽過來。我從來沒想過要質疑對方有沒有資格買酒。現在就是庫許跟我爸在看店，有時候庫許的兒子哈基姆也會幫忙。每次要顧客出示證件，都得費盡唇舌。

「賓賓呀，」爸看到我了。「我們的小女兒回來了。」他真知道怎麼鬧我。他停下腳步，親了我一下，我聞到鬍後水的香氣。我父親從不展現疲態或邋遢，總是那麼整潔。他的長版上衣永保雪白，頭巾一定是深藍色。身上總有鬍後水和肥皂的味道，在店裡待了一整天也一樣。

「案子還順利嗎？」他拿了一支湯匙試咖哩的味道，我媽最氣他的這個習慣。

「太可憐了，」我媽說。「那個女的，那個老師，本來那麼美。報紙上有她的照片。」

「如果她很醜，妳就不會那麼難過嗎？」我說。

「賓賓，說話小心點。」我爸說。

「才不是，」母親一臉莊嚴。「這只是我的觀察。」

「這案子很煩，」我說。「我們很確定凶手是認識的人，本來應該能縮小範圍，可是還沒縮小。」

「晚上最好要鎖門。」我媽說。

「我們每天都鎖門，」我爸說。「而且我們有看門狗。」

兩人用寵溺的眼神看著蘇丹，他正躺在地板中央，彷彿決心能有多煩人就要多煩人。

「他才不會保護我們，」我說。「他太虛了。」

「他是受過訓練的殺手。」我爸說。

「誰訓練的？」

「我啊。蘇丹！」他對著狗說。「裝死。」狗狗肌肉發達的尾巴往地板上一敲。

「他已經在裝死了，」我說。「什麼時候吃晚餐？我可以先洗澡嗎？」

我從來沒有想過成年後還要住在家裡。大學一畢業，我就加入警隊，一開始，我跟其他三個預備警官同住。但是我不知道過了一陣子會差點被他們煩死。他們很不愛乾淨，也不會煮飯。半夜兩點帶著土耳其烤肉回來，早上起來會看到廚房裡丟滿啤酒罐和撕碎的生菜。他們喝掉我的特殊牛奶，而且愛看《我是名人》。過了一年，我就搬回爸媽家。本來只是權宜措施。「就住到她結婚吧。」我聽到我媽跟蒂帕阿姨說。好吧，那要等很久了。錫克教的婚禮直譯是「幸福聯盟」（聽起來比較像遠洋郵輪的名字），現在還不接受同性婚姻。爸媽不知道我是同性戀，目前這個階段我比教宗更單身，我真覺得不值得向他們坦白。或許就等吧，等到他們放棄所有的希望，相信我找不到適合的對象。我想我媽其實不會有什麼意見。她跟對面做寵物美容的史蒂夫和鄧肯處得很好，她也喜歡葛瑞姆・諾頓。但我相當確定她就像維多利亞女王，不太能接受兩名女性的性行為。現在最好不要讓她知道。我說過了，她這個年紀過於激動的話很危險。

總而言之，和老爸老媽住在一起也不算太糟。我住的套房有淋浴設備，還有源源不絕的美味食物。爸媽從不問我晚上幾點回家，不過我知道我媽要等聽到我的鑰匙聲才會去睡覺。他們不會嘮叨著要我交男朋友，我媽也終於放棄了讓我跟旁遮普的遠親相親的念頭。大多數時候，跟他們在一起很開心。我喜歡星期天跟他們一起看老電影，聽我媽幻想她是「印度版的英格麗褒曼」，還有我爸對電影幽默諷刺的評論。「來了，那個搞笑的外國人，切除了腦白質所以不會唸自己的名字。」週末見到哥哥也很開心，尤其是能看到姪子和姪女。他們的酷姑姑帶著警察的對講機，車上有警笛，就連我的嫂嫂偶爾也會說，「她很會帶小孩。真可惜……」但我不是特別喜歡小孩。嗯，這個說法感覺有侮辱小孩的意思。我喜歡某幾個小孩，就像我有一小群特選的朋友。

「妳太挑剔了。」我媽說。她嫁給她爸媽帶給她看的第一個男人。她運氣好，但她真的不夠挑剔。

淋浴後，我進了房間，看有沒有新郵件。手機嗡嗡響起。唐娜。我穿上衣服，因為裹著浴巾跟自己的老闆講電話感覺不太對。

「CSI結果來了。」她說。她發出吃東西的聲音，我敢說她一定還在辦公室，嘴裡塞滿薯條。唐娜已婚，有兩個很小的孩子，有一次她告訴我，等他們睡了再下班回家，感覺會輕鬆一點。

「有什麼特別的嗎？」我說。

「刀子上沒有指紋。」

「紙條呢？」

「什麼都沒有。查到微量的塑膠膜，意思是可能本來放在夾鏈袋裡。」

「能追蹤袋子的品牌嗎？」

「沒辦法，我猜都一樣。一塊錢一打的便宜貨。」

「還有別的嗎？」

「花園裡的樹叢纏上了一條線，那是最好的線索。可能是某種戶外服飾，防潑水登山外套那種東西。我已經叫實驗室好好檢查。」

我想到東尼．史威特曼曬黑的皮膚。「滑雪外套嗎？」

「可能吧。今天去學校還順利嗎？」

「有件事很有意思。一個十一年級的男生喜歡過艾拉，送了情人節卡片給她。」

「十一年級是幾歲？」

「十五到十六。」

她的咀嚼聲混入了沉思。「夠大了。」

「是啊，」我說。「夠大了。他人也很大隻，挺強壯的，打橄欖球。不過不像迷戀，他一直說只是開玩笑。」

「也是一個線索，去查查這個人。」

「他也沒有充足的不在場證明，」我說。「他說他在家裡用電腦玩戰爭遊戲。」

「全世界的青少年都一樣。」

「家裡沒有其他人，我覺得可以在電腦上追蹤他的位置。」

「有意思，」唐娜說。「繼續查下去。」

「我碰到一個老朋友，他在那裡教書，」我說。「我們約好了明天見面，看能不能挖到一些內幕。」

「很好。」

「我媽興奮死了，她以為這個人是我的真命天子。」

唐娜笑了。「你們今天晚上吃什麼？告訴我，讓我流流口水。」唐娜只在我們家吃過一次飯，她還在念念不忘。

「椰汁燴羊肉咖哩、印度薄餅、飯。」

「我可以搬去妳家嗎？」

「回家吧，唐娜，」我說。「明天帶印度薄餅給妳。」

14

我暫時忘了這天是萬聖節前夕。我跟蓋瑞約在「指南針」酒吧，位於最靠近塔爾加斯中學的村子裡。街上似乎擠滿了矮小的女巫和魔鬼，溺愛的爸媽們領著他們的子女進行中產階級的乞討狂歡。地獄空蕩蕩，魔鬼在人間。希望今晚會有人跟我媽討糖。她一定很想對著一群小殭屍發出溺愛的聲音。要是我的話，我會把所有的燈關掉，假裝我死了。

就連「指南針」也配合演出。我必須低頭穿過蜘蛛網，才能到吧檯，我看到蓋瑞了，坐在角落的桌子旁，桌上有南瓜形狀的蠟燭。

蓋瑞堅持第一杯酒的錢他來付。他點了一品脫的啤酒，但我堅持只喝柳橙汁。很多人以為我不喝酒，因為我是錫克教徒，事實上我寧可來一杯紅酒，或琴通寧。爸媽滴酒不沾，所以家裡沒有酒精類飲料，不過我媽有一次在耶誕節的時候買了一瓶貝禮詩奶酒給我，「因為年輕人都喝這個」。噁心到難以置信，用咖啡粉調味的液態嘔吐物。我真的很想來一大杯梅洛葡萄酒，但是我要開車，此外，我可不打算跟蓋瑞把酒言歡。

「我們小時候，才沒有這麼重視萬聖節前夕。」我說，這時蓋瑞努力穿越屍羅的巢穴[16]，回到我們的桌子。

「美國的影響，」蓋瑞說，我覺得這句話他一定重複過很多次了。「學校裡常常看到。」

「但是在美國，小孩子會有各種扮裝，對吧？超級英雄啦，公主啦，不是嗎？」我說。我從來沒去過美國。「在這裡，都是黑魔法的東西。很可愛吧，把小孩打扮成不死族。」

蓋瑞笑了。「妳還是那個老哈。」

我不確定要接什麼，而且，他究竟是什麼意思？還是一樣搞笑？還是一樣小心眼，而且有點怪？好多年沒有人叫我「老哈」了。

「你在塔爾加斯教書多久了？」我問。

「十年了，」他笑了笑，有些忸怩。「花了一年上完NQT以後，這是我第一份工作。有點悲哀，是不是？留在原地生活和工作，沒離開長大的地方。」

「起碼你沒跟你的爸媽一起住。」

「沒啊，」他放聲大笑，然後突然明白了。「噢，妳住在家裡啊？」

「對啊。還是在家，跟我爸我媽一起住。」

「我喜歡妳媽，」蓋瑞說。「我還記得在妳家吃的東西，從來沒吃過那麼好吃的食物。但我一直有點怕妳爸跟妳哥哥。」

「他們其實很溫順的，」我說。「我媽才是家裡的王。」

「我以前一直認為妳會結婚，」蓋瑞說。「我們的同學好像都結婚有小孩了，除了我以外。」

---

⑯ 屍羅是英國作家托爾金小說《魔戒》內的虛構生物，中土世界裡的一隻雌性大蜘蛛。

「也除了我以外，」我說。「我沒有結過婚。」

「但是妳加入了警隊，」蓋瑞顯然想幫我打氣。「很酷呢。」

「是嗎？」

「對啊！妳有沒有……」

「不要問我有沒有槍。」

蓋瑞又擺出那種忸怩的笑臉。「抱歉。」

「英國警官平時不帶槍，」我軟化了。「但我上過槍械課程。」

「嗯，還是比當地理老師酷。」

「在塔爾加斯中學教書是什麼感覺？」我問。

「好吧。」他吞了口啤酒，擦掉上唇的泡沫。「東尼是個很賣力的監工，老在碎唸資料一定要對，一定要知道最流行的用語。不過，他確實讓學校變得更好了，那沒話說。紀律也更好。不用擔心受怕，怕自己被鎖進文具櫃裡。」

他又笑了，但我懷疑這個例子來自個人的經驗。

「這個星期應該不好過吧，」我說。「因為艾拉的事。」

蓋瑞的臉稍微扭曲了一下。以他的年齡來說，體型保持得相當好，但在某些時刻，會看起來像個老很多的人。「很可怕。大家都在傳八卦，那些人根本不認識艾拉。」

有意思了。「你認識她嗎？」

他臉紅了。「算是吧。我們每年都會參加教職員才藝表演。她唱歌，我……妳記得嗎……我彈吉他。」

我的老天啊。多年來，我努力又努力，想忘了蓋瑞彈的吉他，但他說這句話時，眼中閃爍著溫柔的光芒，表示他仍然認為自己是肖勒姆的吉米·亨德里克斯[17]。我到吧檯前買了第二杯飲料。我很想來一杯葡萄酒，撐過即將到來的懷舊，但我需要保持頭腦清醒。這是工作，我告訴自己。

回到桌旁，蓋瑞告訴我艾拉是個「好人」。

「也很有才華，」他說。「她會唱歌跳舞，很有資格當演員。」

「她有男朋友嗎？」

我問得有點直接，他吃了一驚。

「妳……你們懷疑……？」

「我只想感覺一下她是什麼樣的人。」我趕緊安慰他。

「我不認為她有男朋友，」蓋瑞說。「有一兩次，她提到以前那所學校的人。我覺得她受到很嚴重的傷害，不想再跟別人糾纏不清。」

「糾纏？」

---

[17] 流行音樂的歷史上被譽為最具影響力的吉他樂手，也是二十世紀的傳奇音樂家。

「嗯，學校的教職員幾乎都結婚了，或有另一半。」他的口氣多了一絲防禦。你沒有啊，我心想。

「所以她不願意跟已婚男人扯上關係？」

「我肯定她不會。」

「你說大家在傳八卦，在八卦什麼？」

蓋瑞的表情真的不自在了。「艾拉確實很迷人，」他最後吐出了這句話。「大家一定有閒言閒語。」

「例如艾拉和瑞克．路易斯？」

蓋瑞鬆了一口氣。「所以妳聽說了，我就是不想說。大家在傳瑞克跟艾拉有曖昧，但我不覺得他們兩個有什麼。首先，瑞克對克萊兒比較有意思。」

「克萊兒．卡西迪？」

「對啊。妳見過她了嗎？她也是英文科的老師。很漂亮，但我覺得她有點高傲。不過，克萊兒和艾拉很要好。」

「我見過她了，」我說。「所以瑞克喜歡克萊兒？」

「對啊。大家都知道。有一陣子，他對她真的有意思。聽說他會在她家門外坐好幾個小時。他也結婚了，但還是克制不了自己。」

「克萊兒對瑞克有意思嗎？」我問。我想到那棟在老工廠陰影中的小房子。瑞克真的在跟蹤克萊兒嗎？果真如此，她為什麼不告訴東尼，讓他被解雇呢？

蓋瑞又笑了，但這次帶著苛刻與諷刺。「克萊兒才不會多看瑞克．路易斯一眼。她是那種只跟工商銀行家約會的女人吧。」

顯然，說起得不到的財富，蓋瑞是這種看法。

「學生呢？有人對艾拉有好感嗎？我知道會有這種事。」

「我知道，」蓋瑞眼神迷茫地盯著他的啤酒。「我記得我很喜歡克里德老師。妳記得嗎？教戲劇課的，我愛她愛到發瘋。」

「我完全不記得，」我說。「我向來對演戲沒什麼熱情。所以，有青少年愛上艾拉嗎？」

「據我所知，沒有。」他似乎突然想到他對面坐了個警探。「你們不會懷疑是學生幹的吧？」

「我認為凶手是艾拉認識的人，」我說。「意思是，你可能也認識。」

剛才的氣氛蕩然無存。

喝完飲料後，我就離開了。我不覺得我能喝下另一杯柳橙汁，蓋瑞也開始聊起「以前」。青少年的派對和足球比賽或許給他留下快樂的回憶，但是，在我離開塔爾加斯中學那天，我把一切都丟下了。永不回頭，那是我的座右銘。蓋瑞甚至提議再約一次，「去吃咖哩」。開玩笑嗎？既然我媽能煮全英國最棒的咖哩，我幹嘛去印度餐廳吃飯啊？我咕噥著，不表示反對或贊同，趕快去開車了。我願意讓蓋瑞搭便車，不過他要走回去。他就住在村裡，投注站的樓上。

商店街空無一人。那些小魔鬼都回家了。沒有路燈，小丘陵隱約可見，黑暗而寂靜。坐在停車場裡，有一點陰森。我突然很想回到家，聽爸媽爭論十點鐘新聞的內容。開車前，我照例看了看工作手機，發現有兩通未接來電，是陌生的號碼。我按下語音信箱。

「考爾警長，我是克萊兒．卡西迪。可以回我電話嗎？我必須要跟妳說一件事。」

15

我一定會給偵訊對象名片，但用到的人很少。我立刻回電給克萊兒。

「發生了一件事，」她說。「我覺得可能很重要。」

「妳在家嗎？」我說。

「對。」

「我立刻過去。」

路很黑，沒有其他的車子。我開著頭燈，燈光照亮了樹籬與農場的門戶、十字路口中間的光譜路標、草地邊緣死掉的獾、獨自在夜間小跑著冒險的狐狸。瑞克・路易斯坐在克萊兒家門外，是不是這個景象讓我一定要優先處理她的來電？或者花了幾個小時緬懷過去後，我只想趕快做點有用的事。不論如何，我十分鐘就到了。

燈光照在那排農舍上，奶油般的光線散發溫暖的感覺，但在後面那道真正的白堊懸崖前方，老工廠就像一道怪獸般的人造懸崖，俯瞰著下面的房子。可能是光線的幻術，或是瞥見了月亮，突然之間，我覺得某扇破窗戶上閃現了微光。像是燭光，像潛意識中有什麼閃了一下。摩斯密碼。亮，暗，亮，暗。我盯著那裡，整整看了一分鐘，可是再也看不到了。

克萊兒開門迎接我。她顯然還穿著上班的衣服（白襯衫黑長褲），但腳上是那種毛茸茸的室內鞋。我突然對她增加了一點好感。

「謝謝妳過來。」她退到一旁讓我進去。

「我就在附近。」我說。

藍灰色的客廳很舒適。燒木頭的爐子點了火，其他的光源僅有一盞流蘇桌燈。電視關著，我看到咖啡桌上有本翻開了壓住的書，威爾基．柯林斯的《白衣女人》。我想到坐在黑暗裡喝花草茶的艾拉．艾爾菲克，應該教這些女人用網飛才對。

克萊兒問我要咖啡還是茶，我選了茶，只想去掉嘴裡的柳橙汁味。整個過程有種虛假的親密感，坐在爐火邊喝熱飲，壓低了聲音，因為克萊兒的女兒喬琪在樓上。

「可能只是小事。」克萊兒說。

「但也可能是件大事，」我說，「不然妳不會打電話給我。」

「對，」克萊兒說。「可能是。」她凝視著馬克杯（哈利波特：葛萊分多），過了一會兒才開口，「我有寫日記的習慣。」

我不知道她在期待什麼樣的反應。驚訝？欽佩？事實上，克萊兒和寫日記，完全符合我對她的看法，就像十九世紀小說裡的女主角。我很確定克萊兒也認為她是自己人生的女主角。

但她還沒說完。「妳問起海斯，我就想到回去翻一下，艾拉和瑞克到底發生了什麼事。」

我就知道。「我以為妳什麼都不知道。」我說。

「妳讓我沒辦法思考，」她的臉稍微紅了一點。「此外，那是他們的私事。」

「我們在調查的可是謀殺案，」我說。但我沒有繼續進逼，我想知道她接下來會說什麼。

「我去翻舊的日記，」克萊兒說，「看看我那時有什麼想法，我找到了那一頁，有人在上面寫了字。」

「什麼意思？」

「有一個人在我的日記裡寫了字，」她的聲音變得不耐煩。「有人找到了我的日記，在裡面寫字。」

我還是覺得難以理解。「寫了什麼？」

「哈囉，克萊兒。妳不認識我。」

「可以給我看嗎？」

她看似不願意，但她應該早料到了，因為桌上有一本淡藍色的書，標了「二〇一七年一月至八月」。她拿起書，還沒遞給我，又急急地說，「還有一件事。我今天在學校待得比較晚，我必須接手期末的戲劇表演，本來是艾拉負責的。」

「《恐怖小店》？」

她吃了一驚。「沒錯。好吧，排戲的時間還沒到，我決定去頂樓。那裡是R・M・荷蘭的書房。」

「還在嗎？」我說。

「還在，」她說，「不過學生當然不准進入。」

「我從來沒看過那間書房，」我說。「但我讀過《陌生人》。」

「真的嗎？」她的聲音滿是訝異。「妳喜歡嗎？」

我聳聳肩。「不太喜歡，劇情太誇張了。一堆『等待，等待，等待』。」

「那是哥德式傳統，」克萊兒說。「要重複三次。」

「所以，妳怎麼了？」我想趕快結束讀書會的話題。

她移開目光，然後視線回到我身上，儘管沒有男性在場，仍睜大了小鹿般的眼睛。「我上樓進了荷蘭的書房。我在寫一本書，他的傳記，我想去看看房間裡的照片。總之，我到了那裡——從走廊盡頭的螺旋樓梯上去——有人坐在書桌前。」

「真該死，」我一時控制不住自己。「是誰？」

「是那種放在櫥窗裡的假人，」她說。「應該是從織品科拿來的。但是穿著維多利亞時代的服飾，兩隻手臂打開。我覺得是要模仿成R．M．荷蘭。」

「妳一定嚇壞了。」

「我差點死了，」她說。「我大聲尖叫，但是，當然沒有人聽到。然後我才發覺是假人。但重點是，一定有人想嚇我一跳，把那個東西放在那裡。會上去閣樓的人，也就只有我了。」

「其他人有鑰匙嗎？」

「管理員應該有吧，所有的鑰匙他都有備份。」

「還是變態阿派嗎？」我不假思索地說。

「派特森先生十年前就離職了吧。那時我還沒來，」她補了一句。「妳怎麼知道有這個人？」

「我是塔爾加斯中學的畢業生，」我說。反正她遲早都會發現。「我很老了。每一秒都在變老。」

「東尼知道嗎？」她說。「小心了，不然職業日他會找妳來跟十年級學生對談。」

「我還沒告訴他，」我說。嚴格來說，有機會向學生演講，我也不排斥。

「妳覺得有誰能把假人放在那裡？」我問。

「我不知道，」她說。「我想了又想，一直想這件事。」

「有沒有人對妳懷恨在心？」

「據我所知，沒有。」

「瑞克・路易斯呢？」

她坐得筆直，看著我，彷彿我是問她叫什麼名字的七年級學生。「妳為什麼會問到他？」

「據我所知，他曾經一度對妳有點想法。」

「那是很久以前的事，大家都忘記了。」

那就是問題。跟蓋瑞聊了一晚上，我學到了，沒有一件事能真的從記憶中抹去。

「說給我聽聽。」我鼓勵她。

她嘆了口氣。「瑞克一直都對我很友善。他當科主任也確實當得很好，非常平易近人。」

「我想也是。」

「嗯，他沒有刻意接近我，一開始的時候沒有。後來，他開始寫一些小紙條給我，從我們都喜歡的書上引言，那一類的東西。艾拉跟我都覺得很好笑。後來，今年年初的時候，英文科一起去吃飯，最後瑞克和我一起去停車場。他突然對我撲過來，開始親我。」

「真該死。」我又說了一次。她的口氣輕描淡寫，但這是性騷擾。

「我當然就把他推開了，告訴他要規矩點。」她的口氣很老師。「我是說，他應該只是喝多了。不過，第二天，他出現在我家門外。他說他愛上了我。『我滿腦子都是妳』，這是他說的。」

「真動聽唷。」

「我也這麼覺得。我告訴他，我絕對不會跟已婚男人有婚外情。」

「妳想過嗎？」我閒閒地說。「他長得算帥的。」

「不可能，」她坐得非常挺直。「我想都沒想過。我以為瑞克想通了，但過了幾天，我看到他坐在我家外面。很詭異。他就坐在那裡。我以為他迷路了，還是正要去哪裡。可是隔天他又來了。又過了一天，也是一樣。」

「這是跟蹤騷擾。」

「我其實不覺得是跟蹤騷擾，但我叫他不要再來了。我的意思是，他是我的科主任。不能這樣繼續下去，別人會說閒話。」

大家都知道了，我想戳破這一點，因為連蓋瑞這種最後一個聽到八卦的人都知道了。

「他就不來了嗎？」我問。

「算是停了吧。他偶爾還是會給我卡片，寫上尖刻的莎士比亞台詞。再見了！妳太珍貴，我不配擁有。不過重點是，我們只是同事。」

我想到第一次坐在這裡的時候，壁爐架上有一張卡片，簽名是「R」的那張。想不起來上面寫了什麼，很可惜的是連筆跡都不記得。我看了一下壁爐，但是卡片已經不見了。

「妳認得出他的字跡嗎？」我問。

「應該可以吧，」克萊兒說。「他常常手寫字條給老師，覺得這樣比較親切。」

「我可以看看日記裡的筆跡嗎？」我問。

她遞給我那本藍色的書。我快速掃過那一篇——接收足夠的資訊，知道艾拉和瑞克上床了，事後馬上甩了他——然後仔細看頁腳上那幾個小小的字。

「這是瑞克的字跡嗎？」我問。

「我覺得不是，」克萊兒說。「瑞克的字比較大，比較多圈。這有點像斜體，而且很小。」

很小，但是也大到能看出一件事。

寫這些字的人也寫了「地獄空蕩蕩」，然後放在艾拉的屍體旁邊。

在廢棄的房子裡，走廊上迴響著尖叫聲，我發現，那是我的聲音。我的朋友格傑恩死了，倒在我的腳邊。威伯福斯躺在不遠的地方。我摸摸兩人的脖子，尋找脈搏，但我知道無法挽回了。某個人，或某個東西，像來自地獄的野獸般撲向這兩個人，殺了他們。格傑恩的胸口刀痕累累，鮮血把衣服染成了紅色。他的雙臂展開，我可以看到他的掌心有傷口，如我們聖潔的主手上的聖痕，好可怕的褻瀆！我一開始以為威伯福斯也被刺死了，但在閃爍的燭光下細看，他是被勒死的，脖子上繞著拉緊的白布，讓他看起來恐怖到了極點。然而，殺手的刀子沒有放過他。匕首的把柄嵌入了他的胸口。

我渾身顫抖，手上的燭火在牆上弄出狂野的陰影，我怕到動彈不得，僵住了幾分鐘。因為，殺死夥伴的惡魔一定還在附近。現在，他會用血腥的雙手拿著血紅的刀子撲向我嗎？

但破房子裡一片寂靜。除了老鼠咬著地板的聲音，其他什麼都聽不見。然後，我聽到外面傳來的喊叫聲。「怎麼了？」柯林斯、巴斯蒂安和第三個人跑上了樓梯。蠟燭仍在我手裡，他們第一眼一定看到了我鐵青的面孔，映照著妖魔似的燭光，然後才看見場景中真正的可怖。

接下來發生的事，我想避而不談，或永遠忘記。我想通知學校裡管事的人，但巴斯蒂安勳爵指出我們會有麻煩，甚至可能去坐牢。他說，此外，地獄社可不樂見消息傳出去。其他兩人似乎很在意最後這一點，他們都是學長，您可別忘了。長話短說，我被說服了，最好的做法就是離開那棟可怕的房子，若無其事地回到學院。當然會有人發現屍體，警方也會開始調查，但我們要否認我們知道任何的細節。我們再也不會提起這個晚上。

「我們必須發誓，」巴斯蒂安說，他跪下來，把手指放到格傑恩手上的傷口裡，我滿心恐懼，想起多疑的多馬試探我們的主。

「發誓，」他說。「用他的血發誓。」

您能想像那個場面嗎？在燭光中，外面的風愈來愈強，巴斯蒂安站在那裡，手上沾了格傑恩的血。我們都快瘋了，不然我不知道該怎麼解釋。巴斯蒂安把沾滿血的大拇指壓在我們的額頭上，彷彿他是管理骨灰的牧師。記住，人類，你本是塵土，仍要歸於塵土。

「我發誓，」我們一個一個輪流說。「我發誓。」

接下來呢？啊，親愛的年輕人，不需要那麼驚慌。時間過去了，因為時間一定會過去。有人發現了屍體。警方開始調查，但一直沒找到凶手。沒有人來問我那天晚上去了哪裡。初級院長特別來安慰我，因為我的朋友死了，我如實告訴他，我非常非常難過。他表示同情，但引用了一小段荷馬的《奧德賽》，令人心寒，肯定是為了培養堅忍的精神。勇敢點，我的心說；我是名士兵；我看過比這更糟糕的景象。就這麼結束了。拉丁文說consummatum est，成了。

我當時是這麼想的。

第三部

喬琪

16

從狗狗寵物旅館接到赫伯特的時候，天已經快黑了。我們沿著大路走回家，車子呼嘯而過，頭燈照亮了飛舞的樹葉。赫伯特嗚嗚哀鳴，盡可能地縮到籬笆旁邊。這隻狗狗真的很膽小。最後我得把他抱回家。他個頭很小，但沒想到抱起來很重很結實。到家的時候我已經累翻了。媽說的有道理，我應該多做一點運動。「運動會釋放腦內啡，防止青少年變得憂鬱或肥胖，鼓勵養成健康的生活習慣，上大學後也可以參加運動團隊，擺脫毒品的束縛……」嘰哩呱啦，嘰哩呱啦。這是媽最愛的訓話內容，僅次於：「如果妳不努力準備考試，妳會後悔的。如果妳能進羅素大學集團的一間學校，能進牛津或劍橋當然更好，就會在大學裡度過人生最快樂的時光。我沒進牛津，但我並不怨恨……」

回到家裡，我餵了赫伯特，點了幾顆我最喜歡的蠟燭。應該不會有小孩來討糖，因為我們家離村子滿遠的，但我還是買了一些小熊軟糖。媽很愛吃甜，但她只吃阿茲特克人手工採摘的可可豆製成的黑巧克力。我很確定，小孩子比較喜歡更主流的糖類。點好了蠟燭，背誦一遍休斯老師教我們的咒語，翻開了《陌生人》。

過去四年來，每到萬聖節前夕，我都會讀一次《陌生人》。媽不知道，我也不覺得她會贊同，儘管她教自己的課時一定會用到這個故事。她也會大聲讀給學生聽。因為「健康與安全」的規定，她不能點蠟燭，但她會在筆電上開一個火焰程式，在背景中發出燃燒的聲音。一定恐怖得像在地獄裡。小時候，我很喜歡媽讀書給我聽。從繪本，到諾埃爾．斯特雷特菲爾德，到阿嘉莎．克莉絲蒂，到喬潔．黑爾。《惡魔的幼獸》仍是我的最愛，多明尼克是我心目中完美的浪漫英雄。跟泰說了，他其實挺嫉妒的。「去看那本書，」我告訴他，「你就懂了。」但我覺得封面上有襯裙的話，泰絕對不會看那本書。喬潔．黑爾的封面為什麼都那麼沒品味？書裡那麼多刺激的情節——綁架、假身分、野性十足的馬背追逐——但書封總是穿著舞會禮服的女人，對著男人甜甜地傻笑。威妮夏也愛喬黑，畢竟她的名字來自喬黑一本作品的書名。

「若您允許，」陌生人說，「我想說個故事。畢竟，路途遙遠，看這天色，一時也下不了車。那麼，何不說個故事，打發幾個小時呢？十月下旬的晚上，再合適不過了……」

開頭太棒了。我的書有三種不同的開頭。第一種是主角的觀點，第二種是反派的觀點，還有一種是我正在試的全知敘事者。想來想去，我覺得我要寫完了，才會知道怎麼開頭。休斯老師說大多數作家的第一章都可以丟掉，書也會因此變得更好看。不過，像《陌生人》這樣短短的故事就不一樣了。短篇的話，每個字都很重要。

媽不知道我在寫書。她連我在上創意寫作都不知道。她以為我只是去塔莎家鬼混，看女生愛看的電影，還有塗指甲油。她喜歡這個版本，儘管一直嘮叨，一直訓話，她覺得我這樣才像「正常的青少年」，哎呀隨便啦。就連「不適合我的男朋友」泰也可以塞進這個敘事裡。她跟爸擔心離婚會帶給我創傷。所以，剛搬來這裡的時候，他們要我上那間討厭透頂的聖菲斯。「保護周全的環境，」老爸說的。天啊，跟曼徹斯特的「奇異之路」監獄一樣吧，保護周全。真受不了。一堆神經質的女孩子，整天在聊她們的小馬，還有穿馬褲會不會讓屁股看起來很大（對，很大）。說到男生就發花痴，因為她們很少見到活的男生。有人來清潔窗戶時，她們表現得好讓我尷尬，真的。

轉到塔爾加斯以後，就不一樣了。是艾拉——艾爾菲克老師——起的頭。所以，她死了，我真的好難過。被殺了。我痛恨委婉的說法。艾爾菲克老師很喜歡我的作文，她建議我加入休斯老師的創意寫作小組。我在那裡認識塔莎，然後還有派翠克與威妮夏。我在這個世界上最好的朋友。休斯老師在預科學院教書，所以我們星期一下課後會去那裡。塔莎和派翠克跟我一樣，是塔爾加斯的學生，但威妮夏在聖菲斯讀書。威說以前我在聖菲斯的時候她不喜歡我，但那可能是因為我忙著隱藏自己真正的彩光。說老實話，我其實不記得學校裡有威這個人。她說她學到了怎麼在學校裡當個透明人，想到她那頭一公尺長的亮紅色頭髮，滿不可思議的。塔莎是我「官方」最好的朋友，全家人都知道這件事，因為常見的理由（也有一絲勢利眼），媽也贊同。塔莎的爸媽都是大學畢業的專業人士。塔本人說起話來很文雅，身上也只有常規的穿孔。他們住在很漂亮的房子裡，平日去Waitrose[18]買東西。我們在學校不常見到派翠克，因為他要打橄欖球，都跟球隊那些四肢發達的人待在一起。我跟塔莎討論過，雖然我們都愛派翠克，但絕對不會跟他交往，因為這樣會敗壞小組的能量。此外，他已經有女朋友了，她叫蘿西。可愛的小妹子。

一開始，我們都不知道休斯老師是白女巫。我只知道她教課教得很出色。她一看就知道哪些字詞可以用，哪些不適合。但是，她建議修改時，不會讓人覺得自己是笨蛋。她會鼓勵我們，啟發我們寫出最好的作品。她不像艾爾菲克老師那麼耀眼，甚至也不像我媽。她相當矮胖，長長的白髮盤成一個髻。但她的聲音真的很好聽，非常低沉，只有一點點威爾斯腔調。有一次，休斯老師提到放假時會去格拉斯頓伯里，我們才第一次發覺她不是一般的無神論者，亦即英格蘭國教會的教徒。「妳老家在那裡嗎？」塔莎問。那時候，我們已經有點迷上她了。「我的姊妹在那裡，」她微笑著說。又有一次，威妮夏很害怕，她要去醫院動手術（她生下來心臟上就有一個洞，不是那麼嚴重，但她很愛提這件事），休斯老師給她一瓶油，可以灑在枕頭上，還有一張圖片，上面是凝望著月亮的野兔，背面寫「願女神護佑妳」。威說那瓶油讓她做了很多美夢。

到了九年級要結束時，我們在討論《馬克白》，她才透露這件事。派翠克說這部劇只能在十七世紀行得通，因為當時的人懼怕女巫。休斯老師又神祕一笑，「現代人依舊很怕女巫，我們都怕自己不了解的事物。我只讓非常特別的人知道我是白女巫，平凡的靈魂就是無法了解。」我們當然很激動，我們很特別，不是平凡人。她沒說很多，也沒有要我們信她，不像那些來按門鈴跟我媽爭論的人，他們會帶著雜誌，上面說使用智慧型手機的人都要下地獄。但休斯老師教了一些冥想技巧和簡單的吟誦。她教我們怎麼做保護罩，怎麼擺脫瘟疫之靈。也給我們一人一顆黑曜石，保護我們不受邪靈侵擾。那就是為什麼在萬聖節前夕，我可以一個人坐在這裡讀鬼故事，也

⑱ 英國較高階的連鎖超市，自有品牌以高品質出名。

不覺得害怕。相反地，我想對著今晚在外行走的靈魂敞開心扉，盡我的力量來幫助他們。

「不安的靈魂，不要害怕。鬆開大地的束縛，面對光明……」

赫伯特開始大聲吠叫。我聽到有人走上了階梯。雖然有點惱火被打斷了，但我想到小熊軟糖，便走向前門，臉上掛著友好的微笑。

「哈囉，正妹。」

不是討糖的；是泰。

他正要去酒吧輪班，但他說不希望我一個人獨自度過萬聖節前夕。「妳媽回來我就走。」

我用力吞下我的不耐，因為他也是好意。泰總是一片好心。他就像隻長得太大的小狗。天曉得為什麼媽跟爸認為他是魔鬼。去年夏天，我用假證件進了俱樂部，喝得爛醉，那時候遇到了他，他就一直想辦法照顧我。「妳不懂這個世界，」他以他二十一歲的經歷俯瞰著我，「這是個很可怕的地方。」但是，還好有休斯老師和創意寫作小組，我已經遊遍了這個世界和下一個世界。我什麼都不怕。

泰進了門，坐在沙發上，嗤笑我點的蠟燭，吃了一把小熊軟糖。赫伯特從房間的另一邊對著他咆哮。我敢說這隻小狗是媽的魔使。即使貴賓狗的毛通常不會讓人過敏，卻能讓泰打噴嚏。

泰拿起我的鬼故事選集，開始翻頁，但我知道屬於R．M．荷蘭的時刻結束了。我打開電視，泰的手臂環上了我。我們又開始例行的親熱／搏鬥馬拉松。別誤會了。我很樂意跟泰做愛。他很帥，知道自己在做什麼，不像跟我同年齡的男生。休斯老師說，一定要接納我們的性慾，這是很強大的力量。但泰一心要等，等到二月我滿十六歲的時候。所以我們除了最後的防線，什麼都做，搞得精疲力盡。他不時停下來，發出呻吟聲，目光呆滯；就連我也覺得自己像一根彈簧，繞了好多圈，快要爆炸了。現在他在吻我，一隻手在我腰帶上，另一隻手在解我的胸罩。我的腦子裡沒有太多想法，就是紅與黑，滿是嗡嗡叫的蟲子。然後赫伯特叫了起來。

泰坐直了。「妳媽回來了嗎？」他很怕媽，太好笑了。

「還早。她要排戲，聽小豬佩奇唱食人植物的歌。」

泰一臉茫然，應該沒聽懂我在說什麼。

但赫伯特搖著尾巴，發出看到媽才有的那種尖叫聲。他跳到沙發背上，開始在我耳邊汪汪亂叫。車頭燈射入了客廳。我吹熄蠟燭，打開大燈。泰塞好了衣服。我扣上胸罩，把頻道轉到《六人行》。正常青少年會看的東西。

門開了，但媽沒有進客廳。她一定看到了泰的車，發覺他在這裡。我覺得很煩，她會以為這是我計畫好的，偷偷跟男朋友約會。但事實上，我的動機更崇高，更純潔。

媽進了廚房，我跟在她後面。她穿著紅色的傘狀外套，站在那裡倒葡萄酒。

「怎麼了？」我說。「排戲取消了嗎？」

她轉過頭，我嚇到了。她的神色很恐怖。她一向很蒼白，但現在看起來像是有人對她潑了白油漆。睫毛膏糊了，彷彿哭過。

「妳沒事吧？」我說。

她喝了一大口酒。「我只是嚇到了，」她硬擠出一個微笑。「泰在這裡嗎？」

「他要走了。」我說。

「他不用馬上離開，」她說，「但等一下可能有人會來，那時候他最好不要在這裡。」

「他六點前要走，」我說。「他今晚要去酒吧工作。」

媽好像鬆了一口氣。她看起來也希望我不在這裡，我很同情她。

「等他去上班，我有很多功課要做。」我說。

17

媽的訪客大概十點的時候到了。我從窗戶往外看，一台灰色的車，相當酷，出來一個女人。我看不到她的臉，但我敢說就是昨天來學校那個女警官。派翠克以前是艾爾菲克老師的學生，所以被叫去了，他說她真的很嚇人，看似她完全知道你心裡在想什麼，而且反應冷漠。老工廠裡的亡靈今晚有事要做，閃出光芒，弄出奇怪的聲音，電的能量很強，但我很驚訝居然看不到分岔的閃電劃過天空。女警感覺到什麼了，她停住腳步，抬起頭來。但她顯然決定不要聽從內心的聲音，只搖了搖頭，繼續走向我們的前門。

媽說謝謝她過來，女警說，「我就在附近」，刷掉別人感到的善意。她們進了客廳，我就什麼都聽不到了。過了一會兒，赫伯特上樓，坐在我床上。他一定聽煩了關於謀殺案的討論。我可不煩。我超想知道她們在說什麼。沒有人跟我提過艾拉，儘管事實上我跟她很熟。她以前常來我們家。但是我只是個小孩——更糟的是，還是個鬱鬱寡歡的青少年。沒有人想聽我的意見，這才是他們的損失。

我用一隻手撫摸赫伯特，另一隻手打開了筆電。我真的有功課要做，歷史和西班牙文，不過現在要做更重要的事——寫今天的日記。寫日記真的不容易，但那就是重點，不論喜不喜歡，都要寫。休斯老師說，要成為作家，寫日記是很好的訓練。我跟塔莎、威妮夏、派翠克都在

MySecretDiary.com，「我的祕密日記」網站。如果你要保密，才是祕密；很多人會公開內容（在網站內公開；只有成員能看到發文，不是對整個網路公開）。有時候我會公開，但只有在我覺得寫得特別好的時候，不過這與寫日記的目的背道而馳——應該是日常的紀錄，而不是特別寫就的散文。但我確實會精心修改我的文字。我覺得這是因為我用筆電寫的關係，比較容易編輯。我真無法想像用手寫日記是什麼感覺，只有這麼一次機會可以表達想法，然後墨水就永遠印在紙上了。我賭現在才沒有人會用手寫日記。

我登入帳號。我的密碼是Herbert17，風險很高，因為我所有的帳號都用這個密碼。至於赫伯特本狗，正在裝睡，不過我知道他在看我。我往下滑，來到今天的日記。威妮夏發了，派翠克也發了。小熊也發了，我覺得這個人很煩，還有網狼，我有點喜歡他。

派翠克又寫了一場奇幻旅程，你不知道是他，還是他的另我「美洲獅」在發文。我沒什麼興趣。我覺得真實生活比奇幻更黑暗，更複雜。威妮夏的日記比較多真實生活。都是「我媽不懂我」、「那個男生沒注意到我」、「沒有人給我的IG照片按讚」。重點是，沒有一個媽媽了解自己的孩子，在先天和社會學的角度上，她們缺乏這種能力。威妮夏就跟聖菲斯的女生一樣，看到男生就發花痴，又很怕他們。她總是默默愛慕著在公車上看到的人，或只在臉書上往來的朋友。她會說（我可以清楚聽到她的聲音，難道她發了聲音投射的咒語？），「妳當然沒關係啊，喬琪，妳有男朋友了。」我覺得她說的也沒錯。不過IG跟Snapchat的東西都很無聊。媽跟爸就愛假裝我對社群媒體上癮。我聽到他們跟朋友聊天，用輕快的聲音隱藏真實的情緒：「喬琪一直在滑手機、傳簡訊、傳WhatsApp，我也搞不清楚是什麼。那不健康。我在她這個年紀，都在外面打曲棍球／送報紙／找朋友。現在的青少年啊……」如此如此，無限循環。就讓他們這麼想吧，我也比較輕鬆（他們的想法也很有趣：讀書，很好，讀螢幕，不好），但事實上，我從來不在社群媒體發文。我當然有聊天群組，老師也會在臉書開學習小組，但我會上的網站就只有「我的祕密日記」。

我開始打字：「今年，艾爾菲克老師的死取消了萬聖節前夕。似乎連死神也無法闖入已經變成庸俗閃亮節日的萬聖節前夕。學校裡有人戴上女巫帽或殭屍牙，只得到老師的喝斥，許多老師仍因為艾老師而紅著眼睛。上地理課的時候，有人問起喪禮的事，卡特老師差點哭了。聽說要在學校的禮拜堂舉行。如果要處理我的身後事，禮拜堂是我最後一個選擇。不過，我也不想在教堂舉行喪禮。我想飛散到四個元素裡。身體歸土，血液歸水，呼吸歸風，心靈歸火。」

我停下來。思索。如果要發布，應該停在這裡。相當不錯，尤其是死神那句。但如果要繼續提到泰和我媽，還有現在家裡來了警官，就應該維持私密。我在這裡寫過艾爾菲克老師的死，但我不想讓別人以為媽跟這件事有牽連。我想發布，讓派翠克和威妮夏看到我寫了，但你不知道這個網站裡還有哪些人。爸媽以為我們不懂，其實我們很懂。我把設定改成「私密」。

「學校裡發生了一件事。媽回到家的時候，好像見了鬼。說不定真的看到了？R・M・荷蘭妻子的鬼魂據說在學校裡出沒。我沒看過她，但我在舊大樓的一樓確實感覺到一股寒氣。大家都討厭去那裡上課。並不是說那兒鬧鬼，而是感到難過。你可以感覺到愛麗絲・荷蘭的悲傷，從頂樓的平台墜落殞命時的絕望。我知道瑪麗安娜也在；有時候我覺得她就在旁邊。我真希望媽跟亨利．漢米爾頓會面時，能讓我待在旁邊。但是不行，我被趕出去了，跟著滿臉痘子的艾德蒙。『年輕人待在一起。』當然，媽一定希望我會愛上劍橋的氛圍，發誓努力用功，考試全部拿A*。跟大學比起來，我對R．M．荷蘭比較有興趣。也比對男生有興趣。

「泰晚上過來了。他可能是一番好意，或想保護我吧。他不希望我獨自度過萬聖節前夕，但一個人度過才是我真正的期待。他當然吻了我，我們又開始做那些事。我真希望我們就做愛，結束這一切。但他有他的顧忌。『妳年紀還不到，』他老是這麼說。年齡只是個數字。而且，休斯老師覺得我可能有一世是個有智慧的老女人（當然就是女巫的意思）。反正，媽及時回來了，撲滅了那把火。泰很怕我媽，真好笑，所以結結巴巴打了個招呼，他就走了。然後我做了晚餐，因為媽還是心神不屬。她說會有『訪客』，我就上樓去『寫作業』。訪客原來是調查艾爾菲克老師謀殺案的那個女警。媽為什麼會找她來我們家？關於艾拉的死，難道媽有證據？她們是好朋友，我知道。艾拉以前常來我們家，她們會邊喝葡萄酒邊看《舞動奇蹟》（中年人的鴉片）。今天晚上出事了嗎？就像在小說裡一樣，偵探白羅[19]突然『知道』凶手是誰，但不肯告訴任何人，因為還要讓讀者再看一百頁。好吧，媽不會告訴我，我也不能在小組裡提起，因為派翠克顯然還在為艾老師心煩意亂。年齡或許只是個數字，但十六歲大的孩子不准送情人節卡片給他們的老師。我那時候就跟他說了。但是大家都不愛聽我的話。

「是他們的錯。」

⓳阿嘉莎・克莉絲蒂小說中的主角，一名比利時偵探，常憑藉個人特殊的靈感來破案。

18

艾爾菲克老師的喪禮在星期六舉行，但媽要我穿學校的制服。「史威特曼校長要學生穿制服。那樣比較醒目；他覺得艾拉的父母會喜歡。」史威特曼校長，我媽當然叫他東尼，總在考慮什麼東西看起來是什麼樣。不過，他當校長當得還算不錯啦。有些女生覺得他很帥，真好笑。他看起來像BBC廣播二台的DJ。

媽穿著黑洋裝和外套，很好看。我穿著運動服和短裙，白痴死了。早上真的很冷，我也穿了防風外套，戴上黑毛線帽。走向車子的時候，我們兩人應該一個看起來像超模，一個像流浪漢。我沒有埋怨，第一個理由，我在訓練自己不要太在乎外表，第二個理由，媽似乎真的真的很焦慮。吃早餐的時候，她眼淚都要掉下來了，但是，赫伯特跳上了桌子，開始聞馬麥醬，她卻狂笑不止。

「媽，吃顆鎮定劑吧。」我舉起赫伯特，把他放到地上。這是我庫存「正常青少年」詞彙裡的一句。可以讓爸媽翻起白眼，開始高談闊論美國對現代年輕人的影響。

「不好意思，」媽擦了擦眼睛。「我太緊張了。我一直希望今天不要來。」

「要度過這一天，只有一個方法，就是度過這一天。」我轉述了休斯老師說過的一句話。

「有時候，妳真的很像智慧老人，」媽抱了我一下。「妳知道嗎？」

上車後，媽不停踩煞車，兩次是幻想前方有狐狸，一次是因為一隻猛禽直直對著我們飛來，飛得很低，翅膀差點擦過了我們的擋風玻璃。那是一個徵兆，沒錯。我只是不確定有什麼意義。

我們到的時候，停車場裡已經有很多車了。管理員穿著西裝，打了黑色領帶，站在門口的台階旁，感覺超詭異。媽停下來跟愛騙戴夫講話，他是兩個管理員裡比較老的那個。我們繼續往前走，他對著我擠眉弄眼。我沒理他。

只有舉辦特殊集會或音樂會時，我們才會進禮拜堂。這裡通常會上鎖。我不會演奏樂器，九年級那年離開了唱詩班，所以我好久沒進去了。今天我很驚訝裡面這麼大，可以裝進這麼多人。教堂的主要空間和唱詩班的座位幾乎都滿了。聖壇上放了白色的花。飽滿又不知為何感覺猥褻的百合花，香氣十分濃郁。前兩排空著，應該是留給艾爾菲克老師的家人。媽在往後兩排的地方找了位置。路易斯老師在我們前面，帶著一個胖女人，我猜是他太太。很多老師都來了。副校長法蘭西斯太太。教我英文的帕瑪老師。教地理的卡特老師。還沒看到史威特曼校長，他應該在等家屬吧。伸長脖子東看西看，最後我終於看到她了，坐在最後面，編成辮子的白髮盤在頭上。休斯老師對我微笑，我也報以一笑。派翠克和威妮夏坐在她旁邊，但我不能丟下我媽。過了一會兒，塔莎和她媽媽來了，坐在我們旁邊，太好了。

接著，教堂後方有了動作，我們知道棺木抬進來了。這是我第一次參加喪禮。我只去過一場婚禮，就是我爸跟芙勒結婚的時候，不過是在登記處。他們連伴娘都沒有。還好芙勒真的很周到，她幫我安排了一件差事，讓我穿著Laura Ashley的碎花洋裝，幫忙拿花束。那時候我十二歲，覺得自己呆得要命。媽當然沒來，所以我跟奶奶坐在一起，她一直摸我的頭髮，一直嘆氣。那時候，她很不贊同爸跟芙勒結婚，不過後來就有點動搖了，因為芙勒婚後連著迸出了兩個孩子，其中一個是男孩。

今天感覺有點像婚禮，但很可怕。穿著黑衣服的男人把棺木抬過走道，後面跟著的人就像伴娘和花童。他們應該是艾爾菲克老師的家人，白頭髮的男人和女人，緊緊牽著手，再來是一對年紀更大的夫妻。會不會是艾爾菲克老師的祖父母？有點可怕，活得比你的孫子還久。另一對中年夫婦進來了，史威特曼校長在最後面，似乎已經對著鏡子練習過那一臉的關切。

想到艾爾菲克老師的遺體在那個箱子裡，感覺有點嚇人。說真的，那不是箱子，比較像枝條編成的棺材，纏繞著花朵，很漂亮。上去誦讀或講話的人都要繞過棺木，他們離一個死人、一具屍體只有幾公尺。跟死亡有關的字眼都好可怕。但是，休斯老師說，死並不可怕，只是從一個狀態轉換到另一個狀態。

史威特曼校長讀了聖經上的字句，太努力表現真摯了，反而很假。不過字句很美。主說，復活在我，生命也在我。一名親屬讀了那首詩，「不要站在我的墳前哭泣，我不在那裡，我並未離世。」對我來說，這首詩沒那麼恰當。我們應該要哭泣，她確實離世了。一堆含糊其辭的說法：過去了、睡著了、安全靠在耶穌的臂彎裡。每次去古舊的墓園（媽最愛的消遣），我都會想到這件事。「喬．布羅格斯。於一八八四年五月十日睡去。」只是睡了的話，幹嘛埋他？

幾首讚美詩，唱詩班唱得很不整齊，羅塞蒂老師負責所有的獨唱。風琴聲微弱無力。那是一台電風琴，原本的管風琴兩側上了漆，管子直升到天花板，可是現在沒有人會彈。R・M・荷蘭死後，這裡是一所私立學校，增建了這座禮拜堂。有點新藝術風格的感覺，彩繪玻璃上畫了百合花與騎士。並不古老，沒有深厚的能量。

教區牧師說起艾爾菲克的生平。「一位投入的教師，鼓勵了許許多多的年輕人。」聽起來他跟她不怎麼熟。她的爸媽都沒有上去講話。再一首讚美詩，黑衣男人把枝條棺材扛上了肩膀。艾爾菲克老師的家人跟在後面。「安葬儀式僅限家人參加，」我聽到媽跟塔莎的母親說。安葬，我就不懂「安」在哪裡。他們就是要把她埋進土裡。塔莎和我對看一眼，從兩位媽媽身邊溜了出去，她們在跟路易斯老師和他太太講話。舊大樓的餐廳裡有茶點，我們可以去找休斯老師和其他小組成員。

沿著走道出去，我看到那個女警站在禮拜堂後面。她旁邊是那天也來過學校的男人，頭髮花白，看起來像頭牛。走過去的時候，沒想到她對我說話了，「妳是喬琪・卡西迪吧。」

「喬琪・紐頓。」我說。我不贊同用父系姓氏，但別人假設我跟我媽同姓的時候，我還是覺得有點煩。

「我是考爾警長，這位是溫斯頓警長。」

「哈囉。」我有點手足無措。我可以看到休斯老師的辮子消失在人群中。

「一直聽到別人提起妳，」考爾警長說。她很嬌小，深色的皮膚和深色的及肩短髮。不能說是漂亮，但有點搶眼。眼睛深凹，眼周的皮膚帶著陰影。看起來在追查謀殺案時，她絕對不肯休息。當然，她現在也在查案。

「艾爾菲克老師教過妳嗎？」溫斯頓警長問。

「十年級的時候，」我說。「不好意思，我要去找我的朋友。」我不想錯過能跟休斯老師講話的機會。

我們在餐廳外碰頭了。很多人已經在排隊拿食物跟飲料。才只是中午呢，真有這麼餓嗎？我看不到媽的人影。

「一場鬧劇。」派翠克說。

「她的身體應該要釋放到元素裡。」威妮夏說。

「我覺得有幾首歌很不錯，」休斯老師很好心地說。「尤其是《奇異恩典》。」

「那是羅塞蒂老師唱的，」我說。「我覺得唱詩班很差。」

「艾爾菲克老師想要的應該不是這樣，」塔莎說。「她很講究靈性。」

「確實是。」休斯老師說。她當然很懂艾爾菲克老師；她們是朋友。難怪她今天一臉肅穆。

「我們應該幫她辦一個屬於我們的儀式，」我說。「或許在冬至那天。」

「喬琪亞，非常美好的想法。」休斯老師把手放在我的手上，我感到能量衝過我的血管。

「我先說的。」威妮夏臭著臉說。她很嫉妒我跟休斯老師的連結。

另一個老師來找休斯老師講話，塔莎和威妮夏朝著食物前進。派翠克拉住我的手臂。「喬琪，能聊一聊嗎？就我們兩個。」

「好呀，」我說。「我們去樓上吧。」

沒有告示，但我們知道今天除了禮拜堂，應該不准進去學校的其他地方。管理員仍在指揮大家進餐廳，所以沒有人看到我們跑上了後面的樓梯。我們上了一樓，R．M．荷蘭的住所。這裡有股不一樣的能量。你可以進入不同的世界，不同的時間。不光是因為這裡有地毯與合宜的燈罩；比裝潢更深刻。我真的能想像R．M．荷蘭手裡拿著鵝毛筆的模樣，或者愛麗絲像馬克白夫人一樣，高高舉著蠟燭飄過來。

派翠克似乎沒注意到這裡的氛圍。他大步向前，試著轉動每一個門把。他穿的不是制服，而是一套深色西裝，從背後看起來像個陌生人。

「都鎖了。」我說，其實我不確定。有一次好像聽到媽說鑰匙幾乎都不見了。

我們走到通往荷蘭書房的螺旋樓梯。我跟媽來過一次，我記得她告訴我地毯上那些腳印的事。突然之間，我覺得愛麗絲的靈魂就在旁邊。

「上去吧。」派翠克說。

「鎖了吧。」我說。

「沒有，沒鎖。愛騙戴夫一定忘記了。」

我不想跟派翠克進那間書房。我們感覺像兄妹，但不知道為什麼我不想單獨跟他在一起。他今天看起來好像大人，很帥，但也有點壓迫感。此外，我心裡有一小塊守法的地方，不想讓別人發現我跟派翠克・奧利里去了閣樓那個房間。我都可以想像媽會怎麼說。她說不定會逼我吃事後避孕藥。

但派翠克已經上了樓梯。我跟上去，很小心地踩在浮凸起來的腳印裡。到了最上面，進了書房，我的心跳停止了。有一個人坐在荷蘭的椅子上，像殭屍一樣張開雙臂。在那一刻，我想到：是他，他來找我了。就像《陌生人》裡那個人。我開始往後退，但派翠克的笑聲讓我停了下來。

「喜歡我的假人嗎？」

「什麼？」咒語解除了。「是你放了那個東西嗎？搞什麼？」

派翠克聳聳肩。他在黑暗裡，我看不到他的臉，但他的聲音冷酷而粗厚，是他跟橄欖球隊員講話的聲音。

「開玩笑罷了。萬聖節前夕，我們有幾個人上來這裡。從織品科拿來的。」

「衣服哪裡來的？」

「《孤雛淚》留下來的。」艾爾菲克老師去年帶學生演的戲。「匹克威克先生吧，還是誰。」

那不是《孤雛淚》的人物，但我沒有糾正他。我心想：這一定是媽在萬聖節前夕看到的景象，所以她回到家才會有那種見了鬼的表情。我對派翠克產生了一瞬間的恨意。

「喬琪，」他的聲音完全變了。「我必須跟妳談一談。」他坐在牆角那張天鵝絨小躺椅上，拍了拍旁邊的椅墊。遲疑了一下，我坐到他旁邊。

「你要跟我談什麼？」我說。我想強制自己把目光從牆上和桌上的照片移開。我已經很久沒上來了，真希望能有時間好好看看這些照片。但派翠克的話讓我跌回了現實，「警察來了。」

「我知道，」我說。「那個警官，考爾警長，才找我談過。」

「她說了什麼？」

「她沒說什麼。另一個，那個男的，問我是不是艾爾菲克老師的學生。」

派翠克用手梳過頭髮。

「喬琪，我覺得他們在懷疑我。」

我瞪著他。「他們為什麼要懷疑你？」

「有人說了情人節卡片的事，他們問我她被殺那天晚上我在幹什麼。」

「你在做什麼？」

他沒有立即回答，然後他抱著頭，「我去她家了。」

「什麼？」我真希望我聽錯了。

他抬眼看我，現在他看起來好小，一點不像十六歲。他看起來跟我弟弟老虎差不多大，可是老虎還不到三歲呢。

「我去艾爾菲克老師家了，我只想見她一面。我很生氣。她不該告訴路易斯老師我送她那張卡片。全班的人都知道了。我得換到別的班上。我假裝不在乎，可是我……我很氣。」

我懂。當時，派翠克表現得滿不在乎，但身為學校裡的頭號酷哥，讓別人知道他對老師有好感，一定覺得糗大了。

「為什麼現在才去？」我說。「情人節都過好久了。」我收到兩張卡片：西班牙文課的男同學給我一張，另一張不知道是誰寫的。那時候我還不認識泰，但我確定他會選一張有紅色的，閃亮亮的，上面有穿著衣服的動物。

「休斯老師說的，」派翠克說。「她說未和解的感覺堵住我的靈性進展，我必須彌補我做過的事。」

我立刻生出妒意。派翠克居然私自和休斯老師見面。我努力壓下這些感覺。嫉妒是純然負面的情緒。

「你見到艾爾菲克老師了嗎？」我問。

「沒有，」他說。「我敲了門，但沒有回應。我就在那裡等了一下。我藏在教堂的陰影裡，沒有人看到我。但我看到他了，我看到他從她家出來。」

「誰？」

「路易斯老師。」

19

派翠克要求我不能告訴任何人。他現在把這個祕密告訴我，因為他很擔心艾爾菲克老師被殺那晚他沒有適當的不在場證明。他告訴警探他在電腦上玩《決勝時刻》（經典的「正常青少年」行為），但其實他在「我的祕密日記」上寫東西。他一個人在家，因為他爸媽去參加派對了（派翠克的爸媽很愛社交活動，我看得出來媽有點不以為然），他哥哥跟女朋友出去了。

「看起來很糟，」他一直重複這句話。「萬一有人看到我在她家那邊怎麼辦？」

「但我們得告訴警察路易斯老師在那裡。是說，他可能是凶手。」

這句話說出口，聽起來真的很荒謬。路易斯老師是教師；很可靠，有時候很無聊，常說「這是關於史坦貝克的小趣事」一類的話。他不可能殺人，凶手應該戴著面具，拿著滴血的匕首。血紅色的，就像馬克白和R．M．荷蘭的用語。剛才在禮拜堂裡，路易斯老師坐在我們前面，手臂環著他的妻子，不時擦擦眼淚。他看起來很難過，但不像滿懷罪惡感。當然，如果他殺了艾爾菲克老師，心理應該還在受折磨吧？

「不行！」派翠克說。他抓住我的手臂，看起來又是大人的模樣。我覺得他力氣很大。他每天都鍛鍊身體，也是橄欖球隊員。一秒就能把我撂倒。但現實仍是現實。這是派翠克，我的朋友，像哥哥一樣，小組的成員。他不會傷害我。他心煩意亂，他需要我幫他。

「妳不能告訴別人，」他說。「他們會發現我在那裡，以為我殺了她。妳可以想像頭條新聞是什麼吧？心神失常的青少年遭拒後刺殺教師。『朋友說派翠克．奧利里個性孤僻，喜歡在電腦上玩戰爭遊戲』。」

我忍不住笑了。「金髮教師，」我說。「如果不提她的胸部大小，那一定會提到她的髮色。」

派翠克沒笑，也沒放開我的手臂。

「向我保證妳不會告訴別人。」

「我保證。」

他放開了我。

「用小圈圈發誓。」

用小圈圈發誓，就會引動小組的力量——你可以稱這個小組是我們的巫師集會。如果我打破誓言，所有人都要受苦。

「我用小圈圈發誓。」我嘆了口氣。

派翠克站起身，想擠出一個微笑，彷彿一切都是在開玩笑，像是橄欖球隊員的打鬧。

「趕快下樓吧，」他說。「別人會以為我們沒安好心。」

沒安好心。很奇怪的說法。很老派，但也有點不吉利。

「你先下去，」我也盡量讓我的聲音聽起來很輕快。「最好不要讓別人看到我們在一起。」

派翠克沉重的腳步聲移下了螺旋樓梯。我一個人在荷蘭的書房裡，這是我一直以來的願望。

我環顧這個房間。有兩扇窗戶，一扇的形狀很奇怪，像三葉草，中間的彩繪玻璃是花朵的模樣——應該是罌粟花——另一扇是正常的形狀，傾斜的閣樓窗戶。荷蘭的書桌在這一扇窗戶下面，雕花椅上正坐著假人。牆上貼了紅色的壁紙，因水漬而稍微退色，但你幾乎看不到顏色，因為有兩面牆的書櫃頂到了天花板，另外兩面牆掛滿了相框。還有我跟派翠克剛坐過的躺椅，小小的壁爐前方有鐵柵。我想，這裡是房子的中心吧。屋簷下發著紅光的心臟。

我應該下樓了，跟大家一起吃香腸捲，壓低聲音談論艾爾菲克老師。但我想先在這裡多待幾分鐘。彷彿R．M．荷蘭保護著我不被下面的東西侵擾：祕密、威脅，以及死亡本身。我起身，細看牆上的照片。都是黑白的，多半是留著鬍鬚的男人與穿著蓬蓬裙洋裝的女人。有兩張大學的照片：大的說明是「彼得學院，一八三二年」，上面有一群穿著長袍的學生，站在看起來很像聖裘德學院的建築物外面，另一張是四個拿著槍的年輕人。下面用手寫的說明是「彼得學院小口徑俱樂部」。那時候的人也會拿這個名字來開玩笑嗎？

他的獨照只有兩張。一張是他在這個房間裡，坐在現在坐了可怕假人的椅子上，假裝在寫字。誰拍的照片？我想知道答案。愛麗絲嗎？在難得能享受家庭幸福的一刻？另一張是他坐在草地上的躺椅裡，現在是我們的籃網球場。他一派放鬆，伸直了雙腿，戴著巴拿馬帽，對著看不見的攝影師舉起了一隻手。我看了下面的說明。「與瑪麗安娜」這幾個字。

但照片裡沒有其他人。

我溜進了餐廳，完全沒引起注意。媽在跟她的朋友黛博拉講話；她們擦完眼淚又笑，笑完又擦眼淚，我猜她們一定在聊艾爾菲克老師。塔莎和威在跟我同年級的幾個女生聊天。這裡的學生不多，除了威是別校的，沒有穿制服，我們這群穿著藍色運動服的都有些不自在。沒看到派翠克。我走向女生的團體。一個叫艾菈．貝茨的女生用那種超假的方法在哭，手在眼睛前面亂搧，弄乾不存在的眼淚。

「就是，就是讓人好難過，」她說。「我真的很愛艾爾菲克老師。」

「太難過了，」塔莎拍拍艾菈的背，對著我鬥雞眼。

「他們說凶手還沒找到。」艾菈的朋友佩吉說。

凶手當然還在逍遙法外，我想說。不需要是犯罪主謀，也能推出那個結論吧。但我說，「警探也來參加喪禮了，就是調查案件的那些人。」

艾菈發出一聲尖叫。「他們在哪裡？」

「他們是密探，」我繃著臉，「不會讓妳們看到。」

「他們可能就在這裡，」威說。「事實上，凶手可能也在。」

「我的天吶，」艾菈抓住了她。「認真的。不要啊。」

我忍不住把視線移到路易斯老師那邊，他站在史威特曼校長旁邊。兩人的頭靠在一起，沉浸在他們的對話中。路易斯老師跟平時一樣——個子很高，有點不整潔，被生活擊垮了。他不可能是凶手吧。有可能嗎？

「妳們看到史威特曼校長的老婆了嗎？」佩吉說。「那邊，穿黑色褲裝那個。在跟帕瑪老師講話。」

我往那邊一看，看到一名苗條的金髮女子，穿著剪裁修身的長褲。她正是我會為校長挑選的妻子，很有吸引力，但不好惹。她的彩光很亮，但不夠結實，像反射在淺水上的陽光。個性可親的帕瑪老師似乎發現她不怎麼好相處。

「她挺正的，」艾菈說。「真可惜。」艾菈就屬於那群愛大肆宣揚她們有多喜歡史威特曼校長的女生。

「她是律師。」我說，應該是從我媽那裡聽來的。

「他們有兩個超可愛的小孩，」佩吉說。「我朋友有時候會去他們家當保母。」

「不可能吧。」艾菈的口氣好像聽到了有史以來最驚人的新聞。

塔莎跟我對看了一眼。「我們要去找一個人。」她拉住我的手臂。威跟著我們穿過人群（還是有很多人，不過我沒看到艾爾菲克老師的家人），走向休斯老師。她獨自站在放飲料的桌子旁邊。但她看起來不尷尬也不孤單；臉上溫和的微笑反映了內心的善念。

「哈囉，妳們好，」她說。「喜歡喪禮上的肉品嗎？」

休斯老師是純素主義者。

「出自《哈姆雷特》嗎？」我說。「講到葬禮的烤肉？」

「妳真聰明，」休斯老師說。「『葬禮中剩下來的殘羹冷炙，正好宴請婚筵上的賓客』。哈姆雷特的母親葛楚德在夫君死後立即再婚。」

看得出來，威不耐煩了。我說對了引言，她就不高興。「休斯老師，」她說，「妳覺得誰殺了艾爾菲克老師？」

休斯老師定定地看著她，她的眼睛好藍。「那不是我們應該問的問題。」她說。

「該怎麼問？」塔莎說。

「艾拉的靈魂是否還跟我們在一起，」休斯老師說。「或者，我們要不要幫她走進光裡。」

「妳們認識那個預科學院的怪人嗎？」開車回家的路上，媽問我。「她叫什麼名字？布萊恩妮什麼的？布萊恩妮·休斯，對了。妳怎麼會認識她？」

「她以前是威妮夏的老師。」我說。

「她有點怪，」媽說。「艾拉以前總說她是女巫。」

我們兩人沉默了幾分鐘。媽顯然想起了艾拉，我則在納悶艾爾菲克老師知不知道休斯老師的能力。或許對她來說只是笑話，就像媽覺得是笑話一樣。我們離開學校後，她的情緒就很奇怪，幾近狂躁。這一分鐘在笑可怕的歌聲，下一分鐘又在擦眼淚，車子偏離到對向的車道。真希望我已經十七歲了，就可以開車。

「我看到妳跟派翠克·奧利里講話。」她說。

我決定沉默是最好的對策。灰色的冬日田野滑過窗外；視覺上軟軟的，有毛皮的感覺。

「妳跟他很熟嗎？」在漫長的停頓後，媽才問我。

我聳聳肩（青少年該有的動作）。

「我認為他相當帥氣。」媽想裝成跟我是一國的，真嚇人。

我依舊沒開口。

「壞男孩總是很迷人。」

我的老天啊。求祢讓她閉嘴吧。為了讓我們兩人一起脫離痛苦，我說，「我跟他不熟。他感覺有點無聊。妳知道的，橄欖球隊員都那樣。」

媽肉眼可見地鬆了一口氣。肩膀下沉，方向盤上的雙手也放鬆了。

「所以妳比較喜歡泰，不喜歡派翠克？」我忍不住要調侃她。

「我不是不喜歡泰，」她說。「他滿乖的，人很好。我只是覺得他年紀跟妳差太多了。」

「那妳寧可我跟派翠克約會嗎？」

她橫了我一眼。「他約妳了嗎？」

「沒有，」我說。「媽，鎮定點。」這句青少年的用語明顯讓她安心了。其餘的車程在可以說是友善的寂靜中度過。

聽風呼嘯的聲音。火車似乎都被撼動了，是不是？不過，我們在這裡很安全。畢竟，車廂之間沒有連通的門。沒有人可以進來或出去。要再來點白蘭地嗎？

接下來怎麼了？唔，平淡的真相是：沒什麼可說的。格傑恩的爸媽領走了他的遺體，他被葬在他的家鄉格洛斯特郡。我沒有參加葬禮。我不知道威伯福斯怎麼了。之前說了，警方一直沒找到凶手。過了一年，破房子拆掉了。我繼續學業。我覺得我變得很孤獨，有點奇怪。穿過庭院或坐在餐廳裡時，其他的學生會用奇怪的眼神看我。「就是他，」有一次，我聽到某人的耳語。「另一個人。」對彼得學院的大多數人來說，我想我變成了「另一個人」，可能連我自己也這麼想。

我很少看到巴斯蒂安或柯林斯。我現在是地獄社的正式成員，但我不參加他們的集會，也不去一年舉辦一次、聲名狼藉的「血腥舞會」。我多半待在自己的房間或圖書館裡。我跟同學的接觸僅限於射擊社的成員。跟他們在一起，起碼能得到一些單純、志同道合的時光。

畢業時我拿到一等榮譽學位，心滿意足。聽說巴斯蒂安勳爵入獄了，柯林斯沒能完成學位。但他們是其他學院的學生，我們早已走上不同的道路。我進了博士班，繼續大學時代已經習以為常的孤獨單身漢人生。

然後，在研究所的第一個學期，我接到相當奇怪的來信。那時是十一月，酷寒的一天，走向警衛室取信時，可以聽到冰霜在腳下破裂的聲音。並不是說我常收到很多信。母親偶爾會寫信來，我也訂閱了兩本學術性的神學期刊。就那樣而已。但這天，還有別的東西。蓋了外國郵戳的信件，上面的字跡很奇怪，是傾斜的。我懷著一點好奇心，打開了信封。裡面是波斯文的剪報。我當然不懂波斯阿拉伯文，但裡面附了翻譯，同樣的斜體字跡。上面說，一個名叫阿米爾・易卜拉希米的人死於一場古怪的意外，與熱氣球有關。上升時很順利，但在飛行途中，易卜拉希米掉出氣球下的籃子，墜落身亡。我把信翻來覆去，納悶誰會覺得我對這種駭人的事件有興趣。就在那時，我看到背面寫了幾個字。地獄空蕩蕩。然後，我想起來了，易卜拉希米是第三個人的名字，與巴斯蒂安和柯林斯一夥的。

另一個人。

第四部

克萊兒

20

艾拉的喪禮結束，晚上就把喬琪一個人留在家裡，我有點不放心。但黛博拉求我陪她。「今晚如果跟里歐和小孩待在家裡，我會發瘋。我要跟喜歡艾拉的人在一起。我們可以去村裡的酒吧。吃點咖哩，一起喝一瓶葡萄酒。不需要待到很晚。」所以我問了喬琪，她似乎沒異議。她說她會找塔莎和威妮夏來我們家，一起看《舞動奇蹟》。我沒有問泰會不會來，假設就只有女生吧。喪禮後，看到喬琪跟派翠克．奧利里聊天，我有點不高興。他九年級的時候上過我的課，他是那種男生，力氣正在超過女性，也會毫不留情地使用他的力氣。他爸媽的事我也略有耳聞。他們是愛爾蘭人，愛喝酒愛派對。人算好，但不會跟兒子討論他的厭女態度。不過，提到這件事的時候，喬琪漫不經心地說派翠克相當無聊。我聽了很安心，或許她說的是事實。我不覺得派翠克．奧利里的腦袋裡除了橄欖球還裝得下其他東西。

看到喬琪聊天的對象還有休斯老師，預科學院的英文老師，我也有點心煩意亂。布萊恩妮．休斯有點老嬉皮的感覺，頭髮綁成布倫希爾德[20]的辮子，掛滿水晶和銀飾。表面上她學生的考試成績很好，但她是那種仰賴魅力的老師——威爾斯的布羅迪小姐[21]——我總覺得那種人很不可靠。艾拉也有那一類的風格，可能因為這樣她們才是朋友。我也要點明，我覺得她們不久以前已經鬧翻了。艾拉說過那個布萊恩妮是白女巫，會因為半夜在墓園裡跳舞而興奮不已。我不覺得會有這種事，但艾拉可能開始覺得這種怪姊妹的行為讓她毛骨悚然。不論如何，我不會讓喬琪被她迷惑。從塔爾加斯畢業後，她可能會去那間預科學院，我要確保她不在休斯老師的班上。不過，我不認為喬琪會選英文。她向來不愛看書。

我要離開的時候，塔莎和威妮夏來了，威妮夏的哥哥開了一台相當拉風的跑車把她們送來。這兩個女生都不錯。塔莎充滿熱情，像隻才剛出生的英國雪達犬。雖然我覺得她有時候有點瘋癲，但看得出來，有這樣的朋友確實很好玩。她也很聰明，而且不會對男孩子發花痴。她媽媽是音樂老師，爸爸是醫生，撫平了我的中產階級焦慮。威妮夏一頭紅髮，很瘦，神情帶著一絲緊張。她爸媽算是上流社會，我對這點有些反感，如同奧利里一家以及他們在賽馬日的飲酒習慣。真的，階級這檔事對我來說有各種難處。賽門會說我只接納擁有自用住宅的《衛報》讀者，似乎說的對。我猜喬琪在念聖菲斯的時候認識了威妮夏，雖然有點出乎意料，但她們還是朋友，也感覺不錯。

我告訴喬琪她可以用我的帳號點披薩，塔莎謝了又謝。

「克萊兒，妳人真好。」喬琪的朋友來家裡都叫我克萊兒，在學校叫我卡西迪老師。她們對這種轉換毫無困難。倒是我還記得有一次我讓塔莎留校，因為她忘了寫功課，也記得八年級的時

---

⑳ 北歐傳奇故事裡的女戰神。

㉑ 繆麗兒．絲帕克（Muriel Spark）的著作《春風不化雨》（The Prime of Miss Jean Brodie）的主角，一位走在時代前端的教師，也是女權主義者，對於教育的觀點不受制於保守的被動。

候，喬琪的朋友佩吉在作文裡寫到她媽媽的男友和他吸毒的習慣。

我跟黛博拉約在「皇家橡樹」酒吧，英皇查理二世被圓顱黨追殺時，曾在很多客棧避難，據說這是其中一間。現在是一家美食酒吧，喜歡把食物堆高高的，不過咖哩很好吃，雖然是星期六晚上也不算太吵。要開車的話，我通常不喝酒，不過我點了一小杯紅酒。黛博拉點了大杯的琴通寧。

「我需要酒精，」她跟我碰了碰杯子。「天啊，最討厭喪禮了。」

「沒有人喜歡吧，」我說。

「我不知道，」她一口氣喝掉了半杯酒，不過她也有一台車子停在外面。「一些年長的親戚似乎很愛。但是老人的話就不一樣了，活得很幸福，孩子跟孫輩都來了。懷念逝者。但艾拉呢？老天啊，她還沒活夠呢。」

「我懂，」我說。「可憐的爸媽。妳跟他們打過招呼了嗎？」

我正準備離開守靈的時候，艾拉的爸媽正好從火葬場回來。我只能很快聊兩句，笨拙地抱抱他們，含糊地承諾要保持聯繫。

「講了幾句而已，」黛博拉說。「他們表現得很堅強，但她媽媽看起來傷心透頂。『我失去了最好的朋友』，她告訴我。」

喬琪會說我是她最好的朋友嗎？肯定不會，或許也貼近現實，不過有那麼一刻，我感受到近似妒意的痛苦。我跟我媽就稱不上是朋友，不過我當然很愛她。我跟蘇格蘭的外婆比較親，但我們也不常見面。她會寫信給我，但我一直找不出時間來回信。我很想幫她設定Skype，但她說阿勒浦的Wi-Fi連線太弱了。我一定要趕快去看她。

我喝了一小口酒，想喝慢一點。一對對母女出現在我腦海裡，差點沒聽到黛博拉在問我，「瑞克還撐得住嗎？」

「還好吧，」我說。「喪禮時他坐在我前面。」

「跟他太太一起嗎？」

「對。」

「他太太應該不知道艾拉的事情吧？」

「我認為她應該不知道。」

雖然我們坐在雅座裡，也沒有人聽得到我們在說什麼，黛博拉還是靠了過來。

「警察問我瑞克的事。」

「真的嗎？」

「對，他們問我在海斯發生了什麼事。我說我不知道，我沒去。」不過，黛博拉的確知道艾拉和瑞克的一夜情。艾拉告訴她的，念念不忘瑞克病態的失戀行為。現在我突然納悶了，他的行為應該是邪惡吧，不是病態。

「他們也問我瑞克的事。」我說。

「妳有沒有告訴他們，他對妳也有意思？」

「她好像已經知道了，我是說考爾警長。」

「她感覺很悍，對不對？她也是塔爾加斯中學畢業的，妳知道嗎？」

「我知道，她告訴我了。」

「織品科的桃樂絲．羅登記得教過她。」

「真的嗎？」我的興趣來了。「她念中學的時候是什麼樣子？」

「當然很聰明啦。不過她不怎麼喜歡織品——那時候叫作縫紉吧。習慣坐在教室最後面，讀詹姆斯．赫伯特的恐怖小說。」

我完全能想像，年輕時的哈賓德當然最愛恐怖小說。

「妳真的認為他們在懷疑學校裡的人嗎？」我說。

「嗯，通常是受害者的熟人做的，不是嗎？」黛博拉說。「書上都那麼寫。」突然之間，她的臉一垮，淚水滾滾落下面龐。她用紅色的餐巾擦了擦眼淚。「老天啊，」她說。「我在說什麼！受害者。我的口氣好像電視劇裡的人，那種里歐星期六晚上會看的節目。可是艾拉是我們的朋友。」

我記得黛博拉本來對警察和案件調查興致盎然。或許我們都在做同一件事：建構一個故事，不想面對現實。

「整件事好像我們在一場戲裡，」我說。「或惡夢。我一直以為她會回來。」

「妳的意思是她的鬼魂嗎？」黛博拉說。

我不是那個意思，但是在她說這句話的時候，我想像艾拉對著我滑行而來，長長的金髮傾瀉在身後。像馬克白夫人。像愛麗絲．荷蘭。艾拉的鬼魂沒有開口，但我知道她在生我的氣。

黛博拉用手蓋住了我的手。「她不會回來了，」她柔聲說。「克萊兒，她死了。」

「我知道，」我說。那一刻，我感到徹底的絕望。

我慢慢把車開回家。海上吹過來了薄霧——本地人稱之為海霧——能見度只有幾公尺。打開頭燈也無濟於事；只會照亮霧氣，更增添戲劇性的詭異，像乾冰一樣。回到家的時候，喬琪已經準備睡覺了。咖啡桌上有三顆燒完的蠟燭，讓我突然想到《陌生人》。桌上也有一些乾葉子，我起了疑心，聞了聞味道。我不覺得喬琪會吸大麻，但很難說。葉子的味道像是乾燥花草。每年年末送禮時，我老拿到一大堆乾燥花草，以及巧克力和蠟燭，偶爾也有葡萄酒或冰箱磁鐵，上面寫「獻給最棒的老師」。赫伯特蹦蹦跳跳，想擠到我前面。他也好奇地聞了聞葉子，耳朵一隻豎起，一隻耷拉著。

「來吧，緝毒狗狗，」我說。「睡前最後一次噓噓。」

我帶他過了馬路。今天的滿月朦朧地罩在霧氣裡，微弱的柔光照在工廠的牆壁上。我想到前幾天看到的光芒。難道有人睡在工廠裡？我要不要告訴別人？告訴警察？告訴遊民關懷協會？說不定哈賓德．考爾可以幫得上忙？我看到她來參加喪禮，但她沒有跟我說話。我猜她跟尼爾來參加，只是出於尊重。守靈時就沒看到他們。

赫伯特終於抬起了腿，我急忙回到家裡。我鎖上防盜鏈，檢查後門。然後上了樓。喬琪的燈還亮著，我敲了敲門。

「請進。」

她坐在床上讀《哈利波特》。賽門送給她的絨毛狐獴靠在旁邊。她看起來只有七歲。

我坐到床上。「妳們還好嗎？」

「還不錯，」她說。「《舞動奇蹟》太無聊了，我們玩了《毀滅人性卡牌》[22]。」

「威妮夏的哥哥又來接她嗎？」

「塔莎的媽媽來了，她說她會打電話給妳。」

我撫平了喬琪的霍格華茲被套。她的房間裡有小孩的東西，也有青少年的東西。她還留著森林家族的娃娃屋，但電子產品多到目不暇給，地板上都是充電線。床頭上釘著拍立得的照片，喬琪與朋友對著相機微笑，自拍的感覺，噘起了嘴唇，披散著瀑布般的頭髮。

「妳跟黛博拉聊得開心嗎？」她的語氣很有禮貌。

「還好，」我說。「有一點難過。我們一直在聊艾拉。」

「難過也不是妳們的錯，妳們以前那麼要好。」

「妳說的對，」我親親她的頭。「親愛的，晚安。別看書看到太晚。」

我迅速沖了個澡，穿上最暖和的睡衣，上了床。赫伯特已經在打呼了。我打開日記，準備重溫這一天。前幾天都沒寫日記，可能太緊張了，但我覺得喪禮值得記錄下來。

最後一篇是十月三十日星期一。結尾是，「明天是萬聖節前夕。老天啊，幫幫忙。」我寫到這裡就結束了，但對頁上出現了新的句子。曾經是第一次看到的筆跡，現在眼熟到覺得很恐怖。開頭是：「來自真誠好友的問候」。

㉒ 問答式的卡牌遊戲，鼓勵玩家對尷尬或禁忌的話題開玩笑。

21

「出自《白衣女人》。」我說。

「那是……？」尼爾問。

早上起床後，我就打電話給哈賓德，但我不認為她星期天會在警局。然而，她要我到警局會面，我到那裡的時候，裡面坐滿了人，都盯著電腦螢幕。我只能說犯罪不分平日假日，在西薩塞克斯郡也一樣。以前從沒進過警局，真沒想到就跟辦公室一模一樣。有電腦和咖啡機，以及午間瑜伽課的告示。女性也比男性多。

哈賓德領著我們進了非常小的會議室。裡面有扶手椅，甚至還有放了假花的花瓶，但那個空間隱約帶著不祥的感覺。有一面暗色的窗戶，我不確定另一邊有沒有人看著我們。

昨天晚上，哈賓德叫我把日記放進塑膠袋，不要再碰到它。現在，她戴上薄薄的塑膠手套，一頁一頁翻閱。

「在《白衣女人》中，」我說，「福斯科伯爵，他是壞人，開始在瑪麗安．哈爾科姆的日記裡寫字。他開始敘事，延續了好幾頁。他這一段叫作『真誠好友的附筆』。」

哈賓德說，「那天晚上我去找妳的時候，妳正在讀《白衣女人》。」

真沒想到她記得這件事。「對，」我說，「那是我很喜歡的一本書。」

哈賓德翻到那一頁，用她平板、不帶情緒的聲音讀了起來：

來自真誠好友的問候。我指的是細細閱讀這本很有趣的日記（我剛讀完了）。有好幾百頁。我可以把手放在心臟上，宣告每一頁都讓我入迷，感到煥然一新，非常愉悦。

可敬的女子！

但是，克萊兒，不是每個人都像我一樣懂得珍惜妳。說這句話讓我心碎，但有些人就是要與妳作對。我已經處理掉了其中一個生物。我會像飢餓的野獸一樣撲向其他人。

「前面直接抄那本書，」我說。「一直到可敬的女子！」我帶了我的書過來，多佛出版社的舊版，封面上的女人穿著書中女主角安．凱瑟瑞克絕對買不起的豪華白色緞子洋裝。引用的地方已經標起來了，我把書遞給兩位警探。

尼爾口唇微開，讀著裡面的文字。哈賓德幾秒鐘就掃完了整頁。

「嗯，凶手先生確實讀過《白衣女人》，」她說。「假設是男人吧。」

「書挺厚的，對吧？」尼爾用手掂了掂書，彷彿那是一塊肉。

「《白衣女人》也是妳的教材嗎？」哈賓德問我。

「不是。不在課程大綱上。」

「成人班呢？創意寫作課會用嗎？」

「有時候會用。我用這本書來說明怎麼用多個敘事者。」

「還有其他東西嗎？」

「有，」我說。「《飢餓的野獸》是R．M．荷蘭寫的，但是沒出版。」

「妳說誰？」尼爾問。

哈賓德把答案告訴他。「他是一位作家，以前住在塔爾加斯中學。大概一百年前吧。他的書房在舊大樓的頂樓。他寫了《陌生人》那篇鬼故事。幾年前電視上還演過。」

「所以，每個人都知道這個……這個飢餓的野獸？」

「不知道，」我說。「我們不教R．M．荷蘭，他也不在課程大綱上。有些人可能知道荷蘭，但不知道他寫過《飢餓的野獸》。這本書從未出版，手稿也不見了。只有在他的日記裡摘錄了幾段。」

「我的老天啊，」尼爾說。「我以為只有少年阿莫[23]會寫日記，結果大家都在寫。」

哈賓德瞪了他一眼。「克萊兒，我們就專心看妳的日記吧。誰能接近妳的日記？」

「接近？」感覺是個好僵硬、好律師的用詞。

哈賓德耐心地嘆了口氣。「誰能在妳的日記裡寫字？日記本一直放在家裡嗎？」

「不是。我常把最新那本帶去學校。有時候會在下課時間寫。」

「這個星期帶去學校了嗎？」

「帶了。」萬聖節前夕，在等排戲的時候，我覺得可以利用時間，但我去了荷蘭的書房，看到椅子上那個假人。我立刻回家了，留下安努許卡去應付《恐怖小店》。

「在學校的時候，妳把日記本放在哪裡？」

「我的包包裡，或置物櫃裡。」

「置物櫃在哪裡？」

「在英文科的休息室。」

「有鎖嗎？」

「沒有。」在我來這所學校前，鑰匙早就不見了。

「不怎麼安全的置物櫃呢，對不對？」尼爾突然爆出笑聲。

哈賓德沒理他。「我們需要採集英文科所有人的指紋，」她說。「還有筆跡的樣本，來排除他們。妳的我們有了，但我們也需要妳女兒的。」

「喬琪的筆跡？」

「對。她跟妳在家裡，我們也要排除她。」

又一個讓人打顫的說法。排除。我想到日記裡寫的。我已經處理掉了其中一個生物。

我說，「妳認為寫這句話的人就是殺死艾拉的凶手嗎？」

哈賓德和尼爾對看了一眼，彷彿要決定可以告訴我多少內幕。最後，哈賓德開口了，「妳第一次給我看的那幾個字，跟現場那張紙條的筆跡相符。只是字不夠多，不是確鑿的證據。」

有那麼一刻，我真的怕我會嘔吐或昏倒。擔心自己有事是一回事，但聽到一名警探就事論事

㉓蘇．唐珊（Sue Townsend）暢銷著作《少年阿莫的祕密日記》（The Secret Diary of Adrian Mole Aged 13 3/4）的主角。

地證實了真的有事，又是另一回事。彷彿死亡天使飛過了這個房間，拍打著恐怖的翅膀。

地獄空蕩蕩。

「但是，意思並不是說這個人，」哈賓德用戴了手套的手拍了拍我的日記，「就是罪犯。相信自稱來自殺手的信件，一定有錯。七〇年代的約克夏開膛手一案就是這樣被耽誤了。他們相信那捲『我是傑克』的錄音帶，讓聲音專家分析口音，浪費幾百個小時的人力，結果只是個想引人注意的瘋子。我們的案件說不定也一樣。」

「但是現場的紙條……」我說。

「對，」哈賓德說，「是比較有意義。」

「寫的人一定看過《陌生人》，」我說。「地獄空蕩蕩是故事的關鍵台詞。他們去破房子的時候，必須喊出這句話。」

「我記得，」哈賓德說。「這也是一堆廢話。引言或許出自《陌生人》。但更有可能出自《暴風雨》吧——在GCSE的課文裡，對不對？」

「對，」我說。

「所以英文科的人都很熟這句台詞？」

「應該吧。但你們不會以為……」

「每一條線索都要跟進，」尼爾說。「我們也需要妳全部的日記本。」

「全部？」

「有幾本？」尼爾說。

「大約三十本，」我說。「我從十一歲開始寫日記。斷斷續續，但一直在寫。」那一年，我進了中學。我迷上了一個常在公車站看到的男生，每篇的結尾幾乎都是：今天看到PB或今天沒看到PB。大學的時候停了幾年，但跟賽門的婚姻觸礁後，我又開始寫。恢復單身後的第一篇：賽門離開十個星期了，但我再也不會用他來計算我的人生。

「為什麼全部都要？」我問。

「我們知道有一個人在妳的舊日記本裡寫字，至少寫了一本，」哈賓德說。「其餘的都要檢查。即使沒寫字，那個人或許看過那些日記，留下了指紋。」

我不想交出我的日記。在想像中，哈賓德翻開我的日記，嘴角上揚，露出那個輕蔑的微笑。或用精選的事件娛樂她的同事。「她以為她懷孕了，就因為跟計程車司機一夜情！」

尼爾顯然把我的沉默當成了驚恐，也不算錯得太離譜。

「我們會派警力保護妳，」他說。「巡邏車會監視妳家，我們會給妳一個號碼，妳覺得擔心就可以打電話過去。」

「你們真的認為我有危險嗎？」

「我不覺得，」哈賓德說。「這個人」——她又拍了拍我的日記本——「要說有點什麼，只能說他很想保護妳。」停頓了一下，她又說，「不過，天黑以後最好不要出門。」

開車回家的路上，我陷入了震驚。殺手，看了我的日記？他（我覺得是個男人，不過我注意到哈賓德很小心，沒有指明性別）是不是在追蹤我內心的想法，那些我不好意思大聲說出的感受？那些痛恨賽門及芙勒的時刻、職場上微不足道的嫉妒心、相信自己能寫出一本書的荒謬信念？他看到了跟艾拉有關的那篇日記？那就是為什麼他殺了她？我已經處理掉了其中一個生物。光想就覺得可怕。而且，有人不只讀了我的日記，還在裡面寫字。充滿惡意、字體很小的筆跡顯然符合艾拉遺體旁找到的紙條。寫的人是工作上很親近的人，還是家人？他是不是如警方認定，我現實中認識的人？

回到家的時候，我頭痛欲裂，只想帶著熱水袋和阿斯匹靈躺到床上。但打開門，絞肉和洋蔥翻炒的香味撲鼻而來，喬琪跟泰在廚房裡煮飯。

「媽，我們想幫妳做一道好吃的週日午餐，」喬琪把罐頭番茄倒進了鍋裡。「泰提議的。」我突然想到了蘇格蘭的外公外婆，桌上擺滿了烤肉和馬鈴薯。每樣東西都閃著誘人的色澤，本身的味道就很濃郁。桌子中央藍色和白色的肉汁器皿冒著熱氣。今天的午餐應該是波隆那肉醬義大利麵，放了很多蒜頭與奧勒岡。我還是有點想吐，想到要吃的東西就覺得胃裡一陣翻攪，不過我不得不承認他們太貼心了。泰正在切青椒，小心翼翼切得大小一致。喬琪擺好了餐具，插了一盆相當可愛的冬青與常春藤。她在攪拌醬汁時，赫伯特目不轉睛地盯著她。我不想讓他變胖，所以從不給他備餐的碎屑。但是喬琪會給，所以他充滿期待。他很愛人類的食物。

「我帶了葡萄酒，」泰說。宛若專業的酒保，他用餐巾包著瓶子，幫我倒了一杯酒。

「泰，謝謝你。」我克制著別讓自己喝太大口。泰也倒了一杯給喬琪，我決定不說什麼。我需要來點布洛芬，但我不想用止痛藥配酒，只能逼著自己坐在餐桌前，跟他們聊天。我想了解除了在酒吧工作，泰有沒有其他的抱負，聽說他明年想申請進大學，我滿高興的。

「我有A-Level的成績，」他說。「英文、資訊科技和藝術。不是很高分，但我說不定可以進某個學校主修英文。我念書時滿喜歡英文的。我的英文老師真的很棒。」

大家想起英文老師，都充滿了感情。數學或資訊與電腦科技就是另一回事。八年級C組的學生特別像惡魔的時候，我總靠著一個想法撐過去，就是等其中一個人拿到布克獎[24]的時候，會在得獎感言中提到我的名字。

「那英文成績要很好。」喬琪的回應相當不得體。

泰臉紅了。「那媒體研究好了，創意寫作也可以。」

「媽開了創意寫作課，」喬琪說。「不如你去上吧。」

泰含糊不清地應了一句。為了表示同情，我說，「祝你好運了。如果自傳或其他東西需要我幫忙，就跟我說吧。」

「我可能不會上大學，」喬琪說。「就去旅行，或做類似的事情。」

---

[24] 現稱為曼布克獎（Man Booker Prize），是每年頒發給用英文寫成並在英國出版的最佳原創小說的文學獎，得主通常會也得到國際讚賞與聲望。

我的頭痛立即升高了好幾級。

「現在還不是做決定的時候，」我說。「妳可以去旅行，然後進大學。給自己一年的空檔。」

「芙勒趁空檔年去了泰國。」

可不是嘛。「選項很多，」我努力維持臉上帶著鼓勵的微笑。

「反正啊，」喬琪說，「作家是天生的，不是培養的。」

「誰說的？」

「我在某個地方看到的，」喬琪說。「怎麼知道義大利麵煮好了沒有？要丟到牆上看會不會黏住嗎？」

我努力吃下了一大盤義大利麵。泰盛了三次，似乎很滿意他們的烹飪實力。「跟Pizza Express的醬一模一樣，」他說了好幾次。喬琪皺了皺眉，泰心目中的恭維聽在她耳中似乎變了樣。甜點是乳酪蛋糕，喬琪還用咖啡機煮了咖啡，是我喜歡的做法。他們也不讓我收拾和洗碗，我就到客廳坐著，隨意翻閱星期天的報紙。雜誌封面上有金色和紅色的星星，模特兒穿的洋裝好像是用瓶蓋做的，我以前會收集這種瓶蓋，捐給藍彼得[25]。「五朵時尚煙火。」天啊，今天是十一月五號。英國焰火節[26]。一堆白痴在放炮，赫伯特又要顫抖嗚咽一整個晚上。我們這裡算是很偏僻，但煙火的聲音可以傳好幾英里。我常想打仗時的薩塞克斯就是這個樣子，可以聽到法國傳來的槍聲。

泰五點時離開，正好是第一枚大煙火發射的時候。赫伯特跳上了沙發，把頭塞到我的手臂下面。

「可憐的寶貝，」喬琪撫摸著他。「只是有人在紀念一個被折磨到死的人呀，小赫赫。不用擔心。」她每年都這麼說。

「喬琪，」我說。「我要告訴妳一件事。」

頓時，她臉上出現了警惕，午餐帶來的好心情霎時化為泡沫。

「今天早上，我去警局了，」我說。「我不想嚇妳，但他們認為有可能……有可能殺死艾拉的人或許……嗯，也在注意我。」

「注意妳？」喬琪的臉色發白，瞪大了深色的眼睛（大家都說跟我很像）。

「他寫了一些東西，」我說。「留在犯罪現場。」我不想提到日記的事；她可能會恐慌，幻想有人拿著筆潛進我們家。實情真的是那樣嗎？

「外面會有警車，」我說，「來保護我們。他們還給了我一個號碼，擔心的時候就可以打。妳也記下來吧。都只是預防措施。我認為沒什麼好擔心的。警察就快查到凶手是誰了。」我努力

㉕ 首次播出於一九五八年，是世界上播出時間最長的兒童電視節目。該節目要求孩童寄去牛奶瓶蓋、抹布及郵票來取代捐款。

㉖ 每年的十一月五日舉辦。一六〇五年，名叫蓋．福克斯（Guy Fawkes）的教徒不滿當時的英國迫害並限制宗教自由而起義，想用火藥謀殺所有國會議員及當時的英國國王詹姆斯一世。不過計畫失敗，蓋．福克斯被判死刑。歷代英國君主仍藉這一天來提醒英國人不要忘記這段叛國賊的歷史。

用堅定的語氣說出這個徹頭徹尾的謊言。

「真的嗎？」

「真的。現在的警察很有效率，妳知道的。都用鑑識什麼的。」

她依舊很蒼白，我握住她的手。「沒事的，女兒，我們都不會有事。但我們要保持理智。我不希望妳獨自回家，妳要在學校等我。」

現在，她只剩下反叛的表情。「如果要排戲呢？」

「妳可以在圖書館裡寫功課。」

「太好了，真是謝謝喔。」

「不需要很久，等警察把人抓到就好。」赫伯特在靠枕後哀鳴，彷彿明白可能性很低。

「我可以去塔莎家嗎？」

「如果妳們待在一起的話。我會找她媽媽談一談，解釋一下情況。」

「泰呢？我們還能見面嗎？」

「應該可以。只要他去接妳，把妳送回家。」我第一次覺得很慶幸，泰已經是成年男人，還有車子。「只是要小心一點。答應我妳會小心。」

「我會很小心的，」她把赫伯特從靠枕後面拉出來，把他放在自己的大腿上。「但我敢肯定，不會有事啦。」

這應該是我的台詞吧，我心想。

「我相信，妳說的沒錯。」我說。

外面的巨響嚇得我們兩人一狗都跳了起來，天空中炸出五顏六色的星星。

22

去學校的路上，我把日記本送到了警局。昨天晚上睡不著的時候，我不知不覺開始翻舊的日記。過去那些年的快照：

「還不錯的一天。去游泳。看到PB……」

「這是我一生中最不快樂的一天。凱倫告訴艾莉森，艾莉森又告訴我，彼得跟艾琳恩中學的蘇・弗羅斯特約會……」

「明天要去布里斯托念大學。我的一生如掛毯般攤在我面前……」

「我不願意恨賽門，因為恨他他就是贏家，但私底下我真的很恨他，那種恨的感覺遠超過以前對他的愛……」

「今天跟瑞克談過了。強迫自己清楚告訴他：我們兩人永遠不可能有什麼關係。他問是不是因為他結婚了。我想說不是，是因為你這個樣子……」

我把日記本留在接待處，那裡很像陰森版的Argos[27]，固定住的椅子上坐滿了一臉絕望的人，等著被叫去跟玻璃隔間後的警官談話。我懶得拿號碼牌跟叫號，就把包好的日記本留在接待處，上面寫了考爾警長的名字。她一定會收到。

喬琪在車裡等我。從今天開始，我們有了新制度——我送她去上學，再接她回家。如果我有辦法的話，我不會讓她離開我的視線。昨天晚上，我打了電話給賽門，講了一個美化又美化的版本：我的名字出現在一張紙條上，可能是殺手寫的，警方要給我和喬琪額外的保護，但他們不認為我們有危險。可想而知，賽門立刻要求喬琪去他家住。

「她還要上學，」我說。「今年對她來說很重要。」

「我可以在家教她。」

「你一整天都在辦公室。」

「那芙勒教她。」

「還要帶兩個小小孩呢。她會很開心吧？」

因此，賽門很不情願地讓步了。反正，這個週末喬琪要去他那裡。我必須承認，想到她不在這裡，我就放心了。我本來相信，搬到薩塞克斯就可以在一個安全的鄉間社區帶大喬琪；想到就覺得好笑——或想哭。突然間，倫敦似乎安全得多。

一如以往，一進塔爾加斯的校門，喬琪就不見人影。我心想，至少在這裡很安全。村裡的商店被偷了幾次後，十一年級的學生就不准離開學校。我把車子停在校門旁邊我習慣停的車位裡。艾拉以前都把車停在我旁邊，我還是不習慣看不到她的運動型黑色Golf，上面貼著「留在歐洲更強大」的貼紙。現在她的位置停了瑞克的藍色Volvo。我立刻認出了那台車，以前一天到晚停在

❷❼ 英國的百貨零售商，店內不會展示所有的商品，用型錄販售，購買後便等店員從倉庫取出貨品。

我家外面。更糟糕的是，瑞克坐在駕駛座上。在等我。

我假裝沒看到他，慢吞吞從行李箱裡拿出公事包和外套。直起身子，他過來了，站在我後面。

「我有話跟妳說。」他說。

「我來不及了。」我說。繞去警局雖然只停了一下，也多花了十五分鐘。現在是八點四十五分，瑞克要主持的星期一簡報是八點五十分。

他陪著我走進學校。

「警察又要找我，」他說。「他們知道海斯的事。」

我沒停下腳步，繞過一群在舊大樓雙開門附近晃蕩的學生，走向樓梯。「他們看了我的日記，裡面寫了這件事，」踏上第一階的時候，我開口了。

「什麼？」

「警察要看我的日記，」我說。「我寫了你跟艾拉在海斯的事。」

「妳為什麼要寫？」

我們正在上樓梯，我不讓自己轉頭看他。我想到愛麗絲．荷蘭從最上面的平台上「墜落殞命」，撞壞欄杆，身體碰到地面發出令人昏厥的聲音。

「日記，就是記這些事情，」我說。「寫下發生了什麼事。私密的想法。別忘了，『寫日記，練寫作』。海斯的課不就都在講怎麼寫日記。」

「妳為什麼要給警察看？」

到了一樓，我便停下來，瞪著瑞克。他一向不太整潔，但今天比平常更凌亂，頭髮亂聳，毛衣一看就知道穿反了。我真不敢相信我以前居然會覺得他很有魅力，曾經考慮過跟他上床。這我沒告訴哈賓德，不過她看我的日記就知道了。

「有人在我的日記裡寫字，」我說。「警方認為是凶手寫的。」

一直到進了教職員辦公室，我們兩個都沒說話。維拉和安努許卡坐在沙發上，討論戲劇表演的事。

「哈囉，你們好。」安努許卡抬起頭來。「瑞克，你上衣穿反了，意思是你今天運氣很好。」

我整個早上都有課，所以瑞克找不到另一個堵我的機會。整天都很忙；午餐時要排練，下午要跟維拉開計畫會議。到了要放學的時候，我才看到手機上有留言。過去兩個星期出了太多事，因此，亨利．漢米爾頓這個名字乍看還想不起是誰。

「嗨，克萊兒。我是聖裘德學院的亨利，我這個週末要去布萊頓找朋友，不知道妳有沒有時間一起吃飯。天啊，留言給妳感覺緊張死了。如果妳不想，就直說吧，不然不要回我的訊息。但我希望妳可以答應我。我開始胡言亂語了。但是，如果願意的話，發簡訊給我吧。我真的希望能收到妳的訊息。」

我坐在圖書館裡等喬琪，直勾勾盯著我的手機，彷彿它會告訴我該怎麼辦。然後，在我來得及後悔前，我打了幾個字，「好哇。去哪裡？幾點？C。」

門開了，喬琪旁邊是派翠克．奧利里，我看到他並不覺得很開心。

「媽，」她說，「妳等很久了嗎？」

「卡西迪老師，妳好。」派翠克對我嘻嘻一笑。

「派翠克，你好，」我冷冷地回他。「喬琪，沒事，沒等很久。我只是在看訊息。」

「啊，年輕人啊，離不開手機，」派翠克說。

我沒理他。「喬琪，可以走了嗎？」

派翠克一路跟著我們到停車場，看著我把提包放進行李箱。

「你要搭便車嗎？」喬琪問他。她為什麼突然表現得這麼體貼，這麼有禮貌？我一點都不喜歡。我暗自祈禱他會拒絕。

「不用啦，沒事的。我有腳踏車。」

但我開動車子後，他仍站在停車場裡。目送我們離去。

23

一整個星期，我都不讓喬琪離我太遠。星期三早上我們去了警局，讓警方採她的指紋和筆跡。一名穿制服的女警詳細解釋程序，展現出各種哈賓德和尼爾缺乏的社交技能。她真的讓人很有好感——談起學校和狗狗，還有今年耶誕節會不會下雪——我差點想留在那個環繞著電腦的小隔間裡，什麼都向她傾訴：瑞克和亨利．漢米爾頓，模仿福斯科伯爵在我日記裡寫字的人，我害怕賽門會利用這個情況讓喬琪永遠離開我。但我沒留下也沒傾訴。我跟奧莉薇亞．格蘭特聊得很愉快，啜飲著難喝的咖啡，看著喬琪在Ryman品牌的橫線筆記本上寫下「地獄空蕩蕩」。

這星期結束了，賽門從倫敦開車南下，到學校接喬琪。他讓我滿肚子火，大搖大擺進了接待處等人，搖著鑰匙叮噹作響，看到我的時候發出厭世的嘆息聲，說他下午請了半天假，可是工作「忙瘋了」——我可是正要花兩個小時看青少年唱著歌演一部關於食蟲植物的戲，還拿不到薪水。但是，看著喬琪陪賽門走出大門，在她爸背後對我轉了轉眼珠，痛了一整個星期的頭似乎好了一點點。現在只需要擔心我自己的安全。

回家時，警車已經停在我家門外。我不知道要不要跟他們打招呼，所以我折衷著揮了揮手，盡量不引人注意。赫伯特就沒有這種顧慮，衝向那台沒有標記的車，尖聲狂吠。我把他拖回家。然後上了兩道鎖，拉上窗簾，給自己倒了一杯葡萄酒。三杯後，我發現自己忘了吃飯，就烤了吐司。我很擔心會睡不著。星期四我屈服了，買了新的日記本，很實用的筆記本，上面印著「記者記事本」。在想像中，我會熬夜到天明，一直寫一直寫。但酒精發揮了作用，我一上床就睡著了。三點時醒來，發現赫伯特盯著窗戶輕聲咆哮。等了很久，我才再度睡著。

星期六是漫長的一天。我跟亨利約八點半在奇徹斯特見面，但中午我就開始試衣服，不知道穿什麼才好。我不想看起來太渴望，也不想太隨便。黑色襯衫的老師感太重，灰色毛衣外套的媽媽感太重。最後，我選了黑長褲配略透的襯衫。我帶赫伯特出去完成今天最後一次散步，遲疑著要不要穿低跟的麂皮靴（跟個子很高的人約會有個好處，就是可以穿跟鞋）。警車仍在門外，我想像車上那兩人在吃漢堡，很敷衍地打情罵俏。

「給我一根薯條。」

「你要拿什麼來換？」

「閉嘴啦，給我番茄醬。」

不過，走過去的時候，我看到兩人都是中年男子，靜靜坐著。

我跟亨利約在奶油十字附近的義大利餐廳；奶油十字是位於小鎮中心的石造建築，以前是傳統市場。走近餐廳的時候，我看到亨利坐在窗邊，戴著眼鏡看菜單，臉上帶著淡淡的驚訝。他比我記憶中瘦，前方的燭光照得他有點形容枯槁。有那麼一分鐘，我只想轉過頭逃走，回到赫伯特身邊，回到安全的家裡。不過，我還是用手順了順頭髮，調整一下圍巾，推開了門。

「克萊兒！」他站起來，頭刷過了上方的燈具。

「嗨。」

那一刻很尷尬，我們不確定要不要親吻，最後握了手，差點撞翻蠟燭。服務生取走我的外套，亨利問我要不要喝酒。

「我要開車。」我說。

他並沒有勸我「一杯就好」，不過我還是要了一杯。亨利只喝水。

「謝謝妳答應跟我見面。」他說。

「出門走走是好事。」希望這句話聽起來不像沒有任何社交生活的病態孤僻人。

服務生來了，亨利痛快地點了開胃菜和主菜。我不怎麼餓，本來打算只吃一份沙拉。每次這樣猶豫不決，賽門就會非常惱火。最後，我點了哈密瓜火腿和煙花女義大利麵。

「我很愛吃義大利菜，」亨利說。「不過，不確定這家餐廳好不好。服務生是俄羅斯人，主廚顯然是阿爾巴尼亞人。」

我笑了。「你怎麼知道的？」

「我問他們的。」他的表情有些詫異。我希望他不是那種美食家，會問餐廳怎麼製作義大利肉醬。賽門和芙勒結婚後，一說到食物就讓人覺得討厭。喬琪告訴我，他們在情人節的時候互送牛肝菌。

「喬琪還好嗎？」等服務生把菜單收走，他問道。

「這個週末在她爸那邊。我們離婚了。」我發覺亨利從來沒問過我的婚姻狀態。這是因為他心裡毫無不正直的想法嗎？他找我出來吃飯，真的就只想輕鬆聊聊R．M．荷蘭？

「你們離婚多久了？」

「五年了。」我說。我留了一個空檔讓他填滿對話，還好他接住了。

「我離婚十年了，」他說。「感覺不只十年。」

「你結婚的時候應該很年輕吧。」我說。

「我們念大學的時候認識，」他說。「但我猜也跟成長經驗有關。我兩個哥哥都二十出頭就結婚了。我覺得我等到二十五歲已經算很晚了。珊德拉的想法也一樣。她家也是工人階級。她媽媽一直在暗示她要錯過機會了。真的很難想像。只是九〇年代，感覺卻像一八九〇年代。」

「我跟賽門也是在大學裡認識的，」我說。「我們是朋友中最早結婚的。我不知道那時我們在想什麼。」

「我懂，」他說。「我兒子有一個感情很穩定的女朋友，我很想說，『求求你，別急著結婚』。我當然沒說出口。」

「你們有幾個小孩？」

「兩個兒子，佛雷迪和路克。佛雷迪在杜倫大學念數學，路克念預科學院。我說有女朋友的是路克。」

「喬琪有一個男朋友，」我說。「比她大六歲。我不希望她這麼小就交男朋友，但是像你說的，不可以給他們建議。必須讓他們自己去找答案。」

我們的開胃菜來了。亨利又起一片沙拉米臘腸，渾然不覺自己在吃什麼，太好了，我不希望他滔滔不絕地講解這片臘腸在卡拉布里亞製造，來自快樂的小豬。

「那麼，」他說，「R．M．荷蘭的謎題有進展嗎？」

「哪一個謎題？」我說。我的人生此刻有各種神祕事件，我完全想不起來在亨利找到的信裡有哪件事引起了我的興趣。是荷蘭殺了他的妻子？還是他給女兒的待遇？

「瑪麗安娜，」亨利說。「信裡提到的神祕女兒。她似乎死了，可是沒有墳墓。」

「噢，對，」我說。「沒有，沒什麼進展。重點是……」

我遲疑了。現在很適合提到艾拉被殺的事，解釋為什麼我最近沒辦法集中精神。但我不想說。跟他在一起，不需要聊到「本來可以怎麼樣」或「警察在幹什麼」，感覺很好。但是，如果他發現我沒告訴他，說好聽點我是個冷血的人，說難聽點是因為我有嫌疑。

「重點是，」我說，「現在學校裡的情況不太好。我們都不好受——一個同事，我的朋友，幾個星期前過世了。」

「啊，很遺憾，」亨利說。「妳的朋友怎麼了？」

「被殺了。」我說。發現自己兩眼含淚，我也嚇到了。

但亨利只是看著我，平靜的臉上是和善的表情。「太可怕了。要聊聊嗎？還是今晚就別談這件事？」

我鬆了一大口氣，差點放聲大笑。我擦擦眼睛，希望沒弄糊我的睫毛膏。「今晚就別提了吧。」我說。

我們聊了書和音樂，還有改編的電視節目能不能比得上原著。他說他很愛BBC改編的《戰爭與和平》，我說我覺得和平的比例太高了。

「大多數人會跳過戰爭的情節。」他說。

「戰爭的情節是最棒的情節，」我說。「我其實不怎麼關心娜塔莎跟皮埃爾。」

「妳很嚴格。」他說。

「我就應該這麼嚴格吧。」

我的火腿很韌，義大利麵太鹹了，但我不在意。跟一個帥哥在餐廳裡聊托爾斯泰，感覺太好了。等義大利麵上桌，我才發覺亨利其實很帥。我不知道為什麼我過了這麼久才注意到。

喝咖啡的時候，他問起我們的學校。

「想到R．M．荷蘭的房間，我也很有興趣。」

「可以看的東西不多，」我說。「有些課排在學校的老建築裡，但不太適合上大型課程。不過，老師的圖書館在那裡，還有餐廳跟禮拜堂。禮拜堂滿新的，一九二〇年代建造，是新藝術風格，有點俗。唯一沒有動的房間是荷蘭的書房。要上一道螺旋樓梯才能進去，他所有的書跟照片都在那裡。我們有時候會帶成人學生的團體上去。平日當然不准學生進入。」

「我很想看看。」他說。

「找一天帶你去吧，」我說。「我有鑰匙。」我當然有書房的鑰匙，事實上我也有學校的鑰匙，因為昨天排練後我負責鎖門。

「現在呢？可以去嗎？」亨利說。「吃完飯以後嗎？」

不知道他是不是在開玩笑。想到跟亨利進去空無一人的學校，我充滿了矛盾的情緒，真的不知道自己的感受。會很浪漫？令人毛骨悚然？詭異？或就是一場冒險？然後我想起來了，彷彿我真的已經忘了，可能是殺手的陌生人在我私密的日記裡寫了字。我應該回家，把門拴上，抱著我的狗狗度過今天晚上。

「認真的嗎？」我說。

「我覺得會很好玩，」他說。「我也想跟妳獨處。」

我們對望著彼此。他的眼睛顏色很深，幾乎是黑色。

「我得回去照顧狗狗。」我說。

「當然，」他說。「我懂。」

他這麼快就就放棄，我反而改變了心意。為何不試試看？我心想。會是一場冒險。說不定是很浪漫的冒險，誰知道呢？我突然看見我們兩人在荷蘭書房裡那張躺椅上做愛的樣子。這種限制級的幻想倏地出現，真的出乎意料之外。即使在我（短暫）考慮過跟瑞克上床的時候，我腦海裡的實際行動也披著一層紗。頂多只有輔導級。

亨利堅持要請客，我也不跟他爭了。我們步入結霜的夜裡，走到停車場。我們會開兩台車，讓我鬆了一口氣。要是必須逃跑，起碼可以開車逃走。然後我又想：為什麼會先想到逃跑？

「我跟著妳。」他說。

「路會彎來彎去，」我提醒他。「你也要開導航。」

道路除了蜿蜒，也很黑。空中有一彎銀月，但在雲層中移動，時而現身，宛若鬼魂的微笑，時而完全隱藏。我選擇走鄉間小路，通過嚴寒的田野和鬼怪般的樹木，車子的頭燈幾乎無法穿透黑暗。看不到其他的人，其他的車。通往荷蘭屋的車道更是一片漆黑；懸垂的樹枝刮過車頂，黑色的、僵直的大門以及兩側的石獅子突然出現。門用掛鎖鎖住了，但我有鑰匙。下車時，我看到亨利跟在後面，他開一台黑色的車子，很像吉普車。

我們把車停在主要入口前面，有學生的時候這裡不准停車。門鎖很容易就開了，我關掉了警報器。希望管理員別在這時候突然出來巡邏，但如果關於酒癮的謠言都是真的，他現在應該在電視機前呼呼大睡。

我們走上樓梯，木頭台階上的腳步聲突然變得好響。不要聽我的腳步聲音往什麼方向去[28]。我不想打開天花板的燈，所以我開了手機的手電筒。光線照亮了該出現在這裡的學校通知或古老的肖像。已經死去很久的荷蘭家族，在他們鍍金的畫框裡。我想到愛麗絲，以及她的墜落殞命。現在就是看到她的完美時刻，她的鬼魂該現身了。但是屋裡一片寂靜。

我們走過一樓的走廊，經過鎖上的門，空蕩蕩的窗戶。到了螺旋樓梯，我停下來，取出第二副鑰匙。

亨利喊了一聲，「克萊兒。」我轉過頭。他把我拉過去，吻了我。我這一生中可算數一數二的吻，深長且熱情，他的手插進了我的頭髮，他的身體壓住了我的身體。會嗎？我忍不住想。我們會做愛嗎？兩個成年人，親成這樣卻不做愛，說不過去吧？感覺過了好幾個小時，我掙脫了他的懷抱。「書房。」我有點上氣不接下氣。

「書房。」他說。他微微一笑，我看到他的牙齒閃了一下。

我們爬上樓梯。我已經拿好了鑰匙，卻看到門開了一條縫。我推開了門，我已經準備好會看到椅子上的假人。我已經警告過亨利，也提醒自己不要被嚇到。但我沒想到會看到書桌後癱著的人影，月光突然射進來，照亮了他的五官。

瑞克。瑞克，胸口上插了一把刀。

易卜拉希米的死訊自然讓我飽受驚嚇。我記得我站在那裡，拿著那張剪報，然後回了房間，躺在床上發抖。誰會把這張攸關命運的報紙寄給我？誰用那種細長的斜體字寫下了譯文？又是誰在背面寫上了「地獄空蕩蕩」這幾個字？會是巴斯蒂安嗎？還是柯林斯？怎麼可能會有別人知道地獄社跟那可怕的一晚發生了什麼事？

接下來的幾天，我反覆沉思這幾個問題。真的，其他的事都不想了。不過到了最後，我還是

㉘莎劇《馬克白》第二幕第一場裡馬克白即將殺死國王鄧肯時的獨白。

拋開恐懼，繼續我的人生。畢竟，我還能做什麼？年輕的時候，我有健康，我有力氣。親愛的年輕朋友，您懂嗎？對，我知道您懂。青春就是囂張，本該如此。易卜拉希米死了，我很遺憾——我也真摯地為我的好友格傑恩感到哀傷——但我無力挽回他們的性命。因此，我繼續念書，甚至開始追求一名年輕女子，我導師的女兒。那年春天，我的生活很甜蜜，想到擺脫了死亡的遮罩，感覺更甜蜜。因為，那時候，我相信我已經擺脫了。

風呼嘯得真劇烈啊。

第五部

哈賓德

24

電話來的時候，我已經在床上了。我還沒睡著，只是在滑手機，在Scrabble拼字遊戲上拼了一個詞，在熊貓泡泡裡弄破了幾個氣球，在臉書上看別人做了什麼蠢事。然後指揮部打電話來，說塔爾加斯中學發現了一具屍體。我立刻站起來，傳簡訊給尼爾，叫他到學校跟我碰面。

走到樓梯中間，我媽出現在平台上，睡衣外罩著我爸的睡袍。

「賓，妳要去哪裡？」

她應該看到我穿上了反光的警察夾克。不可能穿這樣去參加狂歡派對吧。

「去警局，」我說。「案子有進展了。」

「小心啊。」她說。

「我一直都很小心。」她還沒來得及說要幫我泡一壺薑黃牛奶，我就出了門。

一出了錫福德，路面都結冰了。我不敢全速前進，只能盡力踩下油門。快到午夜了。轉進塔爾加斯中學的大門，車上的時鐘變成略微不祥的零時零分。一名制服警察站在石獅子的底座旁邊（庫許有一次跟朋友把獅子的蛋蛋塗成了亮藍色）。

「上車吧。」我說。他看起來要凍僵了。事實上，他可能遭遇了跟獅子一樣的命運。

「謝謝長官。」很高興看到年輕一代展現的尊重。

我慢慢開近了大門口。制服警察說報案電話十一點半來的。「一個女人的聲音，聽起來有點歇斯底里。」她說學校裡有個男人被殺了。制服警察立刻處理，聯絡了刑事調查部。其他的他就不知道了。他的小隊長叫他在柵門等我。

門開著。不需要制服警察的說明，我就知道屍體在樓上。一定在那裡。我叫警員在大廳裡等尼爾，一次兩階上了樓。

我直接走向荷蘭的書房，看到螺旋樓梯下方的克萊兒．卡西迪甚至也不怎麼驚訝，她坐的椅子應該是從教室裡搬來的。一名女警官在她身邊徘徊，一名我模糊記得看過的警探在跟另一個我不認識的高個子男人說話。

我走過去，他們全部轉過身來。叫德瑞克什麼的警探說，「考爾警長，妳來得真快。」

「我就住附近，」我說。「克萊兒，真沒想到會在這裡見面。」

克萊兒抬眼看著我。她臉色蒼白，稍微糊掉的睫毛膏和煙燻眼線讓她的眼睛顏色看起來很深。她為誰梳妝打扮？高個子男人嗎？

「卡西迪女士打了報案電話，」德瑞克警探說。「在那道樓梯上面的房間裡發現一名男性屍體。顯然受了刀傷。」

「現場封鎖了嗎？打電話給 CSI 了嗎？」

「打了，他們馬上過來。」

「我去看一下。」

我上了樓梯，踩著印了奇怪腳印的地毯。太可笑了。這個房間的故事聽了好多，卻從來沒有來過。門開著，我看到一個男人坐在書桌前。我本來以為是克萊兒提過的假人，但我馬上認出是瑞克．路易斯。一把刀從他的胸口突出來，屍體已經僵硬了。我停下腳步，不想汙染現場。

回到樓下，尼爾已經到了。我聽到他在問克萊兒要不要喝水。對啦，尼爾。像往常一樣對克萊兒獻殷勤。

我對警探說，「死者是瑞克．路易斯，他是這裡的老師。他的資料在警局有檔案。需要通知近親。」

「我去辦，」他說，「除非這裡還有事情要做。」

「沒了。沒事，我等CSI過來。我只想先跟目擊者談一談。這些房間能進去嗎？」

「過三扇門，有一間教室，」女警官說。「我去那裡拿了椅子。」

「OK，」我說。「我和尼爾要先跟卡西迪小姐聊一聊。妳可不可以……」

「吉兒．門羅警員。」

「門羅警員，妳可不可以陪著……？」我看著高個子男人，他自我介紹，「亨利．漢米爾頓。」他的聲音跟我預期的不一樣。北方的口音，我猜是坎布里亞。他穿著很貴的鞋子，牛血紅的皮革。

我跟尼爾領著克萊兒進了空教室。

「會花很久的時間嗎？」她說。「我要回家陪赫伯特。」

「妳女兒呢？」

「去她爸爸那裡了。」

所以這個週末有空，可以約會，我心想。

「我們會盡快結束，」我說，「但我們需要回警局問一些問題。」

她看看我，又看看尼爾。「可以給我一杯水嗎？」

我嘆氣，天曉得去哪裡找杯子或水。餐廳一定鎖起來了。但尼爾走出去，回來時拿著一個塑膠瓶。是門羅警員的吧。克萊兒嫌惡地看了一眼，喝了一小口。

「所以，」我說，「妳碰巧在午夜的時候進了空空的學校？」

她惡狠狠瞪了我一眼，但回答的聲音很平靜，毫無起伏。「我想帶亨利來看R・M・荷蘭的書房。」

「對，沒錯。」

「我們去奇徹斯特吃飯，聊起了荷蘭。」

對啦對啦，我心想。克萊兒才沒有精心打扮成這個樣子，只為了聊愛看的書。她穿著紅色的外套，但下面可以看得到薄薄的襯衫與許多首飾。還有高跟鞋。她居然闖入學校好跟人亂搞，確實改變了我對她的看法。尤其是想到她家裡沒人，還有一張非常實用的床。或許她其實不是那麼冷冰冰。

「妳跟漢米爾頓怎麼認識的？」我猜是網路交友，但她說她去劍橋找他。他拿到一些R・

M·荷蘭的信件，覺得她會有興趣。但事實還是事實，她計畫要在空無一人的學校裡跟他做那件事。

「你們來的時候，有其他人嗎？」我問。「管理員在嗎？」

「沒有其他人，」她說。「我有鑰匙。我不想吵醒戴夫。」

「嗯，我們也該叫醒他了。」我默默記著要告訴樓下的警員。戴夫居然沒看到閃爍的燈光，我好驚訝。

「你們到了這裡，然後呢？」我問。

「我們就上樓了，」她說。「亨利想看荷蘭的書房。我們進去，就看到……」她又喝了一小口水，雙手開始發抖。

「妳立刻認出了路易斯老師？」

「對。」她的聲音很小。

「妳覺得會是誰幹的？」

她看著我，擦了睫毛膏的眼睛瞪得老大。「就是他，在我日記裡寫字的人。」

我就問到這裡，因為我想回去警局再進行正式偵訊。我叫門羅警員送克萊兒回家，帶那隻可憐的小狗散步，給他東西吃。我跟尼爾找了亨利·漢米爾頓來談話。這整件事似乎讓他有點尷尬：一開始是找克萊兒吃飯，然後在晚上偷偷跑進學校，又找到一具屍體。我記下他的地址，問他今晚住在哪裡。

「布萊頓的阿爾比恩皇家飯店。」

另一張完美的床，在呼喊著要人躺上去。

「你現在可以回去飯店，」我說。「但我們一早就會找你談話。」

「現在是早上了，」他說。

我看看手錶。快一點了。

「九點到警局，可以嗎？」我說。「溫斯頓警長會給你地址。」

「好。」他說。亨利站了起來。他真的高到離譜。他好像想說什麼，看看我，看看尼爾，從這隻牛血紅的腳搖到那隻牛血紅的腳。

「克萊兒……」他終於說出口了。

「克萊兒怎麼了？」我也站了起來。但站不站似乎沒有太大區別。

「你們是不是……你們不可能……你們不會認為她有嫌疑吧，對不對？」

「卡西迪女士是一位很重要的目擊證人，」我說，「你也一樣。」

「你覺得她有嫌疑嗎？」尼爾問。非常好的問題。

他笑了，但不像真心的笑。「天啊，不會吧。我跟她不怎麼熟，但她那麼……」

那麼什麼啊？我心想。

「你現在可以回飯店了，」我說。「休息一下。過幾個小時再見。」

名叫李·帕森斯的制服警察找來了管理員。戴夫·班納曼一頭亂髮，衣裳凌亂，年約五十，剛才應該睡得很熟（很有可能是因為喝了酒）。我問戴夫今晚有沒有在學校聽見什麼聲音或看到什麼東西。

「沒有，」他說。「九點巡完最後一次，全都看起來很合理。」

我知道管理員的宿舍是校園內的小屋。在我念書的時候，謠傳變態阿派會用糖果引誘女生進去他家。那時候，我們以為這種事很好笑。

「九點以後你在幹什麼？」

「看電視，喝了一瓶啤酒。」

三瓶吧，我心想。

「看什麼節目？」尼爾問。

「網飛上的，不記得了。」

那就是現代電視的問題。以前可以問某人他們有沒有看到《今日賽事》[29]的結尾，來推論行蹤。網飛跟機上盒毀了一切。

「克萊兒·卡西迪有鑰匙，你知道嗎？」我問。

他點點頭。「對，星期五排戲結束後，她鎖了門。」

「她應該把鑰匙還你，不是嗎？」

他聳聳肩。「嚴格來說是這樣沒錯，但大家基本上都等到星期一才還。」這所學校的安全措施絕對太鬆了，我會找東尼．史威特曼盯一下這件事。

「英文科的主任瑞克．路易斯，你最後一次看到他是什麼時候？」尼爾問。戴夫對著我們眨眨眼睛。「為什麼提到他？難道……？」

「請你回答問題就好。」

「星期五吧。放學的時候，我好像看到他走了。啊，沒錯，他是最後一批出去的人。只有卡西迪老師跟帕瑪老師比他晚走。她們在排戲，今年要演《恐怖小店》。」

「史威特曼校長呢？」校長應該最後一個離開吧，船要沉的時候，船長不是都會留到最後？輕輕的冷笑聲。「他很早就走了。看來他週末有特別的安排。」

「謝謝你，班納曼先生，」我說。「明天需要正式的陳述，現在先這樣。」

帕森斯警員帶著管理員走了。尼爾跟我坐在空教室裡，彼此對望。

「有什麼想法？」尼爾說。「同一個人嗎？又有紙條嗎？」

「沒看到，」我說。「有的話，CSI會找出來。但我覺得是同一個人。另一起持刀殺人。日記的作者說了，會有更多個。」

㉙ 英國BBC的體育電視節目，現在於每年球季期間的星期六晚間在BBC One播出（初期曾在BBC Two播出）。主要內容是英格蘭足球超級聯賽的賽事集錦。

「妳認為是那個在克萊兒日記裡寫字的人？」

「除非是克萊兒自己寫的。」

「字跡不一樣。筆跡專家說的。」

「她也不確定，」我說。「他們每次都無法確定，這在法庭上站不住腳。」

「妳認為克萊兒刺死了瑞克，然後帶著她的情郎回來這裡？」

「情郎？」我說。「你是哪一個世紀的人吶？」

「他挺多情，」尼爾說。「我不信任這個男人。」

「這一切有可能是她的精心策劃，」我說。「讓我們以為她只是回來跟男人亂搞，轉移注意力。」

「那又為什麼？」尼爾說。「就留到星期一早上，讓那個可憐的討厭鬼，就是那個管理員，去發現屍體，不就好了嗎？」

「那也要他想到去樓上看看，」我說。「我敢賭瑞克在椅子上坐滿久了。」

「我們知道他對她有意思，跟蹤過她。說不定她想給他一點教訓。」

尼爾誇張地抖了一下。「但是，克萊兒有什麼理由要殺掉瑞克？」

「為什麼要給他教訓？」

「嗯，因為她是老師吧，」我說。「走吧，回局裡去，看她有什麼話好說。」

我們走下主要的樓梯，遇到正在上樓的CSI小組，穿著白色工作服，像是臃腫的怪物。

25

我跟尼爾一起偵訊克萊兒．卡西迪，唐娜在雙向鏡的另一邊觀看。克萊兒換上了牛仔褲和深藍色厚毛衣。她擦掉了臉上的顏料，但我懷疑她又在眼皮上塗了一點灰色的眼影，給自己一種病懨懨的嬌弱感。但是，我可能就是有偏見。

我們在偵訊過程中非常小心。我問她需不需要律師在場，她說不用。她看起來相當平靜，坐下後把椅子朝後移了一、兩公分，彷彿宣示她也要掌控這個空間。我們問她要不要熱飲，但她自備了可重複使用的環保水壺，緊緊抓在手裡。

開始錄音後，我介紹了自己跟尼爾，然後要克萊兒回顧昨晚的動向。她說她準備好去約會，出門遛狗，跟亨利．漢米爾頓在餐廳碰面。她記得兩人吃了什麼，還有他付了帳單。

「是誰提議要去塔爾加斯中學？」我問。

「他提議的，」克萊兒說。「我們在聊R．M．荷蘭的書房，他說想去看看。一開始我以為他在開玩笑。」

「但是你們確實去看了，」我說。「半夜私自進入學校，可能違反了所有的健康安全指導方針。有什麼理由嗎？」

她聳了聳肩。「不知道，可能感覺很浪漫吧，一起冒險。」

「浪漫？」我說。「什麼意思？」

她用大眼睛瞪了我一眼。「有時候，不守規則會感覺很刺激。」

「妳想過要跟亨利發生性關係嗎？」如果她的回答是肯定的，在法庭上極為不利。陪審團不喜歡女性有性生活。

「我什麼都沒想，」她說。「我只覺得可能很好玩。」

「好玩？」

「唔，」她說，「看來這題答得不好。」

我看看尼爾，他順從地改變了策略。「妳最後一次見到瑞克．路易斯是什麼時候？」

「星期五，在學校裡。喬琪的爸爸來接她，我把她送過去。你們說的，要我們特別小心。回來以後我上樓，瑞克正好下樓。他問我那天晚上是不是要排戲，我說是。他說他要回家了，我就祝他週末愉快。」

只是他沒有馬上回家，我心裡說。戴夫．班納曼說他在最後離校的幾個人裡面。

「他看起來怎麼樣？沒什麼不一樣嗎？」

「OK吧，跟平常一樣。不過，大家都還在難過艾拉死了。」

她住了口，可能突然想起他們又為另一個人的死難過。人數不斷減少的英文科。

「發現瑞克後，」我說，「妳有什麼反應？」

「我應該就開始尖叫了。亨利在我後面。一開始，他還沒發覺發生了什麼事。我跟他說過假人的事，我覺得他以為那就是……那個假人。」

「妳進去了嗎？有沒有碰過什麼東西？這對鑑識來說很重要。」

「我應該進去了。有，我碰了瑞克的手。冷的。所以我知道他死了。」

「亨利呢？」

「他好像也進去了。我記不清楚。」

「然後呢？」

「我把手機拿在手上。我正在用手機的手電筒。我打了報案電話。我沒帶妳的名片，不然我就直接打給妳了。」

「沒關係，」我說。「等警察來的時候，你們在幹什麼？」

「亨利說我們應該到大門口等警察。鐵門沒關，我只想趕快離開那間書房。」

「警察什麼時候到的？」

「我們才下樓，他們就到了。我們又帶他們去樓上。我覺得快暈倒了，那位女警幫我找了椅子。然後妳就來了。」

偵訊室沒有窗戶，但我還是轉開了目光，彷彿在欣賞窗外的風景。「妳殺了瑞克．路易斯嗎？」我問。

「我沒有！」幾乎是怒吼了，但也是老師的聲音，對我敢問出這樣的問題震驚無比。

「他還在騷擾妳嗎？」尼爾的問話充滿同情。「在妳家外面閒晃？窮追不捨？」

「沒有，那都是好久以前的事了。夏天還沒到的時候。」

「在日記裡，妳說妳嫉妒艾拉和瑞克，」我說。「妳還有那種感覺嗎？」

「我真的從來不覺得嫉妒，」她說。「我不記得我寫過那句話。只是一時的想法。那就是日記，捕捉當下的感覺。不會持久。瑞克是我同事，沒別的了。」

「妳喜歡過他嗎？」

她遲疑了一下。「算是有吧，他是很好的上司，很好的老闆。他很關心學生。」她的聲音首度顫抖了一下。

「妳覺得誰會對他下手呢？」尼爾問。

「我說了，就是在我日記裡寫字的人。他說，我已經處理掉了其中一個生物。我會像飢餓的野獸一樣撲向其他人。」

「每個字都記得很清楚嘛，」我說。

「我一直都很會背引言。而且，這種事當然會記得很清楚吧。」

「那麼，妳覺得是誰寫的？」

「我不知道。」她的語氣充滿疲憊。

「偵訊暫停。」我對著麥克風說。

「他們昨晚去學校，有沒有可疑的地方？」唐娜說。「她有可能殺了瑞克嗎？」

我們向唐娜簡短匯報了情況，同時讓克萊兒休息一下。

「漢米爾頓是證人，他們只是發現瑞克死在那張椅子上，」我說。「當然，有可能她先殺了他再去赴約。要看驗屍報告說死亡時間是什麼時候。」

「妳真認為她會殺掉瑞克嗎？」尼爾說。「有什麼理由？」

「在日記裡，她好像覺得他很煩。」我說。

「妳也常覺得我很煩，」尼爾說，「但是妳沒把我殺了。」

啊，動機和機會，你們真是善變的夥伴。但是尼爾真的有道理。很難想像克萊兒會因為瑞克幾個月前的愛戀而殺了他，或是因為他叫她分攤多一點工作。

「不過，她的確冷冰冰，」唐娜說。「她真的計畫跟男朋友在學校做愛嗎？在最近這種情況下？」

克萊兒回到偵訊室，我們透過玻璃看著她。她坐下，雙手靠在椅子的扶手上。她沒有坐立不安，也沒有看手機，跟其他人不一樣。只是直勾勾盯著前方，表情深不可測。

「或許怕被抓到，所以感覺刺激，」我想到有一次我也計畫在空教室裡做愛，就那麼一次。

「我不認為克萊兒殺了瑞克，但她仍是本案的關鍵。畢竟，被寫了字的是她的日記本。」

「除非她自己寫的。」唐娜說。

「筆跡專家認為是另一個人的字跡，」我說。「可能是男人。」

「她肯定有什麼不太對勁的地方。」唐娜說。

九點，我們偵訊了亨利．漢米爾頓。他能補充的不多，不過尼爾問起時，他確實承認他很期待跟克萊兒上床。他跟案件也沒有其他的關聯。他從來沒見過瑞克，之前也沒到過塔爾加斯中學。

我們聯絡了東尼．史威特曼，他趁著週末去滑雪了，過分。聽說他們「在法國安錫附近有一棟跟別人共享的小木屋」，「今年雪下得很早」。我叫他立刻返回薩塞克斯，學校明天必須關閉，可能要關閉一個星期。

「我需要聯絡校董會。」

「你去聯絡啊。」

他怪叫了一聲。「我們完了，在我做了這麼多改善以後，學校還是完了。」

這人真是個混蛋。他的不在場證明穩若磐石，我忍不住感到有一點遺憾。

瑞克的妻子完成認屍。家庭聯絡官仍陪著她，但我跟尼爾預期下午要偵訊黛西．路易斯。到了中午，我們都有點萎靡。尼爾出去買了漢堡和薯條，我們在唐娜的辦公室裡吃午餐。

「我們需要發聲明給媒體，」唐娜說。「《先驅報》已經跟我通過電話了。昨晚有人看到警車的燈光。」

「已經上推特了，」尼爾在滑手機。「塔爾加斯哇喔什麼鬼。我的母校有夠爛。」

「誰寫的？」我從尼爾肩上探頭過去看。

「名稱是狐媚女郎。」

「猜得到才有鬼。」

「我們只說發現一名男性死者，」唐娜說。「警方正在調查，與艾拉的死無關。」

「不過，大家還是會聯想在一起。」我說。

「這一則不錯，」尼爾還在滑他的推特。「可能是塔爾加斯的鬼魂 #白衣女郎。大麥克發的。」他哈哈一笑，咬了一口漢堡。

我在牛仔褲上揩了揩手指，接過他的手機。「有人回覆了。白衣女郎來復仇了。」

「誰寫的？」尼爾說。

「卡特老師。」

蓋瑞·卡特居然沒想到要用網名。

26

下午三點，我們去找黛西．路易斯。外面很安靜，彷彿每一個人都在家裡，享受週日的午餐和豐盛的配菜。

「烤牛肉。」尼爾說。

「印度香料烤雞咖哩，」我只想激怒他。「現在是英國人最愛的一道菜。」

「我媽的約克郡布丁好吃死了。」尼爾開始懷舊。「凱莉做的根本比不上。」

「你為什麼不自己做？」我說。「凱莉還不夠忙嗎？要照顧莉莉，還要忙一堆事情。」

「我會做飯，」尼爾氣沖沖地說。「做的次數絕對比妳多。」

「你贏，」我慢慢開過另一條肖勒姆的小巷子，尋覓停車位。「但我做了正確的決定，跟我媽住在一起。」

我終於在圖書館外面找到了車位，很靠近艾拉家，那裡的小路跟迷宮一樣。我突然吃了一驚，兩名被害人住得這麼近。

家庭聯絡官幫我們開了門，她叫梅姬．奧哈拉，看起來很和氣。我們等一下會聽她的報告；家庭聯絡官總能提供很有價值的見解，因為他們會看到被害人家屬最難受的時候。梅姬帶我們進了一間很大的廚房，裡面有老式的烤箱和擦得很乾淨的木頭桌。家庭用的廚房，我心想，然後又想到路易斯夫婦並沒有孩子。黛西坐在餐桌旁，隔壁的女人有可能是她的同卵雙胞胎。

「我妹妹，蘿倫，」她說。「她可以留在這裡嗎？」

「當然可以，」我說。「路易斯太太，我很遺憾妳失去了親人。」聽到我的話，她吸了一大口氣，用已經濕透的面紙擦擦眼睛。

「梅姬覺得妳現在的狀況或許可以回答幾個問題。」我說。

「梅姬人好好。」黛西茫然地左右看看。

「那就好，」我說。「我知道這不容易，黛西，但我們想抓到那個壞蛋，所以我們要盡快行動。妳能記起來什麼，都很有幫助。」

這是我的標準台詞，不過似乎很有效。黛西坐直了一點，把面紙塞進袖口。蘿倫問我們要茶還是咖啡，尼爾跟我都要了咖啡。尼爾怎樣我不知道，但我好累，眼皮都快翻開來了。

「妳最後一次看到瑞克是什麼時候？」我問，這時飲品都上桌了，我們圍坐在餐桌旁，像在模擬一場茶會。

「昨天，」黛西說。「我們看完了《舞動奇蹟》」——每個人都看了——「我們打算看BBC4的瑞典電影，瑞克接了手機，說他得去學校一趟。」

「星期六晚上去學校？」我說。「常有這種事嗎？」

「沒有，」黛西說。「我是說，他以前曾在週末去過學校，那時候他們要準備審查什麼的。但這次就很突然，他接到電話，然後說他要去一下學校。」

「妳知道是誰打來的嗎？」

「我以為是他們的校長，東尼。」

但是東尼不在，他在滑雪坡上享受人生。「是男人的聲音嗎？」我問。

「我聽不到，」她說。「但我猜是男的。瑞克說的好像是『他』。」

不過，按照瑞克的紀錄，我不覺得可以用他說的話來判斷。

「然後呢？」

「他親親我，說再見，拿起車鑰匙就出門了。他說他回來的時候，我應該已經睡了。然後我……」她的臉垮了下來。「電話來的時候，我已經睡著了……」

蘿倫拍拍她的肩膀。「沒事，黛。沒事了。」

瑞克．路易斯的車子在塔爾加斯的停車場裡，所以他確實去了學校。是誰打來的電話？《舞動奇蹟》結束時大約是八點，克萊兒和亨利十一點到學校。那個人有三個小時，可以殺了瑞克，讓他的屍體坐在R．M．荷蘭的書房裡。我在那個房間裡沒看到血跡，所以我假設他在別處遇害。瑞克．路易斯個子很高，雖然瘦瘦的，但要拖上那道螺旋樓梯，還是很沉重。女人有這個力氣嗎？克萊兒有這個力氣嗎？她的義大利餐廳訂位是八點半，所以我猜她確實有時間進塔爾加斯，殺了瑞克，然後衝到奇徹斯特，不過那樣時間也掐得太緊了。更不用說她那身漂亮的衣服完全沒有血漬。

「瑞克講完電話後，看起來怎麼樣？」尼爾問。

「OK吧，好像有點怒。我的意思是，畢竟是週末。但他沒說什麼。他親親我，說再見，」她又重複剛才的話，彷彿要證明什麼。嗯，或許真的可以證明什麼。

「黛西，」我把身體往前靠。「我們有個假設，瑞克的死和艾拉．艾爾菲克的死有關。關於艾拉的死，瑞克有沒有說什麼讓妳覺得很奇怪的話？他有沒有提到有人因為這件事來找他？」

「因為這件事來找他？」

「比如說寫信或打電話，有嗎？或傳簡訊？」

「沒有，」她搖搖頭。「他當然很難過艾拉死了。她是很優秀的英文老師，但他不知道她怎麼死的。」

耐人尋味，因為這個答案對不上我問的問題。

「瑞克跟艾拉相處得還好嗎？」我問。

「他們沒有婚外情，」黛西說，「如果妳想問這件事的話。要我說，都是那個賤女人的錯。」

「艾拉嗎？」

「不是。另一個。克萊兒．卡西迪。她老是跟瑞克過不去。」

我都快到家了，真想立刻回家，但我必須先把尼爾載回警局。到了警局，我覺得乾脆把克萊兒的日記本都帶回家。鑑識報告出來了，如果克萊兒真是案件的關鍵，那不如今天晚上就好好探索她的內心深處吧。真沒想到黛西．路易斯會把瑞克的死怪在克萊兒頭上，而不是艾拉。她叫她

「賤女人」，從黛西口中說出來，已經是罵人的話了。克萊兒顯然是那種會讓人情緒激昂的女人。

我把車慢慢開回家，發覺我好累，簡直像喝醉酒一樣。到家後，看到我媽在廚房裡，跟平常一樣在做飯，基安和艾莉莎在旁邊陪伴。一方面我有點氣，阿比德跟卡拉又把孩子丟給我媽帶，另一方面看到姪子姪女挺開心的，尤其是可塑性高的小孩子。

「哈賓德姑姑！妳逮捕了很多人嗎？」

「妳殺了人嗎？」

「很可惜，都沒有。」我坐到餐桌旁，開始吃東西。在我媽家等正餐上桌的時候，總有吃不完的東西：咖哩餃、炸馬鈴薯餅、煎餅，跟我的最愛，酥脆的花生口味瓦達[30]。

「妳爸跟妳媽呢？」我問艾莉莎。她已經過來坐到我大腿上。她五歲，還很小，可以做出親密的舉動。基安七歲，開始跟別人保持距離，不過他打起了太極拳來吸引我的注意。

「去看電影了，」基安踩著弓箭步。「他們今晚要約會。」

「很好，能保持愛情的活力，」我媽似乎同時在揉麵團、切東西跟翻炒。「放下孩子，度過兩人的時光。」

「他們去看《咚鏘快車謀殺案》，」艾莉莎說。「不適合小孩子。」

「聽起來很適合啊，」我推開她，站起來。「我要去工作了。」

「妳整晚沒睡呢，」我媽說。「休息休息，陪小孩玩一下電動吧。」

「好耶！」基安大喊。「《俠盜獵車手》！」

「那也不適合小孩子，」我說。「來吧，我們去休息室看一部電影。」

❖

螢幕上播著《哈利波特：消失的密室》，我睡得很沉，直到有人用巨大的毒牙刺進日記本，我才醒來。流過書頁上的血／墨水不知怎的讓我心煩意亂，但似乎對艾莉莎和基安毫無影響，有可能是因為我爸進來了，扮起撓癢癢怪獸，撓得孩子翻倒了家具。我留下他們繼續玩，躡手躡腳上樓回我的房間。

我把工作用的包包放在床上，人卻坐到書桌前。要是再睡著，就一定會睡死。開始翻閱克萊兒·卡西迪（四十五歲）的祕密日記前，我要打一通電話。

「哈囉？」蓋瑞的聲音帶著警戒，儘管他應該已經看到了來電顯示。

「嗨，蓋瑞。還好嗎？」

「我很好。學校出了什麼事？妳是因為那件事才打電話來嗎？」

「可以這麼說，」我說。「我看到你在推特上提到白衣女郎。」

蓋瑞沉默了一下，才說，「我不知道妳也會上推特。」離題好遠，我差點笑了出來。

---

30 一種油炸麵食，可以說是印度版的甜甜圈，原材料是豆子粉。

「我沒有，」我說。「別人告訴我的，我工作的搭檔，」我趕緊補了一句，免得他誤會是男朋友。「你應該知道警察會檢查這些東西吧。」

「但我沒說錯話啊。」

「沒，可是你說白衣女郎來復仇是什麼意思？」

又是沉默，這次比較久，我還聽到沉重的呼吸聲。「我只是說……要是有人死了……」

「誰說有人死了？」

「大家都在傳，」蓋瑞的聲音突然驚慌了起來。「有人死在學校裡。」

「誰說的？」沉默。

「拜託，蓋瑞，你一定要告訴我。」

「我朋友，體育科的艾倫，」蓋瑞終於說了。「管理員戴夫告訴他的，他們每個星期天都一起踢足球。」

沒想到戴夫有踢足球的體力，但我也想起有時候會看到穿著運動服的臃腫人影，繞著公園跌跌撞撞。有一次，我差點打電話叫救護車來幫其中一個人做人工呼吸。

「他不該跟別人聊這件事。」我說。

「我不會害他惹上麻煩吧？」

「不會，」我說。「消息馬上就會傳出去。」

「所以是真的？」蓋瑞的聲音變成耳語，不過我相當確定他旁邊應該沒有人。「瑞克．路易斯被殺了？」

「我不能透露相關資訊。」我說。當然，這句話就等於透露了。

「老天啊。」話說開了，該問清楚了。

「你是什麼意思？」我又問了一次。「白衣女郎來復仇是什麼意思？」

「嗯，傳說嘛，對不對？有人死了，白衣女郎就會出現。妳記得的，那一次，我們看到她……」

「拜，蓋瑞，」我說。「在社群媒體上發文要小心。」

27

看到鬼的時候，我們十五歲。我們在學校待到很晚，因為蓋瑞要練團，一群幾乎毫無天賦的十一年級學生，每個人都有自己的吉他，而且都是托爾金的粉絲。樂團的名字叫「波羅莫的弟弟[31]」。我不是那種會坐在旁邊等男友練團的女生，所以我在圖書館裡寫作業，那時候，圖書館在舊大樓裡。圖書館員——叫什麼名字？對了，麥肯錫小姐——有趣的老小姐，但她很喜歡我。我覺得那是因為學校裡或許只有我一個人會讀舊書，皮革裝訂的書本，上面的鍍金字體都快化灰了：狄更斯、柯林斯、蓋斯凱爾夫人、特洛勒普。我也很迷詹姆斯．赫伯特，但我沒告訴麥肯錫小姐。

所以，我在圖書館寫歷史課的作業。在那裡寫功課，比在家容易多了。念中學時，我的臥室很小；庫許和阿比德共用我現在住的那個大房間。那時候家裡總有好多人，吃我媽煮的東西，用旁遮普語聊天，說起離家背井就哭哭啼啼。而且，我爸可能會叫我去看店。

舊圖書館很讚，書架高到天花板，大窗戶外是自然風景。窗邊也有座位，我在那裡度過許多午後，沉浸在愉快的恐怖奇幻小說裡，同時，外面的足球隊首發陣容輸給了上流社會的學校。現在的圖書館糟透了；都是塑膠沙發和旋轉書架，還有包了書套的平裝書。舊圖書館有歷史，你可以感覺到過去慢慢滲透牆面，然後從地板升起；寬闊的地板滿是木節，像一艘船的跳板。

圖書館六點關閉。那是耶誕節後的學期，天已經黑了。差五分到六點的時候，麥肯錫小姐收起她的織品（總是織不完，而且一定是感覺有毒的藍色和粉紅色——要織給誰呢？），開始檢查有沒有人躲在窗簾後面。

「哈賓德，該走了，」她說。「蓋瑞還在地下室發出可怕的噪音嗎？」

她總知道誰跟誰是一對。

「應該吧。」我說。

就在那時，蓋瑞拿著吉他盒出現在門口。我向麥肯錫小姐道別。

「再見，哈賓德。再見，蓋瑞。快回家吧。」

但我們沒回家，偷偷溜到一樓的走廊，尋找可以親熱的房間。那一陣子，我們的情慾相當強烈，現在真的難以想像。我想，即使那時我對男性有一點不確定，但我還是決定努力一下。蓋瑞呢，只是一心要擺脫處男身分。

最後我們找到了一間空教室，怪怪的，可能原本是老房子裡的一間臥室。小壁爐裝了鐵柵，設計很精緻，有小狗和樹葉。是不是就在瑞克．路易斯死去的房間旁邊？我不知道。可能很近吧。

我們搞得相當火熱。我的胸罩脫掉了，他的手在我的褲子裡。我們那一代努力爭取在學校穿

㉛ 波羅莫是托爾金名著《魔戒》中的角色，為魔戒遠征隊的成員，為保護哈比人而死。他的弟弟法拉墨很喜歡音樂。

長褲的權利，但現在塔爾加斯的女學生都穿裙子；這就是年輕人表達感激的方式。然後怪事來了，教室裡突然變得很冷。不光是冷，還有一種荒涼感，就像夜間吹過河口的風。我有一種再也快樂不起來的感覺。我推開了蓋瑞，穿上胸罩，他拉上了褲子的拉鍊。我們一語不發，抓起東西離開了教室。

我們沿著走廊往回走。我記得蓋瑞的吉他盒一直敲到我的腿，變態阿派在進行最後的巡邏，把燈一盞一盞關掉。然後——有個東西從我們旁邊飛過去。很難形容。事後，我記得是一個穿著白色長洋裝的女人，但蓋瑞說比較像旋風，黑色的，沒有五官。我只知道，那種冷，那種恐怖，似乎都發自這個生物，這個東西。那個形體撞上了樓梯的欄杆，我們聽到爆裂聲，然後是非常、非常可怕的尖叫聲。我從來沒有聽過那種聲音，絕對不想再聽一次。

我跟蓋瑞拔腿就跑；兩人嚇到六神無主。我覺得我跟他都會選擇拋下另一個人，讓對方死在鬼魂手下。心裡只有一個念頭，趕快離開這裡。我們衝下樓梯，衝出了大門。一路跑到校門，碰見正在鎖門的阿派。

「年輕人，你們不回家嗎？」

聽慣的急躁聲音帶我們回到了現實。我們咕噥著道了晚安，走向公車站。那裡沒有人，但我們仍只敢悄聲交談。

「是她，」我說。「R．M．荷蘭的妻子，白衣女人。那個從樓梯上跳下來的人。」

「不是女人，」蓋瑞說。「我不知道他媽的是什麼。」

「那個尖叫聲，」我說。「你覺得別人也聽到了嗎？」

「我不知道，」穿著防水外套的蓋瑞縮成一團，看起來很慘。

「看到白衣女郎，」我說。「表示有人要死了。」

「不會吧，」蓋瑞說。

我們靜靜站在那裡，我的車來了，我上了車。我們甚至沒有親吻道別，兩人心知短暫的羅曼史結束了。兩天後，我們聽說三年級的蘇・布萊克因白血病過世，她已經患病一段時間了。學生除了哀傷，還有好奇心，幾個人聊起白衣女郎的傳說，但我跟蓋瑞絕口不提我們看到的景象。

我們再也沒提過那個鬼魂。直到今天。

28

我隨便挑了一本克萊兒的日記：

不是我不愛賽門。我愛他。應該說我還想要其他的東西。我熱愛我的工作，我覺得我做得很好。天曉得，我好愛喬琪（現在好甜好可愛）。但是，儘管我愛賽門，我也發現我現在自動把他往後排了。婚姻之愛一定是母愛的犧牲品嗎？但不是我跟賽門之間的事。只是，我覺得我要為我的人生做一件事。出人頭地……

天啊，我覺得看不下去了。我看看最上面的日期。二〇一〇年三月三日。按我的計算，克萊兒和賽門兩年後離婚，而好甜好可愛的喬琪應該是八歲。我決定找一本日期比較近的來看：

二〇一七年九月十一日星期一

瑞克真的很煩。已經是學期的第二個星期，他還沒整理好課表。艾拉的GCSE規劃丟三落四，他什麼也沒說。他還喜歡她嗎？可能吧。他一直嘆氣，凌亂惆悵的程度更甚以往。他對我的好感倒是消失得很快。不過我直接拒絕他了，艾拉卻不肯。我可沒有意思要跟已婚男人上床，但是她不在乎。

在工作上一直補她的漏洞，我已經厭倦了。我應該做艾拉的職位，瑞克也心知肚明。

我取出筆記本，開始畫時間線。七月，艾拉和瑞克上床，九月，瑞克顯然還在為她痴狂，克萊兒因此充滿怨恨。我再翻了兩頁：

九月十五日星期五

這星期結束了，太好了。艾拉還沒完成她的GCSE預測。我問她什麼時候要做完，她只是大笑，說「妳太愛擔心了」。然後她說，星期六她約了布萊恩妮・休斯。「女巫集會嗎？」我的語氣應該充滿酸味吧，我很確定。「對啊，」她說，「我們要在奇徹斯特的鸚鵡餐廳召喚亡者。」「祝妳們一切順利。」我說。

鸚鵡餐廳就是克萊兒和亨利星期六約會的地方。我也記下來；然後開始列名字。布萊恩妮・休斯？？

為什麼有人會有這種習慣？為什麼要在晚上，對著空無一人的聽眾席，傾吐自己的希望與恐懼？克萊兒還習慣在日記裡到處點綴著顯然是引言的句子。她為什麼要寫這些？難道她想像有一天，會有人在BBC廣播四台朗讀她的日記？有時候，她甚至花那個工夫寫出引言的出處，彷彿在寫預科學院的英文論文。「世界上沒有東西能永久隱藏」——威爾基・柯林斯，《無名》。還有，既然寫給自己看，為什麼要那麼費心去撰寫這些句子？婚姻之愛一定是母愛的犧牲品嗎？她到底想問誰？還有那串對話，很小心地用了引號：「祝妳們一切順利。」讀起來很像那種「美眉文學」小說，在機場買下，空服員還沒完成飛安宣導，你已經後悔買了這本書。

我翻到艾拉・艾爾菲克殞命前的那幾天：

十月二十日星期五

今天在學校很忙，要在放假前完成工作。我希望沒跟艾拉及黛博拉約好今晚去看電影，但最後還是很高興我出門了。我們看了《銀翼殺手》。我記得我很喜歡第一集，但這集無聊到超乎想像。必須說，我現在對電影的容忍度並不高。睡過去大概三分之二，醒來的時候看到雷恩葛斯林慢慢走過雪地裡的飛機棚。看完電影，我們去皇家橡樹吃飯。一開始覺得艾拉好煩，喋喋不休講瑞克的事。黛博拉只會鼓勵她——「他很迷戀妳」，諸如此類的話。我開始有點氣，還好，艾拉感覺到了，把話題轉到比較安全的方向——《舞動奇蹟》、學校，還有黛博拉適合留長髮還是短髮。整體來說，這次聚會還不錯。

我到家的時候，喬琪還沒回來。她大概十一點到家。泰把她送到門口。他很有禮貌，可說有騎士風範，我承認。只是，他已經是成年人了，她還是孩子，即使她現在充滿了魅力。我嫉妒喬琪嗎？我嫉妒艾拉嗎？天啊，該停下來了。

二十一日星期六沒寫，二十二日星期天也沒有，就是艾拉死去那天。不過二十三日星期一有好幾頁，字跡潦草，看起來東倒西歪：

二〇一七年十月二十三日星期一

艾拉死了。瑞克告訴我的時候，我不敢相信我聽到了什麼……

克萊兒看來真的很震驚，再往下看，瑞克說他很遺憾，她寫道：「他很遺憾。拜託。」這什麼意思？艾拉的死要怪瑞克？但如果她真的認為他有嫌疑，應該會寫在這裡吧？這是她私人的日記本。克萊兒也寫到瑞克說黛西以為他要被逮捕了。有意思，她一定接收到了我們的懷疑。

繼續看下去。我想看克萊兒寫到我的時候會怎麼說：

下班回家後，警察在我家門外等我。我認得那台車，昨天在塔爾加斯停車場看到的那台。我很緊張。有兩名警探，一男一女，跟電影裡一樣。女的是印度裔，考爾警長，矮矮的，不是沒有吸引力，但故意裝得毫無魅力，彷彿想糾我的錯。

哈哈。故意裝得毫無魅力，我一定要說給唐娜聽。她的第一個形容詞（凱瑟卡老師，妳懂吧）是「印度裔」，是不是有點種族歧視啊？「不是沒有吸引力。」但我開始氣自己，這個說法居然沒有讓我不開心，尤其是出自一個像克萊兒這樣的美女。但她算老幾啊，說我矮矮的？我才不矮；是她太高了。但是那天在塔爾加斯，她居然注意到了我們的車子。而且，她為什麼會覺得緊張？

後面，她寫道：

我一直想到那兩個來找我的警探，考爾和溫斯頓。他們不是真的不友善，但也不怎麼和善。「大多數被害人死在認識的人手下，」考爾說，「我們有理由相信這個案件也一樣。」

他們在懷疑誰？

究竟是誰？

我匆匆翻過所有的日記本，這看一段那看一段，但神祕的字跡只出現了兩次。一次在海斯之後。只有一行：哈囉，克萊兒。妳不認識我。然後在克萊兒十月三十日的日記後有比較長的句子：

來自真誠好友的問候。我指的是細細閱讀這本很有趣的日記（我剛讀完了）。

我看著那段筆跡。很細，歪歪的，彷彿是斜體。向前傾斜，有什麼意涵嗎？筆跡專家貝拉說「可能」是男人，但我不懂她怎麼看得出來。確實看起來老派到奇怪的地步，但或許只是字句的效果：

有好幾百頁。我可以把手放在心臟上，宣告每一頁都讓我入迷，感到煥然一新，非常愉悅。可敬的女子！

克萊兒說這是威爾基・柯林斯的結尾與《陌生人》的開頭。

但是，克萊兒，不是每個人都像我一樣懂得珍惜妳。說這句話讓我心碎，但有些人就是要與妳作對。我已經處理掉了其中一個生物。我會像飢餓的野獸一樣撲向其他人。

跟克萊兒作對的人是誰？我又回頭讀十月三十日的日記。我的頭痛起來了，克萊兒比侵入者更圓更鬆散的筆跡開始用一種討厭的方法轉圈圈：

二〇一七年十月三十日

今天真的太可怕了。早上做簡報，瑞克說我現在是第四階段的主任。還有，我必須製作耶誕劇。我最討厭音樂劇，而且感覺就是不對，好像侵入了艾拉的地盤。有個說法是說爬進她的墳墓，對嗎？瑞克什麼都不知道。他一心想著他寶貴的英文科。我真心認為，我現在痛恨瑞克。艾拉才剛死，他就逼我接下她所有的工作，完全不想身為她摯友的我受到什麼影響。想到他曾聲稱愛上了我，就覺得噁心。

然後，瑞克叫我留下來，求我不要告訴警察他跟艾拉的事，更是雪上加霜。他說黛西「現在不能受到刺激」。真有種，敢把這一切都推到他老婆頭上。我說我什麼都不會告訴警察。不是為了瑞克，也不是為了黛西，而是為了艾拉。我知道警方的想法。從考爾問我艾拉有沒有男朋友，我就知道了。如果他們知道瑞克的事，他就是頭號嫌疑犯，她則會變成蕩婦。科里的妻子，身著紅色的洋裝。艾拉死了。就讓海斯的事跟她一起死去吧。

東尼在集會上講得很好。事實上，很感人。學生們真的很愛艾拉，她也是很好的老師。務必銘記在心。不過，第一堂課的時候，我被叫去見警察，他們占領了東尼的辦公室。真恐怖，比之前更可怕。他們問起了海斯，問起了艾拉和瑞克。我什麼都沒有透露，但他們告訴我一件駭人到極點的事。艾拉的遺體旁邊有張紙條。上面寫「地獄空蕩蕩」。

我到家以後，最糟糕的事來了。我回頭看舊的日記，看我寫了什麼關於海斯的事。我真的不記得我說了什麼，但是真可怕。那麼多的批判，那麼惡毒。然後我看到在最底下，有人寫了，「哈囉，克萊兒。妳不認識我。」

我真的嚇壞了。誰能在我的日記裡寫字？紙條說對了。地獄空蕩蕩，魔鬼在人間。

明天是萬聖節前夕。老天啊，救救我。

這篇我讀了好幾次。關於瑞克跟他「不能受到刺激」的妻子，有意思。黛西．路易斯不喜歡艾拉，對瑞克不滿，兩案都有動機。我們應該認真把她當成嫌疑犯。說到艾拉，克萊兒確實站在道德高點，但我不相信那種女權主義的說法，在性別歧視的殘暴警察面前挽救艾拉的聲譽。我們必須問起交往的對象，像克萊兒這麼聰明的女人應該知道，他們是最有可能犯下謀殺案的人。我納悶克萊兒不想談論海斯，是不是因為她曾有一度屈服於瑞克的誘惑。這是從前面的日記看到的。瑞克第一次示好的時候，克萊兒寫到想要某人摟著自己的「原始需求」，但現在想到他就覺得噁心。

我還是不太明白為什麼要寫日記。既然最糟糕的事情出現在一天將要結束的時候，克萊兒為什麼仍按時間順序記述每一件事？簡報、集會、跟我們的偵訊，然後才是神祕的字跡。那不是應該排在最前面嗎？有件事確實讓我印象深刻：如果神祕人真的想從世界上清掉不珍惜克萊兒的人，那瑞克確實是下一個目標。

克萊兒在日記裡還罵過誰？

29

第二天早上我又去了塔爾加斯中學。東尼・史威特曼應該跟校董會談過了，學校已經關閉，門上貼了告示。管理員兼週日足球隊員戴夫・班納曼放我進去。

「他們在一樓，」他指CSI小組。「搞得亂七八糟。」

「星期六晚上，一樓的教室都鎖上了嗎？」我說。

「沒有，」他說。「大多數沒有鑰匙。我只把門關起來，看起來就安全了。」

到了一樓，CSI已經找到那個房間。就在我們偵訊克萊兒那間教室的隔壁。

「血跡不多。」我在房間裡四處觀察，跟這一層其他的教室一樣，都很像老式的臥房，而不是教室。房間裡有踢腳板和飛簷，精緻的天花板玫瑰裝飾，及小小的鑄鐵壁爐。那天我跟蓋瑞在這裡親熱嗎？可能不是，但也真的滿像的。

「那是因為他不是死於刀傷，」調查主任科林・哈里斯說。他就愛糾正刑事調查部，不過整體來說他人不算太壞。

「真的嗎？」我說。「我好像在他胸口看到一把血淋淋的大刀。」

「那只是虛飾，」科林說。「死者被人從背後勒死，可能用了細鐵絲。我們認為這裡是案發現場，因為濺了一些血，很有可能因為死後立刻把刀子插進去。不過不是很多。我認為殺手一定鋪了塑膠布或防水布。」

「準備充分。還有嗎？」

「我們認為他被殺的時候坐在椅子上，但是找不到椅子，上面應該會有血跡。不過我們發現了一些木片。看來兇手把椅子拆了，然後把碎片帶走。」

應該是男性，我必須承認物證都指向男性——拆椅子，搬屍體。

「為什麼要拆椅子？」我說。

「我怎麼知道，」科林說。「殺人犯的心靈是一個黑暗的地方。」

這句話聽起來好像是他的口頭禪。

「然後呢？死者被搬到閣樓裡？」

「對，門框裡找到了微量的頭髮，符合被搬運的屍體。今天晚一點我會給妳一份報告。」科林做事相當一板一眼。

「有什麼能現在就告訴我嗎？」而我做事就是求快。

科林嘆口氣，用戴手套的手推了推眼鏡。「看似死者被搬進房間，放在書桌前的椅子上。兇手戴著手套，但我們找到幾個沾血的足印，很清楚。還有，」他知道這才是我想要的，「一張紙條。」

「寫了什麼？」

「地獄空蕩蕩。跟上一張一樣。紙條裝在夾鏈袋裡，放在桌上。沒有指紋，沒有血跡。」

有什麼東西湧了上來，腎上腺素吧，但其實是興奮。有可能這就是證據，證實兩起謀殺案有同一名凶手。

「還有其他顯眼的東西嗎？」我問。

「桌上有三顆蠟燭，和一些像植物的東西。」

「像植物的東西？」

「我們送去分析了，但看起來像香藥草、葉子跟乾燥的花瓣，乾燥花草裡的那些東西。還有一顆黑色的石頭，像是發亮的鵝卵石。就放在蠟燭旁邊。」

我的腦海深處浮現一些模糊的影像，但我不能浪費時間挖掘回憶。我必須立刻回警局，向唐娜和尼爾報告最新的情況。

我跑下主要的樓梯，看到雙開門旁邊有個男人，憂鬱地凝視著遠方。東尼．史威特曼，穿著牛仔褲、毛衣和運動鞋。鞋子看起來很貴，太乾淨了，也太白了。

「哈囉。」我說。

他嚇得輕跳一下。在皮膚新補上的棕色下，東尼看起來糟透了，雙眼凹陷，泫然欲泣。我不禁有一點點同情他。

「考爾警長，我猜想專家們還在工作。」

「沒錯，」我說。「犯罪現場調查很花時間。他們非常仔細。」

他抖了一下。「真不敢想像，我的學校變成犯罪現場了。」

我的學校。不過我能懂他為什麼這麼難過。現在只要上Google搜尋「塔爾加斯中學」，結果不是「有史以來最佳的GCSE成績」，而是「發現一名男子遇害」。

「我剛剛跟黛西．路易斯通過話，」他說。「她很難受。妳知道的，他們沒有小孩，他們只有彼此。」

他的語氣好像為人父母者說起沒有孩子的夫婦，憐憫中夾雜著輕微的責難。

「你能想到凶手有可能是誰嗎？」我問。

「我想不到，」他瞪大了雙眼，讓我想到克萊兒。「大家都很喜歡瑞克。」

「真的嗎？」

「真的。」我的聲調讓他有點動怒了。「他是很傑出的老師和科主任。」

「謠言說，他跟艾拉．艾爾菲克和克萊兒．卡西迪都有不正當的關係。」我說。

東尼的臉色一白，彷彿一塊布從白板上擦掉了前一天的教學內容。「我向來不相信這種謠言。」

但他也不否認。我正想問下去，但我的手機開始嗡嗡響。尼爾。

「快點回局裡。看我在監視器上找到了什麼。」

尼爾聽起來很興奮。他就愛當那個取得突破的人。說老實話，這種事並不常見。

「我正在看艾拉家外面那座教堂的監視器紀錄，」他說。「想看看有沒有第一次看的時候漏掉的東西。」他想要什麼？該死的勳章？局長的徽章？

尼爾幾乎是用拖的把我拉到他電腦前面。「記得嗎，有兩個青少年在玩手機？」

「對啊。」

「好喔，再看一眼。我把影像放大了。」

我盯著螢幕。在螢幕上，粗糙的顆粒中，有一個穿帽T的年輕人，他戴上帽子，手裡拿著手機。攝影機捕捉到他抬頭看的一瞬間，藍色的安全燈照在他的臉上。

派翠克·奧利里。

30

我們上了車，直奔派翠克家。他住在肖勒姆，過了渡口橋的曳船路旁邊，那兒的船屋在水中輕輕叮噹作響。我小時候很愛船屋。那種整潔的，有窗框，叫「你和我」之類的名字；那種破舊的，快沉進水裡，木頭都爛了，窗戶上掛著骯髒的網紗簾；那種嬉皮風的，裝飾了星星和風鈴，在我還沒當警察的時候就聞得出大麻的味道。奧利里家是一棟現代風格的小房子，位於海洋與河口之間的路上。這棟房子有種不結實的感覺，彷彿並不求耐用，有黃色的塑膠飾面跟一個很小的陽台，小到連一個人都站不上去。前面的花園裡有垃圾，看似有人想起篝火，卻半途而廢。整個地方有種悲傷、沒人愛的感覺。

派翠克本人來開了門，好像才剛從床上爬起來。

「哈囉，派翠克，」我說。「你爸媽在嗎？」

他瞪著我們，把門半關起來。「他們不在，去工作了。」

「你可以打電話給他們嗎？我們要跟你談一談，需要有成年人在場。」

「我成年了，」派翠克身後的聲音說。另一個年輕人走出來，懶懶地站在他旁邊。兩人一看就知道是兄弟，一樣魁梧，黑頭髮，滿臉乖戾。不過，現在派翠克的驚嚇多過了乖戾。

「德克蘭，是警察。他們要找我談話。」

「你們有搜索票嗎？」德克蘭站到了他弟弟身前。

我嘆口氣。又是一個電視看太多的人。「我們不需要搜索票。我們不是來逮捕派翠克或搜查你們家。我們只是要找他談談，需要合適的成年人在場。」

「我就是合適的成年人。」德克蘭說。

「不要啦，」反而是派翠克救了我。「我打電話給媽媽。」

我們在車裡等到莫琳．奧利里回來，她仍穿著護理師的制服。派翠克在門口迎接她，我跟尼爾走過去，他們一起回過頭來。

「奧利里太太，謝謝妳趕回來，」我說。「我是考爾警長，這位是溫斯頓警長。我們需要跟派翠克談一談，我們在調查艾拉．艾爾菲克的謀殺案。」

「謀殺案？」奧利里太太說。「妳在說什麼？」她個頭嬌小——兒子們應該繼承了父親的身高——但她的氣場相當強大，是那種你還沒挽袖子就把針扎下來的護理師。

「艾拉．艾爾菲克的謀殺案。」我又說了一次。

「艾拉？噢，那個老師。那就是為什麼今天學校又關閉了嗎？太糟糕了。派翠克今年要考GCSE呢。」

「我們可以進去嗎？」我說。「讓我好好解釋。」

我們坐在一個小房間裡，裡面有一台大電視，和裝了螢光燈的水族箱。德克蘭留在弟弟身旁，我覺得也不用請他離開了。在這棟輕薄的房子裡，我們的聲音肯定可以傳到每一個角落。儘管如此，實在太擠了。德克蘭、莫琳和派翠克擠在沙發上。我和尼爾坐在他們對面的椅子上。我給派翠克看放大的照片。

「這是你嗎？」

「我不知道，」他說。「這要幹嘛？」

「這是在艾拉．艾爾菲克家外面拍到的，時間是她被殺害的那個晚上。」

沉默。莫琳的口氣沒什麼說服力，「那不是派翠克。」

「派翠克，這是你嗎？」

一陣沉默後，派翠克用幾乎聽不到的聲音說，「是。」

「你可以告訴我們，那天晚上你在那裡做什麼？」

「我想見她。艾爾菲克老師，」他說。「說清楚那張卡片的事情。」

「什麼卡片？你送給她的情人節卡片？」看來，莫琳．奧利里是第一次聽說這件事，不過德克蘭應該已經知道了。

「對，」派翠克低頭看著自己的手。他一邊的手腕上戴著錶面很複雜的手錶，另一邊纏了好幾條友誼手繩。腳上穿著運動鞋。Nike Air，跟史威特曼校長一樣。派翠克穿比較好看。

「你怎麼會想起卡片的事？」尼爾說。「情人節都過去九個月了。」

「我想彌補我做過的事，」派翠克說。「休斯老師跟我說的。所以，那天晚上，我去了艾爾菲克老師家。只想跟她說清楚我為什麼要送她那張卡片。路易斯老師弄得我好像在跟蹤騷擾她還是什麼的，把我踢到別班去。才不是那樣。我只是很喜歡她。我想告訴她理由，沒有人知道我去了她家。我爸媽跟德克蘭都出去了。我走過去，敲了門，但沒有人應門。」

「然後呢？你怎麼辦？」我問。

「我等了一下。我覺得她在家，因為我看到她的車子在街上。我在教堂旁邊那條路上等。」

「你等了多久？」

「不知道，可能十分鐘，十五分鐘吧。」

他就被監視器拍到了一次，那個鏡頭其實對準了教堂的門廊。想到這裡，我還是碰碰運氣吧，便問他，「你在外面的時候，有沒有看到誰進了艾爾菲克老師家，或從裡面出來？」

我以為沒有答案，但派翠克第一次直視我的眼睛。「有，」他說，「我看到路易斯老師從裡面出來。」

「路易斯老師？你確定嗎？」

「確定。」他笑了一聲。「那個蚓蛋到哪裡我都認得出來。」

莫琳給了他一巴掌。「派翠克・奧利里，注意你的嘴！」

「派翠克，星期六晚上你在做什麼？」我問。

「妳為什麼要問這個問題？」德克蘭開口了，似乎決心要當他弟弟的發言人。他這個個性很適合去當律師。或當罪犯。

「就是一個問題。」我說。

派翠克低頭看著自己的球鞋。「我在家。」

「只有你？」

莫琳的口氣充滿防衛，「派特跟我去酒吧找朋友了，德克蘭跟女朋友出去。」

「所以，派翠克，你一個人在家？」

他抬起頭。「對，我一個人。」

「奧利里太太，你們什麼時候回來的？」

「半夜吧，妳為什麼要問這些問題？」

但是派翠克已經明白了。「所以，是真的嗎？路易斯老師被殺了？」

「所以，那天晚上瑞克去過艾拉家。」尼爾說。我們沿著海灘旁的路把車開回警局。靜止的海水是灰色，與灰色的石頭海灘和灰色的天空融為一體。

「對，」我說。「可惜不能問他了。」

「看似艾拉和瑞克碰到同樣的犯罪手法。」尼爾說。

「只是瑞克被勒死——絞殺——而不是被刺死。」

「對，但是從那張紙條跟其他的證據看來，絕對是同一個人。妳覺得可能是派翠克嗎？」

「有可能，」我說。「他塊頭很大，也夠壯。他喜歡艾拉，毫不隱瞞他討厭瑞克。他不是說，瑞克告訴大家他在跟蹤騷擾艾拉？那時他真的很憤怒。而且，他也沒有星期六的不在場證明。」

「我覺得他在說謊，他不是一個人在家。」尼爾說。

「我也覺得，」我說，「他可能有件事要瞞著他媽媽。我們必須再偵訊他一次，或許這次讓他爸爸在場。」

「所以，妳希望是他嗎？」

「我不知道，」我說。「這兩件謀殺案都經過深思熟慮，事先細心規劃。塑膠袋裡的紙條，地上的防水布。我不覺得派翠克會好好規劃。」

「老師給他什麼評語？」尼爾把車掉頭，回到陸地。後照鏡、方向燈、轉動方向盤。考駕照的標準動作。

我翻了翻前面的筆記。「算是很聰明，擅長運動，有時候會打架惹麻煩。就像我說的，性子有點急。不過，有一件事——你聽到他說的那個老師嗎？叫他要彌補他做過的事？」

「沒聽過那個名字。她是誰？」

「休斯老師。她應該不是塔爾加斯的教師。有意思的是，克萊兒在日記裡提到了布萊恩妮・休斯這個名字，說她是女巫。」

「天啊，」尼爾說。「一點幫助也沒有。」

我的手機響了。克萊兒・卡西迪。我按下擴音。

「考爾警長，拜託妳快點來我家。」車裡都是克萊兒的聲音，她哭哭啼啼，非常激動。「赫伯特不見了。」

31

「赫伯特又是誰啊？」尼爾說。

「她的狗，」我說。「我們直接去她家吧。」

「幫忙找狗嗎？為什麼不打電話給皇家防止虐待動物協會？而且她家門外有一台警車，他們不能幫忙嗎？」

「你聽到她的聲音了，」我說。「克萊兒第一次放下所有的防衛。我要是過去，表現得很有同情心，說不定還可以找到一些線索。」

「什麼線索？」

「比方說她對艾拉和瑞克真正的感受。」

「妳不是看過她的日記嗎？」

「日記不會告訴你別人心裡怎麼想，只有他們以為自己是那麼以為。你不用留在那裡，把我送過去就好了。」

「那是在浪費妳的時間。」尼爾說，但他還是在天橋下轉彎，朝著斯泰寧前進。橋下那些在田野間吃草的馬兒總讓我覺得很神奇，對頭上呼嘯而過的車子似乎無動於衷。

「或許吧，」我說。「但你忘了一件事：或許有人帶走了赫伯特，或許在克萊兒日記裡寫字的那個人在跟蹤她。今天帶走小狗，明天就帶走她女兒。」

「太罪惡了，考爾。妳一向都這麼開朗嗎？」

「你知道我說的沒錯，」我說。

到了那個偏僻的地方，尼爾讓我在那排房子前下了車。我還沒敲門，克萊兒就把門打開了。

「喬琪帶他出去散步，」她說。「她停下來看了一下手機，再抬起頭來，他就不見了。」

「我不是故意的，」喬琪出現在她身後，滿臉淚痕。「我只是看了一下手機，就看了一分鐘而已。」

「親愛的，妳當然不是故意的。」克萊兒用手環住了女兒，認識她以來，頭一次我有一點喜歡她的感覺。即使如此，這兩個人到底在想什麼？她們還在受警方保護，喬琪不應該一個人出去。克萊兒忘了嗎？前天她差點就目擊了一場謀殺案。

「他可能還在草地裡，」我順勢讓自己進了她們家。「追兔子什麼的。」

「我們到處都找過了，」克萊兒說。「巷子裡也找了。巴瑞和史蒂夫開車去附近的街上幫忙找。」

「誰啊？」

「我們家門外的警察。」克萊兒一臉詫異。「妳不知道他們叫什麼名字嗎？」

「要想一下才記得起來，」我說。「現在，最重要的是保持冷靜。Misper的頭幾個小時是關鍵。」

「什麼？」

「失蹤人口案。」喬琪幫我回答。所以，喬琪很愛看警匪劇，對吧？

「首先，」我把她們趕進廚房裡。第一次進克萊兒的廚房，必須說我讚嘆不已。她把廚房擴建到花園裡，裝了一個天窗，有早餐吧檯跟獨立的用餐區域。天花板上吊著廚房用具和乾掉的香藥草，但檯面既乾淨又閃亮，像CSI的實驗室。

「首先，」我說，「要泡茶。喬琪，妳可以幫忙煮水嗎？第二，攻擊計畫。」我拿出筆記本。「最後一次看到赫伯特是什麼時候？」

「十一點二十四分，」喬琪立刻回答。「我看了手機。」

我看著餐桌上方的超大時鐘。沒有數字，但指針呈直角。

「還在黃金時間，」我說。「妳們在草地跟附近都找過了。比較靠近家門的地方呢？失蹤人口通常會自己回到家裡。有一次，我去找失蹤的青少年，結果她在自己的床上睡覺。」

克萊兒聽了，居然笑了出來。她好似鎮定了一點。喬琪把一杯茶放在她面前。

「花園裡我找過了，」喬琪說，「也搖了他的狗餅乾罐子。」

「再找一次，」我說。「後院有小木屋嗎？」

「有。」克萊兒說。她和喬琪進了花園，我看著她們把那小空間的每個角落都翻了一遍，彷彿能在那裡找到愛犬。我邊盤算著邊喝了一大口茶。要是我能找到赫伯特，克萊兒和喬琪絕對會一輩子把我當成好朋友。

我放下馬克杯，到花園陪她們一起找。她們在小屋裡翻找，就跟全世界的小屋一樣，泛出松節油的味道，放了舊花盆和割草機。但沒有毛茸茸的白色小狗。

克萊兒竟然抓住了我的手臂。

「要是他被帶走了怎麼辦？要是有人把他帶走了怎麼辦？」

「媽，他會回來的。」喬琪說。這句話超沒有說服力，就像尼爾說我一點都不跋扈。

「萬一是他呢？」克萊兒仍抓著我。「妳知道的，那個寫字的人……」

「噓。」我說。不光是要她閉嘴，也不要讓她嚇到她女兒——還有我聽到聲音了。

「什麼？」克萊兒說。

「我以為我聽到了……」我閉上嘴，又來了，微弱的吠叫聲。

這次克萊兒和喬琪也聽到了。

「是他！」克萊兒說。兩人開始大喊，「赫伯特！赫伯特！」

「噓，」我又制止了她們。「仔細聽是哪個方向。」

吠叫聲當然已經停止了。但我覺得離這邊有一段距離，應該是東北方。我從克萊兒的花園看向那個怪獸，這排漂亮連棟房屋的居民從不肯正眼看的怪獸。水泥工廠。

「走吧，」我說。「我們去看看。妳們有特殊口哨之類的東西嗎？」

我指警用哨子之類的物品，但克萊兒縮攏雙唇，吹出了兩個音符。

「那是他的特殊信號，」喬琪很驕傲地說。「我們兩個都會。」

「太讚了，」我說。「準備吹口哨吧。」我覺得我彷彿進入了一部爸媽最愛的黑白電影。你知道怎麼吹口哨吧？嘴唇靠在一起，然後吹氣。[32]

我們從前門出去。天還沒黑，但是又冷又陰。太陽似乎從未真的升起，現在剛過中午，影子就已經拉長了。我穿著西裝外套，但克萊兒和喬琪都沒有穿外套。我們走到最後一棟房子那裡。克萊兒吹了口哨。我們等了一下。

又來了。尖銳、刺耳的吠叫聲。這次，方向絕對沒錯。

「他在舊工廠裡。」克萊兒說。

工廠圍著柵欄，但你可以看到附近年輕人鑽過鐵絲網的地方。我找到一個開口，擠了進去。克萊兒跟在後面，似乎不在意勾到了身上粉紅色的喀什米爾毛衣。

沒想到喬琪卻止步了。「可以嗎？」她說。「有監視器。」

「很好，」我說。「我們會請求支援。」我私心認為那些攝影機早就壞了。

「這是違法的。」

「我就是法律。」我想讓氣氛輕鬆點，喬琪卻瞪著我。

「不然妳在這裡等吧。」克萊兒說。

「不行，」我說。「我們不能分開。喬琪，來啦。」我幫她拉開圍籬，她也鑽了進來。

我們穿過前庭。很詭異，這個地方在停用後似乎一點也沒動過。外面仍停著卡車，輪胎都爛了，輪框也生鏽了。上方懸著巨大的溜槽，彷彿就要吐出一整噸的液態水泥。大門深鎖，上了閂，但我知道一定有入口。我們繞過龐大的正方形建築物，大約有七層樓高，後面有座塔。一排又一排的破窗戶，但地面層一扇窗也沒有。克萊兒又吹了一聲口哨，回應的吠叫聲再度響起。

我們繞到建築物後面。後方的白堊懸崖高聳，比塔樓還高。懸崖是不是代表之前海水曾淹到陸地上這麼遠的地方？我要問一下懂地質學的人，說不定可以問蓋瑞。後方有一個小院子跟一扇門，用一個像油漆罐的東西頂著。我打開手機上的手電筒，可惜沒帶我的Maglite手電筒。

「來吧。」

我們進了一個像是包裝區的地方。那兒有幾塊棧板，上面的空麻袋看起來（和聞起來）好像裡面住過狐狸。也有破碎的木片，砍來當柴火嗎？我想到瑞克・路易斯臨死前坐過的那張椅子。CSI認為凶手把碎片帶走了。難道就在這裡嗎？

三扇門，就像電玩裡的一樣，必須選一扇，然後可能被外星人或殭屍攻擊。我選了中間那扇，門後是很大的空間，有三層樓高，空無一物。光線從頂部的窗戶斜射進來，我可以聽到上面有鳥兒發出的聲音，可能是蝙蝠。在一樓的高度，一道陽台環著三面牆。好像監獄，我心想。克萊兒吹了聲口哨，吠叫聲又來了，清楚響亮，就在我們頭上。

我指向後方像是防火梯的鐵樓梯。

㉜ 海明威小說改編電影《江湖俠侶》（To Have and Have Not）裡的台詞。

「妳們留在這裡，」我說。「我上去看看。」

「不行，」克萊兒說。「赫伯特跟妳不熟。他比較希望看到我。」

我們只好三個人都上了樓梯，腳步聲在這個大洞裡發出可怕的迴響。我想到R．M．荷蘭在學校裡的那間書房。凶手把瑞克的屍體搬上了螺旋樓梯。他的力氣一定很大。雖然我體力還不錯，但爬完這段樓梯也氣喘吁吁。

吠叫聲非常響亮，而且叫個不停。聲音來自樓梯平台再走到底的一個房間，我們一起朝著那兒走過去。金屬門看似關得很緊，但我一轉門把就開了門。找到他了。

「赫伯特！」克萊兒開始抽泣。「我的小寶貝。」

她跪到地上抱住小狗，喬琪跟了過去。赫伯特搖著尾巴，開心地抽著鼻子，但他腿上纏著繃帶，那隻腳也不能著地。

我還顧這個小房間，默默記下裡面的內容物。

第一項物品：睡袋

第二項物品：露營火爐

第三項物品：電池式提燈

第四項物品：地板上的防水布

第五項物品：翻爛的《暴風雨》

32

克萊兒和喬琪帶赫伯特去看獸醫。他的腳割傷了，但有人清理過傷口，綁上了繃帶。我打電話回局裡，等支援和CSI過來。房間裡每一項物品都必須採集DNA和指紋。我相信有人在這棟舊工廠裡住了一陣子。房間有個小窗戶，可以看到那排小屋，克萊兒家在最旁邊。我想到那天晚上疑似來自工廠的閃爍光線。窗台上有點過的蠟燭，不過現場也有手電筒。這就是凶手待過的地方嗎？在這裡點起蠟燭監視克萊兒？

回到警局，唐娜想吼我一頓，居然沒找支援就自己進了工廠，卻又因為有了線索而興奮無比。

「如果符合犯罪現場的DNA，就有嫌疑犯了。說不定已經在資料庫裡。哈賓德，幹得好。但是別再自己冒險了。」

「可是，他為什麼要把狗帶走？」尼爾很不高興我去幫忙找赫伯特居然突破了案情。

「或許拿他當人質吧，」唐娜說。「可憐的小狗狗。」她很喜歡狗，養了一隻很大的西班牙獵犬，跟她的小孩一樣完全不受控。

「如果是寫日記的人，」我說，「他確實站在克萊兒這邊。說不定那就是為什麼他會照顧赫伯特，他的腳掌包紮得很好。」

「那，為什麼不把狗還她？」尼爾說。

「或許想等到天黑吧。」

才下午三點，外面已經暗下來了。這樣的冬日就會覺得那些拿著標語牌的老人很有道理，世界末日確實快到了。

「其他英文科的老師也要來了，」尼爾說。「要跟我一起偵訊嗎？」

「要問關於《陌生人》的問題。」我說。

「什麼？喔，克萊兒很迷的那本書。」

「我覺得還有一個人很迷這本書。」

「什麼意思？」唐娜說。

「這本書的故事說，有兩個人死在一棟老房子裡。一個人被刺死，手上有傷痕，像是聖痕。」

「跟艾拉一樣。」尼爾說。

「沒錯。第二個人則是被絞死，跟瑞克．路易斯一樣。」

「妳在暗示凶手的劇本是一本很難懂的維多利亞時代短篇小說？」唐娜邊說邊在辦公桌的抽屜裡找吃的。

「不是暗示，」我說。「但兩個現場都有那本書的引言，我覺得這一點不能忽略。」

「妳不是說那句話出自莎士比亞？」尼爾的口氣有些委屈。

「莎士比亞寫過，《陌生人》裡面也有。你忘了嗎？是克萊兒說的。」

「她講來講去，不是這本書就是那本書。那傢伙在日記裡寫的句子又是哪一本來的？」

「《白衣女人》，」我說。「另一本英文老師會給十分的書。」

尼爾顯然不懂我的比喻出自《大學挑戰賽》裡可以拿高分的問題。

我們偵訊了維拉．普倫堤斯、艾倫．史密斯和安努許卡．帕瑪。關於瑞克的死，他們都有不在場證明。維拉跟母親在家裡看電視。我還真沒想到，因為維拉看起來有一百歲了吧——但是她其實「才」六十歲，她媽媽八十多歲。艾倫和妻子及成年的女兒在家裡，在網飛上看法國電影。他們家不看《舞動奇蹟》。艾倫顯然自詡為知識分子，也是老派的社會主義者。他說東尼「努力把塔爾加斯中學變成一所學院」。「那有什麼不對嗎？」尼爾事後問我懂不懂。「學院聽起來比學校更高級一點。」「就是那樣，」我說。

維拉和艾倫「很多年前」讀過《陌生人》，但都沒有放進教材。「這是典型的白種人、中產階級男性小說，」艾倫說。「故事裡的女性都是傭人。」我不記得裡面有傭人，所以我懂了——艾倫嘴上說不記得，其實記得的很多。

最後一個是安努許卡．帕瑪。我對她特別有興趣，因為她也去了海斯的訓練課程。她年輕漂亮，是混血兒，長髮編成複雜的辮子。

「瑞克對我真的很好。」她說了好幾次。我敢賭他確實對她很好。

星期六晚上，安努許卡和男朋友有約，「在他家過夜」。她給了我們他的地址。他叫作山姆．艾薩克斯，在預科學院教書。

「妳的教材包括《暴風雨》嗎？」我問。

「有啊。」她的表情很驚訝。「我有兩班要準備GCSE。」

「R．M．荷蘭的《陌生人》呢？」

「這就沒有了。我甚至沒看過這本書。我知道我該翻一下，因為跟學校有關，但我真的不愛維多利亞時代的小說。」

我的閱讀量雖然不大，卻萬萬沒想到英文老師會說這種話。

在安努許卡離開前，我問她有沒有聽過布萊恩妮．休斯這個人。

「有啊，」她說。「她是預科學院的英文老師，山姆跟她很熟。」

「她也認識艾拉，對不對？」

「不確定，不過這一帶的英文老師幾乎都彼此認識。我們常去同樣的訓練課程之類的活動。」

這讓我想到一件事。「布萊恩妮．休斯也去了海斯嗎？」

「去了，」安努許卡說。「對，她也在。現在想想，我確實有幾次看到她和艾拉在一起。」

「但她的學生裡都沒有塔爾加斯的學生嗎？比方說派翠克．奧利里？」

「沒有吧，除非她當私人家教。很多老師會接學生，但不可以接自己學校裡的。可是我不覺得派翠克會找家教。」

我也不覺得。

「她開了一門創意寫作課，在晚上，」安努許卡說。「聽說很不錯，不過，派翠克也不像會去上課的人。」

所以克萊兒和布萊恩妮・休斯都教創意寫作。我一直覺得教這種課很奇怪。你能寫就寫，或者不能寫。但是，或許這裡也有線索。我向安努許卡說了聲謝謝，她裹在一團圍巾和提袋中離開了，尼爾像管家一樣幫她扶著門。

等我做好筆記，已經六點了，我決定收工。幸運的話，明天會拿到犯罪現場的報告，調查也會有進展。塔爾加斯中學會恢復常態，但舊大樓會保持封鎖。東尼必須拋下他雄偉的校長辦公室，不知道有什麼感覺。說不定他會很開心，再也不用看見荷蘭屋；說不定他已經在申請新工作，準備九月上任。

回家路上，我心血來潮，跑去克萊兒家。這次我得到了熱烈的歡迎。赫伯特像國王一樣安坐在沙發上，腳掌得到了專業的包紮，身邊就有美味的零食。喬琪在自己的房間裡。

「要來杯茶嗎？」克萊兒說。「還是要喝酒？已經過了六點。」

「給我來一杯酒吧，」我說。「反正我下班了。」

克萊兒幫我們一人倒了一大杯紅酒，我坐在沙發上撫摸赫伯特。

「他看起來不算太糟。」我說。

「還好，」克萊兒說。「獸醫說他的腳可能在草地上割傷了，但傷口不深，也清理過。我的意思是……那個人……有人清理了傷口，還綁了繃帶。」

我們很希望繃帶上能找到指紋。我說，「妳不知道那個人是誰嗎？」

克萊兒搖搖頭。她仍穿著勾破的粉紅色毛衣，腳上是毛毛拖鞋。不知道為什麼，她仍給人一種光彩奪目的感覺。

「有幾次，我看到工廠裡有光，」她說。「但我一直以為是我的想像。我對自己說，我看太多次《陌生人》了。妳記得嗎，在老房子的窗台上點起蠟燭？」

「我記得。」我說。我沒有多嘴告訴她我重看了那篇故事。

「我用這個故事當創意寫作的教材，」克萊兒繼續說，「有一點我一定會講，在鬼故事的傳統裡，一件事要重複三次。妳記不記得妳提過《陌生人》裡那句『等待，等待，等待』？是這樣的，我去了閣樓裡的書房，看到那個假人坐在椅子上。那是第一次。然後我跟亨利一起去，我看到……我們看到瑞克。那是第二次。我一直在想，第三次會是什麼？」

「真實生活跟故事不一樣，」我說。「沒有那麼工整。一直找模式，妳會逼瘋自己。」

「還有別的，」她說。「我會討論圖騰動物。小說裡可以用動物來增加緊張的感覺。有時候作者會殺了動物，因為情節需要死亡，但他們沒辦法對人下手。動物可以在情節裡扮演重要的角色。妳看，赫伯特今天的遭遇就是這樣。」

「還好他沒死。謝天謝地。」我手裡正玩著赫伯特的耳朵。然後我說，「《陌生人》裡面的狗……」

「叫赫伯特。」克萊兒說。

「妳幫自己的狗取了同樣的名字，是因為那本書嗎？」

「算是吧，」克萊兒喝了一大口酒。「但感覺很適合他。」

我看看那條狗，現在只是一團白毛，鼻子塞在尾巴下面。如果是我，會叫他小白或小毛。赫伯特對他來說太凝重了。

「他不只是一條狗，」我說。「他是我的動物伴侶，我的狗狗外型的靈魂。」

克萊兒目瞪口呆地看著我，足足一分鐘。「我的天啊，」她說。「妳在引用我的日記。太恐怖了。」

「對不起。」我說，也確實感到一點內疚。

「我會寫那種東西，」她說，「但不期待有人看到。」

「那妳為什麼要寫日記？」我說。「有什麼意義？」

克萊兒拿起酒杯對著燈光，瞇著眼睛看著她的酒。桌上有幾根很粗的白蠟燭，味道超好聞。Jo Malone，跟克萊兒的香味一樣。

「為了搞清楚一些事情，」她想了一下，終於開口了。「如果寫下來，感覺就沒有那麼糟。幫人找回控制權，把事情排好順序。就像妳剛說的，找到一個模式。在我最快樂的時候，也就是我玩得最開心的時候，應該是大學吧，我什麼都沒寫。婚姻開始走下坡，我又開始寫日記。我覺得是一種療癒吧。回顧自己最糟糕的時候，發覺已經度過了，給人一種奇怪的安撫感。」

「但妳從來沒想過要給別人看嗎？」

她沒有立刻回答。把剩餘的酒一飲而盡，再度倒滿，也問我要不要再來一點。我必須拒絕，因為我要開車回家。

「在倫敦工作的時候，」她說，「我的科主任是盧卡。他不是眾人眼中的萬人迷，但他很聰明，很有魅力，很多女人喜歡他。他有寫日記的習慣，也習慣在學校寫，我猜是不想給他老婆看到。反正，有一個女的，一個剛考上資格的教師，愛上了盧卡，有一天晚上，她偷跑進學校，去讀他的日記。一心想知道他有沒有寫到她。」

「有嗎？他寫了什麼？」

克萊兒笑了。「那就是諷刺的地方。什麼都沒有，他根本沒寫到這個人。這件事是盧卡自己告訴我的。管理員抓到她闖進學校，她不得不離職。我認為她有點精神失常吧。不過事實上，那不是真正諷刺的地方。妳知道什麼最諷刺嗎？」

「不知道。」我好像得接住她的問題。

「真的很諷刺的是，事後他不得不在日記裡寫到這個女人。」

我很納悶克萊兒為什麼要告訴我這件事，一聽就讓人聯想到克萊兒自身的行為。她在學校寫日記，她闖入學校。嗯，嚴格來說，她確實有鑰匙，但要是你問我，我會說她的行為有些失常。克萊兒的意思是，那個在她日記裡寫字的人也希望自己能出現在她後來的日記裡？愈想愈覺得暈頭轉向，不過可能也是因為喝了酒的關係。我想起還有一件事要問克萊兒。

「妳可以說說布萊恩妮·休斯這個人嗎？」我說。

「布萊恩妮．休斯？」她本來整個人蜷在椅子裡，腳也塞到身體下面，現在她坐直了身子，把腳放到地上。

「妳在日記裡提過這個名字。艾拉跟她約了，妳說是女巫集會。」

「妳記憶力真好。」

「會記得某些事情，沒錯。」別人說的話我幾乎過耳不忘，在工作上很有用。但有些就記不得：生日、預約、電腦的密碼。

「妳為什麼說那是女巫集會？」

克萊兒笑了，但她的笑聲有點怪。「關於布萊恩妮總有一些謠言，她是白女巫，那一類的說法。看起來確實是那個樣子——長長的白頭髮，戴一堆銀首飾，而且一直說帶有深意的話。『你有金色的彩光』。妳知道那種說法吧。」

我無法想像「深意」有多深，不過我不打算問。「艾拉跟她是朋友？」

「是吧。」克萊兒的聲音裡出現了遲疑。她用手指輕撫酒杯的杯緣。

「她們很要好嗎？」

「是吧。」又停頓了一下。「但我覺得就在艾拉死前，她們鬧翻了。」

「妳知道為什麼嗎？」

「不知道。艾拉有時候對朋友會那樣。這一刻還是知己，接下來發生了一件事，她就拋棄她們。」

確實聽得出一些怨恨。我想到了她的日記。我依舊不太確定克萊兒是嫉妒艾拉跟瑞克上床，還是嫉妒瑞克搶走了艾拉。

「妳怎麼會特別問到布萊恩妮？」克萊兒說。

「這個名字出現了幾次，」我說。「就這樣，也不重要。」我看看手錶。「該走了。」

「我要煮一點義大利麵，喬琪也要吃，」克萊兒說。「吸收掉酒精。妳要不要留下來吃一點？」赫伯特坐起來，搖了搖尾巴。看來他知道「義大利麵」是什麼。

「多謝了，」我說。「但我該回家了，我媽都會準備很豐盛的晚餐。」

「妳跟家人一起住嗎？」克萊兒說。

「對。」不知道為什麼，我覺得我也應該透露一些自己的祕密，畢竟我讀了她的日記。「三十五歲，女性，跟爸媽住在一起。妳可以給我下評語了。」

「沒有什麼可說的，」克萊兒說。「真說有什麼感覺，應該是有點羨慕。我連耶誕節跟爸媽一起過兩天都受不了，更不用說每天晚上了。」

「還行吧，」我說。「我爸媽整體來說很好相處，不過我想我媽還在期待我能找到一個好男人。」

「嗯，知易行難。」克萊兒說。

「妳說的沒錯，」我說。「不過我是同性戀，所以就放棄吧。」

我真的不知道我為什麼會告訴她。雖然我讀了她的日記，但我不需要用我埋得最深的祕密來回報吧。並不是我想隱瞞這件事；我不覺得可恥什麼的。我在同事和朋友面前都已經出櫃。我爸媽當然不知道。只是，我想保留一些隱私，克萊兒也是調查的嫌疑人。她不算朋友。

「噢，是嗎？」她說。不震驚、不尷尬、不是那麼有興趣。真的就剛剛好。

「是啊，」我說。「哎，我最好趕快回家，不然我媽要派出搜查隊了。」我站起來，拍了拍衣服。

「他有貴賓狗的血統，」克萊兒說。「不會掉毛。」

我不是很相信，但說句公道話，她家裡確實沒有到處都是狗毛。

「妳們OK吧？」我說。「有需要的話，史考特和貝利㉝還在外面。」

她笑了。「我都叫他們卡尼與萊西㉞——洩露年齡了。我沒事。妳覺得他會回來嗎？住在工廠裡的那個人。」

「我覺得不會，」我說，「但我們會繼續監視，以防萬一。妳們真的應該考慮搬去比較安全的地方。能不能去朋友家住一陣子？或去妳爸媽家？」

「實在不行，」她說。「東尼今天打電話給我，學校會變得一團亂。我要先代理科主任的工作，必須待到學期結束。不管怎樣，我都不會去我爸媽家住。萬一情況緊急，我就去找我外婆好

㉝ 英國影集《重案組女警》中的兩名主角，二〇一一年播出。
㉞ 美國影集《警花拍檔》中的兩名主角，一九八二年播出。

了。她住在蘇格蘭，靠近因弗內斯。」

「聽起來很不錯，很遠，」我說。「拜，克萊兒。謝謝妳的葡萄酒。門要鎖好。」

33

第二天早上，我去找布萊恩妮·休斯。最後一次考試結束後，我就再也沒去過預科學院，甚至連畢業舞會也沒去。很好笑，塔爾加斯的日子在記憶裡的清晰度讓我幾乎有點不自在的感覺，但準備A-Level那幾年卻完全不記得了。生命中有兩年在這裡度過，但似乎沒留下任何記號。有過老師、朋友、敵人嗎？真心不記得了，彷彿是另一個人的經歷。

建築物還是一樣：一排混凝土矩形，絲毫不帶特色，確實與塔爾加斯完全相反。沒有令人陶醉的學校氛圍，沒有球隊照片或比賽傳單，只有標了字母和數字的走廊和教室。在接待處簽名時，我看到一群學生無精打采地走過去。他們的外表很成熟，彷彿脫下塔爾加斯的藍色運動服已經是很久以前的事。兩個男生已經有了鬍鬚，女生散發出一種老到的魅力，在我十八歲的時候，絕對不覺得自己能變成這個模樣——說實在的，不論幾歲我都沒辦法變成那個樣子。不知道他們看到我會有什麼想法，我穿著不是制服的制服，深色長褲和西裝外套，名牌上寫著「考爾警長，薩塞克斯警局」，但我不需要擔這個心。他們甚至沒注意到我的存在。

接待處指了英文科辦公室的方向給我。這裡沒有學生嚮導，只有影印的模糊平面圖。最後，我在二樓找到了那間辦公室，敲了門，有人叫我進去。休斯老師獨自一人坐在辦公桌前，辦公室的四面牆貼滿了演出海報和莎士比亞的名言。彷彿有熱心的學生畫上了螢光筆，我立刻看到《暴風雨》的那句台詞：地獄空蕩蕩，魔鬼在人間。

布萊恩妮．休斯可能快六十歲了，反正就是要退休的年紀，但她不像那些總是一臉愁苦的高齡教師。她沉著地坐在那裡，等我解釋來拜訪的原因。我想到克萊兒的描述——「長長的白頭髮，戴一堆銀首飾」——但她的說法對布萊恩妮其實不公平。她確實滿頭銀髮，但梳成一個簡潔的髮髻，我也看不到她身上有首飾。她穿著米白色的高領毛衣，我往桌下掃了一眼，下半身是黑色的長褲，及一雙護理師或修女偏好的那種黑色平底鞋。她的眼睛是淡藍色，眨眼的次數似乎少了點。

布萊恩妮沒有請我入座，我還是自己坐下了。我把椅子往後移了點，不想讓自己看起來像是因為沒交作業而被叫來訓話的學生。「我是哈賓德．考爾警長，」我說。「我在調查艾拉．艾爾菲克和瑞克．路易斯的謀殺案。」

她點點頭，像是確認了我的話。

「妳認識艾拉和瑞克嗎？」

「艾拉曾經是我很好的朋友。」她的聲音低沉，有一絲絲威爾斯腔調。

「瑞克．路易斯呢？」

「我跟他不熟。」

「所以不是很好的朋友？」

「瑞克是很盡責的老師，」布萊恩妮的聲調很莊嚴。「他是大家看重的同事。」

「妳最後一次看到艾拉是什麼時候？」

「她死前的幾個星期。我們一起去散步，找一些精神寄託。」所以她是那種人，絕對不會承認自己出門是為了吃飯。

「精神寄託？」

「我們去海邊散步。靠近水的感覺很好，很療癒。」

「艾拉為什麼需要療癒？」

是我的想像嗎？還是那溫和的聲音變得有些緊張了？「教書會耗竭能量。付出所有的時間，有時候得到的回報很少。」

「聽說妳跟艾拉鬧翻了。」

「誰說的？」沉著現在確實出現了擾動。

「所以真有這種事？」

「好朋友也有意見不合的時候。」

「為什麼意見不合？」

她遲疑了一下，開始整理桌上的紙張，看起來像學生的作文。我一直不明白為什麼有人的讀書心得可以寫那麼長。

「我們對教學的方法有歧見。」她終於給了答案。

「很嚴肅的爭論嗎？」

「不是，只是在辯論教學的方法。我們都很關心學生，有時候情緒可能漲得太高了。」

「妳教過一個叫派翠克・奧利里的學生嗎？」

「他是我創意寫作課的學生。」

「課後活動嗎？他不太像那種型。」

「他很有寫作天分，」布萊恩妮說。「我已經學到了不要以貌取人。」

絕對是在挖苦我，我報以溫和的微笑。「班上還有誰？」

「就幾個學生，特別挑選的小團體。」

我不喜歡她這句話的語氣。「這個特別挑選的團體有哪些人？」我問。

「派翠克跟三個女生。娜塔莎・懷特、威妮夏・薛柏、喬琪亞・紐頓。」

「喬琪？克萊兒的女兒？」

「克萊兒・卡西迪嗎？對，應該是。」

「妳認識克萊兒嗎？」

「我們在教師訓練課程上見過幾次。」

「七月的時候，妳也去了海斯嗎？」

「去了。」她再度用藍色的眼睛凝視著我。

「在那次課程，妳記不記得艾拉怎麼了？艾拉和瑞克之間發生了什麼事？」

「我從不聽八卦。」

好像給了答案。「妳最後一次見到瑞克・路易斯是什麼時候?」我問。

「我真的想不起來了。」她看看手錶。「希望妳問完了,我再過幾分鐘要去上課。」

我站起來,但她坐著不動。「妳有憤怒的彩光。」她告訴我。

「謝謝妳。」

「但話又說回來,」她的聲音變得十分輕柔,「回來這裡對妳來說一定不容易。」

「妳這句話什麼意思?」

「我記得妳在這裡念書的樣子。」她說。

「我沒有選英文的 A-Level。」

「沒有,但我還是記得妳。」

「很抱歉,我不記得妳。」

「噢,我覺得妳記得,」布萊恩妮・休斯說。「我覺得妳記得。」

回警局的路上,我一直想著這句充滿深意(不知道多深)的話。我也想到休斯老師身後書架上的物品:一個 KitKat 馬克杯,裝滿了筆,一本柯林斯詞典,一顆黑色的石頭,很像在R・M・荷蘭書房裡找到的那顆,在瑞克・路易斯的屍體前面。

「接下來怎麼了?」啊,一再出現、沒有答案的問題。那就是敘事的本質,不是嗎?「拜託再看一頁。」孩子在睡前祈求著。只求能抵禦黑暗的恐怖。而您才剛離開童年,我親愛的年輕朋友。很自然，您應該想知道下一章怎麼了。

又過了一年。我與導師的女兒艾達訂了婚。我開始寫論文，題目是阿爾比派的異教。我也教大學部的課程，不過，真相是我教學扎實，卻平淡無奇。我聽到學生們低聲談論我，捕捉到「地獄社」和「謀殺」幾個字眼。但那年我選擇留在光明裡。我也得到了一個夥伴。對，就在這節車廂，在您面前的這隻動物。親愛的赫伯特是個好朋友，陪我度過我的試煉。比人類的隨從更真誠、更堅定。

秋天過去，到了萬聖節前夕。我承認，那可怕的一天平安無事地結束後，我鬆了一口氣。但是過了幾個星期，僕人在走廊裡談話，我聽到「柯林斯」這個名字，還聽到「被殺」。

我衝出房間質問僕人，我的盛怒嚇到了他們，「你們在說什麼？」

「先生，我們在說以前在國王學院的柯林斯先生，」這是他們的回覆。「我們聊到他去世的方式。非常不自然。」

「出了什麼事？」說話時，我感覺到一股冷意席捲全身。柯林斯，巴斯蒂安勳爵的同伴，以前是國王學院的學生。

「先生，他被殺了。他駕著自己的馬車穿過沼澤。從伊利出發，目標是劍橋，一切正常。沒有人知道發生了什麼事，但是隔天發現他的馬在亂跑，仍套在馬車上。警方派出搜索隊，發現柯林斯先生躺在溝渠裡。先生，他的喉嚨被割開了。」

「什麼時候的事？」

比較年長的僕人回答我。「先生，是萬聖節前夕。我記得，因為加入搜查的伯特說，看到那匹馬獨自狂奔，彷彿後有地獄的獵犬，他覺得身上的血液都要凝固了。」

又過了一個星期，剪報送到了。「劍橋男子陳屍沼澤。」而標題下草草寫著「地獄空蕩蕩」幾個字。

第六部 喬琪

34

艾爾菲克老師的喪禮舉行的那天晚上我們召喚了她的靈魂。就感覺這樣才對。媽跟黛博拉有約，塔莎和威來我們家，發出了正確的「嗨，克萊兒」噪音，彷彿我們準備要度過一個快樂的女孩之夜。看得出來，在媽心裡她們是適宜的朋友，即使威可能太上流社會，塔莎又太瘋癲。派翠克騎腳踏車來，他在街角等看不見我媽的人影才進門。

想到再見到派翠克，我本來有點擔心，就怕會尷尬。我的意思是，他跟我說了路易斯老師的事，我也用小圈圈發誓了。還好沒事。我們聚在一起的時候，我就像小圈圈的領袖。有點好笑，因為在生活的其他地方，我就不是這樣。不曾有老師因為我的領導能力而特別表揚我，我也沒參加過球隊，更別說擔任隊長了。不過在小圈圈裡，我就知道要幹什麼。塔莎一定會支持我。她是支持者，派翠克是懷疑者，威是緊張者。那天晚上也不例外。

我準備好了空間。把有負面意象的東西都拿出去了：報紙（世俗的憂慮）、麂皮靠枕（死去的動物）、曾祖父的遺照（彩光可能會混亂）。咖啡桌也清乾淨了，只有三顆蠟燭，放在黑色的小碟子上，還有一碗香藥草。休斯老師說應該用百里香，但我只能找到混合香藥草跟媽媽的一包乾燥花草（學期結束時都會有很多人送她這些東西）。我把艾爾菲克老師的照片放在蠟燭旁邊。我從她的臉書頁面印下來的，她好像在參加耶誕派對，戴著紙帽。我選這張照片是因為她看起來很開心，她應該很喜歡這張照片，才會設成自己的大頭貼。

威妮夏立刻開始搞事情了。

「要是她的鬼魂出現了怎麼辦？」她說。「會嚇死人。」

「沒有鬼魂這種東西，」我提醒她。「只是那些先行者的靈魂。」

「我們要把艾爾菲克老師送進光裡。」塔莎嘴裡咬著我擺出來的薯片。身體的需求也必須滿足。

「她的靈魂不會出現啦，」派翠克靠過來，抓了一把薯片。「我們的能力沒有那麼強。」

「可以的，因為我們一起在小圈圈裡，」我說。「心誠則靈。」

「赫伯特怎麼辦？」塔莎說。「可愛的小狗狗。」塔莎很愛赫伯特，威即使對狗狗過敏，也很愛他。就連派翠克也覺得他很可愛。赫伯特抬起頭，可愛得要把大家都融化了。塔莎覺得他在回應她的愛，但他其實只是想吃薯片。

「他可以留在旁邊嗎？」塔莎說。

「可是我會打噴嚏。」威妮夏說。才怪，因為就連真的過敏的人也不會對貴賓狗過敏。

「我覺得最好把他關在外面，」我說。「他會害我們分心。我給他一點吃的，他就會乖乖待在廚房裡。」

我用一片品客把赫伯特引誘到廚房裡，然後在他碗裡放了狗食。媽很注意他的體重，比監督自己的體重更仔細，但我不覺得她會發現我給他多吃了一頓。他一定會把狗碗舔得乾乾淨淨。

回到客廳，我點了蠟燭，在桌上撒了一些香藥草，把燈關掉。我們握著手；塔莎的手出汗了，但派翠克的手是乾的，力道也很強。

我開始唸休斯老師教我的禱詞。

昨日活過的妳。我呼喚妳，從我的心到妳的心。從陰影中回來，進入光裡，並在這裡現身。

我們等了一下。燭光搖曳著。

「我好怕。」威輕聲說。

「噓！」

一開始我以為派翠克說對了，沒成功。但我們沒有打破小圈圈，就站在那裡，握著手，我又重複了一次禱詞。從陰影中回來，進入光裡，並在這裡現身。然後，突然一陣寒意。我可以感覺到旁邊的塔莎在發抖。客廳裡變得愈來愈冷。門開了，又關起來。蠟燭熄滅了，我們進入一片黑暗。

「我不喜歡，」威說。「停下來吧。」

「不要打破小圈圈。」我說。

我等了足足一分鐘，才開始唸釋放艾爾菲克老師靈魂的咒語。

艾拉，昨日活過的妳。謝謝妳。現在飛離這塊土地，加入靈魂的世界。

客廳的溫度立刻升高了。我聽到每一個人在黑暗中的呼吸聲，赫伯特在廚房裡輕聲哀鳴。再等了一下，我放開其他人的手，重新點燃蠟燭。

我們看著彼此，每一個人都參雜著震驚、淚水和笑聲。

「哇噢，」塔莎說。「好……強的能量。」

派翠克大聲笑了出來。

「我猜她走了，我是說艾拉。」

「我也覺得。」我說。我打開大燈，讓赫伯特進來。他直接上了桌子，想吃那些葉子。我把他一把抱進懷裡。他暖暖的，充滿生命力。

威妮夏還在發抖。「是嗎？是她的鬼魂嗎？」

「幹，就是，」派翠克說。「妳沒看到蠟燭熄滅了嗎？」

「沒事了，寶貝。」塔莎摟住了威。我感到一瞬間的嫉妒，她們兩人很親近的時候我都會有這種感覺。「我們釋放了她的靈魂，她安息了，我們不會再覺得煩擾。」

坐在桌子對面的派翠克看著我。

「喬琪，現在要做什麼？」

我拿起艾拉的照片，摺起來放進口袋。「開電視吧，」我說。「看可以安撫心情的節目，比方說《六人行》。我來叫披薩。」

吃完披薩，派翠克就走了。他得騎腳踏車回去，天也冷了。十點半的時候，塔莎的媽媽來接她跟威。

「妳一個人OK嗎？」塔莎低聲問我，但說老實話，我很期待獨處的時光。她們一走，我就關掉了客廳的燈，上了樓。赫伯特留在門口，因為他要等媽回來。我洗了澡，刷了牙，換上睡衣，上了床。然後我拿出筆電，開始寫「我的祕密日記」。

今晚，我們召喚了一個靈魂。這句話聽起來很平常，像一條「待辦事項」。寫功課、把回收物拿出去、召喚靈魂。不過，這其實是我一生中最不尋常的遭遇。史詩級別。能改變我的一生。

我的準備完美無瑕。我淨化了房間，點起蠟燭，撒了香藥草。然後我們圍成一圈，拉著手，說出禱詞。一開始我以為失敗了，但是，我感到超自然的寒意充滿了房間。門開了，又關了。天堂與地獄在火熱的輝煌中怒吼。亡者的國度敞開了大門。所有的天使與魔鬼都來了，和我們一起在這個房間裡。我知道，如果我不控制住自己，我會被烈火燃燒殆盡。說出釋放的話語，那乍然降臨的靈魂以同樣的速度離開了。原子重新排列，我們變回四個拉著手的青少年。但我知道，對我來說，我再也不是從前的我。

寫完後，我自己讀了一遍。感覺很不錯。我喜歡「待辦事項」的並列，以及亡者的國度。或許有點誇張，但我們的經歷就是很誇張。畢竟，我們開啟了通往另一個世界的門扉。我按下「發布」。

沒過多久，我聽到媽回來了，帶赫伯特去睡前最後一次解手。我闔上筆電，拿起總是放在床邊的《哈利波特》。讀了快一章，媽來敲我的門。我問她跟黛博拉聊得怎麼樣。她說她們都在聊艾拉。我想告訴她艾拉已經安息，但接著就解釋不完了。我說了一些安慰的話，她親了我一下，道了晚安。

等外面的燈都關了，我又拿出我的筆電。

35

我們真以為那件事結束後就沒事了。我們把艾拉送進光裡，再也不會有人死掉。不過媽還是看起來壓力很大。召喚後的第二天，她整個早上都不在，回到家也表現得很異常。泰和我準備了星期天的午餐，她嘴巴上說感謝，卻不像真的感激。後來，她真的好奇怪，說殺死艾拉的人可能「也在注意她」，我們一定要很小心。我想告訴她，沒什麼好怕的，只有恐懼本身最可怕，但最後我只能說我敢肯定不會有事。她表示同意，不過沒什麼說服力。反正她不會注意到，因為今晚有煙火，赫伯特被嚇了五十次吧。

我答應媽我不會獨自一人回家，等等等等。那個星期我不能去上創意寫作課，不過我把我寫的短篇故事給了派翠克，請他交給休斯老師。派翠克陪我走到圖書館去找媽，看得出來她不是很高興我們兩個走在一起。整個星期我都有幽閉恐懼症的感覺，爸來接我去他家過週末的時候，我滿開心的。不過，他必須在星期五下午請假，開車到學校來接我。平日我都自己搭火車，媽覺得太冒險了。在火車上能碰到什麼災難啊？

週末跟爸在一起的感覺還不錯。說到艾爾菲克老師過世，他有點焦躁；不知道媽跟他說了什麼。他要我跟他們一起住，讓我覺得有點壓力，可是我不知道芙勒是否打從心裡贊成。但是，她還是對我很和善。星期六，我們帶小朋友去游泳池。海洋雖然名叫海洋（哈！），可是很怕水，但老虎像條小魚。我真的很愛他。他超可愛，也很愛我，我走到哪裡他就跟到哪裡。星期六晚上，芙勒找了保母，我們（我、爸跟芙勒）去中國城吃晚餐。

很棒。只有兩張大桌子，大家都坐在一起。沒有刀叉，只有筷子，連正經的菜單也沒有——他們一直上菜，好像在變魔術，每一道菜都熱騰騰香噴噴。爸很高興，因為有很多中國人在那裡吃飯——他最愛「道地」的東西——我覺得芙勒也很高興，因為不用照顧小孩。我們只喝了茉莉花茶，但每一杯進了芙勒的肚子後，似乎都變成雙份的伏特加。

「喬琪，妳的愛情生活怎麼樣？」她邊問邊咬下一片麵包蝦。

「OK啦，」我不想透露太多。「還是跟泰在一起。」

「有照片嗎？」我給她看手機上的一張照片。泰在海灘上，對著光線拿起手裡的幸運石——中間有一個洞那種，休斯老師說叫做女巫石。

「哇，好帥。」芙勒說。

「他比妳大太多了。」爸的反應跟我預料的差不多。

「媽不認為他年紀大，她最近也覺得他很不錯。」有點扭曲事實，不過媽確實說過她覺得泰比派翠克好一點。

「媽還好嗎？」爸的聲音非常之沉重。我討厭他用「媽」來稱呼她，而不是「妳媽媽」。感覺有點無禮。

「還好啦，」我把白飯和蝦仁弄進碗裡，希望他能接收到信號。

當然接收不到。「她一定壓力很大。」

「還好啦。」

「好朋友死了，一堆雜事。她好像還以為有人在監視她。」

他說話的語氣彷彿媽真的要崩潰了。

「她有找人嗎？」

「你是說，看精神科醫生？」

「不是。」他的口氣充滿震驚。「諮詢師，治療師，那一類的。」

「沒有啊，都沒有。」我說。

後來我才納悶，爸問媽有沒有找人，其實是「有沒有找男朋友」。那才真的很詭異。

不過，週末其餘的時間都還不錯。星期天早上，芙勒跟我帶小孩去公園，芙勒做了一頓美味的午餐。下午我做了一些作業，大約四點的時候，爸開車載我回家。

到家後，媽出來迎接我們，似乎一心要證實爸的擔憂。

「發生了很可怕的事。」她說。

「嗨，媽，」我說。「我的週末過得很不錯，多謝妳關心。」

「怎麼了？」爸把一個「又」吞回了肚子裡。

「瑞克，被殺害了。」

我正要抱起赫伯特，她的話讓我停了下來。「路易斯老師？」

「對，他被殺死了。跟艾拉一樣。」

「天啊，」爸說。「那間學校怎麼了？」

這句話不公平吧，艾拉是在家裡遇害，但是，原來路易斯老師的屍體出現在學校，而且就在R．M．荷蘭的書房裡。媽不想讓我聽到這段資訊，但我當然不打算被踢出對話。我注意到，說到誰發現了路易斯老師的遺體時，媽說話很小心。難道是她發現的？真是這樣的話，她幹嘛在週末跑去學校亂晃？

爸終於要走了，他抱抱我，小聲說，「需要我的話，管它白天晚上，我會立刻來接妳。」媽給自己倒了一大杯紅酒，坐在沙發上崩潰。我衝到樓上，發訊息給小圈圈。媽說要保密，但我知道消息馬上會傳出去。當然，我們仍在WhatsApp傳訊息的時候，學校發了簡訊來，說明天「由於不可預見的情況」必須關閉。

「OMG不敢相信路老師死了。」塔莎發的。

「一定是聯玩殺手。」威妮夏發的。她老打錯字。

派翠克沒出聲，我以為他離開了，結果過了十分鐘，他才想到要回「事情大條了」。

「下一個是誰。」威妮夏。「OMG告訴妳媽媽小心點，喬。」

「別蠢了。」派翠克回她。

「我的意思是，有人要殺死所有的英文老師。」看得出來，派翠克觸怒了威妮夏。

「我們得告訴休斯老師，」我打了這幾個字。「她知道該怎麼辦。」

訊息停止後，派翠克發了私訊給我。

「我有話跟妳說。」

❖

一直到星期二，我才有機會找派翠克聊。星期一，我們陷入巨大的恐慌，因為赫伯特失蹤了。早上，我帶他出去散步。我們去了草地，我鬆開狗繩，他跑了，一邊東聞西聞，一邊繞著圈圈跑。派翠克發了訊息給我，我停下來回覆，等我抬起頭來，赫伯特已經消失了。太可怕了。我一直喊他的名字。我以為他自己跑回家了。可是，等我回到家，並沒有找到赫伯特。媽跟我回到草地上，但他就是不出現，吹了他的哨聲也沒有用。我們非常驚慌。媽告訴那兩位親切的警官「監護人」，他們下了車，幫忙找赫伯特。我一直在想，這都是我的錯。要是我沒有低頭看手機就好了。但是派翠克的狀況很不好，他說警察在追他，在他家門外等候。不知道是不是真的，結果真有這些事，警察真的去他家了。

赫伯特一直沒回來，媽打電話給嚇人的考爾警長，她真的來了。我完全不敢相信。她好聰明啊。她讓我們冷靜下來，按著邏輯思考。我們去花園檢查小屋，考爾警長（現在我們都直呼哈賓德）聽見了狗叫聲。聲音居然是從舊工廠傳出來的。看到要進去，我很害怕，但哈賓德毫無畏懼。她找到一扇沒鎖的門，我們就進去了。

我一直懷疑工廠裡有一些不安寧的靈魂。據說，有個小女孩在這裡溺死，淹沒在混凝土裡，有人會在半夜聽到她的哭聲。不知道是不是真的，但這裡肯定有個頑皮鬼在鬧事。我在晚上看過裡面有燈光，聽過奇怪的聲音，而且這個地方有種悲傷的感覺，就像學校裡的舊大樓。進了工廠，超自然的活動像一團瘴氣。媽跟哈賓德都沒有注意到。她們什麼都不管，一心追蹤赫伯特。兩個人突然變得很像，好好笑，心思都很單純，又很勇敢。我覺得自己像個跟在她們後面的小孩，不過，休斯老師說有時候就是要聆聽內在小孩的聲音。

最後我們找到他了，關在小房間裡，應該有人睡在那裡。找到這個露宿工廠的人，哈賓德肉眼可見的興奮。警察說不定會把謀殺案栽到這個人頭上。找回了赫伯特，媽非常激動。我也一樣。我們帶他去看獸醫，因為他弄傷了腳掌，帶他回家後，我們把他放在客廳裡的靠枕上，準備一堆他最愛的好東西：狗狗餅乾、會發出尖叫聲的玩具、加了糖的茶。

我到樓上寫東西，發訊息給派翠克。我聽到哈賓德大約在六點三十分來了，還有一個熟悉的汩汩聲，應該是媽在倒酒。考爾警長跟我們變成朋友了嗎？我喜歡她，也佩服她，但不知道為什麼，我不希望跟她太親近。她的彩光是藍色的，像老式警察車上的燈光。我覺得她會不惜一切代價去查出真相。

隔天，我們回到學校。舊大樓關了，大門上貼了真正的警用膠帶。每個人都興奮到不行，而且把所有人都塞進破爛的新大樓以後，氣氛異常熱烈。輪到我註冊前，我跟派翠克只有時間說幾句話。

「大家都認為我是凶手。」他的面貌比平日更粗野，眼神昏暗，頭髮也沒有洗。我注意到他的鬍碴冒出來了。

「沒有吧。」我說。

「大家都在看我。」

「可能只是在猜我們在說什麼悄悄話，說不定以為我們在一起了。」

他笑了出來。「我要跟蘿西分手了，對她來說不公平。」

「不要演得跟八點檔一樣。」

「喬琪，我認真的。說不定我們才應該在一起。泰年紀太大了。」

「你口氣好像我爸。」

「我認真的。他不了解妳。我懂妳。我跟妳，我們是同一種人。」

「再見，」我說。「我要去上課了。」

有些事最好別說出來。

史威特曼校長又召開了一次特殊集會。他說，我們不應該一直想路易斯老師怎麼過世，而是記著他怎麼活過。當然不可能。這場凶殺案讓每個人無暇他顧。有一個人真的問我，我會不會以為是我媽做的。

「是喔，對啊，」我說。「因為她真的很想當科主任。」

不過，大多數人相信瘋狂連環殺手的情節。

「要是是從這裡畢業的學生呢？」佩吉說。「隆尼．貝洛斯真的很討厭路易斯老師，他超陰森的。總是一身黑，而且會聽重金屬音樂。」

「讚喔，」我說。「破案了。妳要打電話給警察嗎？還是我去打？」

我突然想到，我真的可以打電話給警察。我手機上有哈賓德給的特別「緊急號碼」。

午餐時，我跟派翠克碰頭。我們想去墓園，但老師特別嚴格，不准我們離開學校的界線。有點像《哈利波特》的情節，他們以為蛇妖在霍格華茲橫衝直撞；教師兩兩巡邏走廊，管理員看守大門，每個人都在談論是誰放出了蛇妖。最後我們跑到美術教室。派翠克說他要完成GCSE的美術作業，我說我要做歷史課的專題報告。

我們坐在那裡，周圍都是七年級的可怕自畫像。教室裡有油彩和鉛筆的氣味，不知道為什麼聞了會很安心。派翠克的作業真的很好看，一幅海景，巨大的形體從水中升起，全是灰色和藍色，搭配陰鬱的天空。讓我想起小時候讀的一本書，《鋼鐵巨人》。

「肖勒姆海灘，天氣好的時候，」他說。我看到他在圖上簽了「美洲獅」，他的科幻小說「另我」。

「我希望我家再離海邊近一點。」我說。

「如果妳住到我家，妳應該不習慣，」他說。「大多數的房子都是小木屋和度假屋，沒有真的居民。白天太安靜了，整個晚上又都是霧笛的聲音。」

「昨天怎麼了？」我說。「你說警察去找你。」

「對啊，」他說。「艾爾菲克老師家門外的監視器拍到我了。」

「噢，天啊，」我說。「他們認為你殺了她？」

「我不確定。我告訴他們我看到路易斯老師，好像讓他們很有興趣。他可能殺了艾爾菲克老師，但現在他也死了。警察可能認為兩人都是我殺的。」

「你有星期六晚上的不在場證明嗎？」

真不敢相信我會問這種話。我居然在問我的朋友他有沒有謀殺案的不在場證明。派翠克轉過身，我看不到他的臉。

「有，所以星期六我才想找妳聊一聊。威去了我家。」

「什麼？」

「我們之間沒什麼，」他說，但我覺得他的口氣充滿防衛。「家裡只有我一個人，我覺得很寂寞。蘿西的爸媽不讓她出門。妳去倫敦找妳爸，我發簡訊給威，她就來了。」

「她待了多久？」

「在我家過夜。」

我沒說話。首先，我覺得很震驚，也不是那麼高興。要說派翠克和威妮夏之間什麼都沒有，我根本不信。他們或許不是「在一起」，但他們絕對睡在一起。威妮夏比我早有性經驗，而且不告訴我，我非常憤怒。兩人在「我的祕密日記」上都沒有透露口風。另一方面，我很慶幸派翠克有一個不錯的不在場證明。

「我要走了。」我說。

派翠克拉住我的手。「喬琪，不要生氣。我愛的是妳。」

「閉嘴，」我說。「你不愛我，我們就跟兄妹一樣。」

「威說前世她是我的雙胞胎妹妹，我們有同一個靈魂。」

「要我說，你會發現雙胞胎各有各的靈魂。」

派翠克仍拉著我的手。「喬琪，我搞砸了。我不知道該怎麼辦。」

「你為什麼不問你的雙胞胎妹妹威妮夏？」

「不要生氣，」他又說了一次。「威說如果我告訴妳，妳會很生氣。」

「我沒有生氣。」

我只是暴怒。

媽依舊每天開車載我回家。她一直無法集中精神，我猜本來就會這樣吧。我們到狗狗寵物旅館接了赫伯特，一回到家我就躲到樓上。我在電腦上寫日記的時候，聽到赫伯特的叫聲和樓下的聲音。考爾警長，哈賓德阿姨，我們新交的摯友。

我偷偷出了房門，坐在樓梯上聽她們談話。哈賓德在說「現場發現的鑑識證據」。她列了所謂的「重要物品」，路易斯老師被殺那天晚上在R．M．荷蘭的書房裡找到的東西。她要媽告訴她有沒有看過這些東西。所以媽的確就是發現屍體的人，我就知道。

「桌上有三顆蠟燭，一些乾燥花草的葉子和花瓣。」

「我不記得看到……」媽的聲音很不清楚。

「CSI還找到這個，這是現場的照片。」

天啊，真想看看是什麼。幸好，媽問她那是什麼。

「我查過了。看來是一種礦石，叫黑曜石。」

36

我知道該怎麼辦。我得找休斯老師。不幸的是，說得容易，執行卻很難。媽依然緊密監視我的一舉一動。最後，我不得不讓塔莎參與進來。我只說我必須私底下去找休斯老師，而且這件事很急。我猜她聯想到創意寫作的事吧。塔莎問她媽媽星期四放學後我可不可以跟她一起回家。兩位母親協商後，同意了。等兩天真是煎熬。星期三晚上，我和泰出去，就在斯泰寧喝了點東西。滿愉快的，但我一直想到派翠克的話，我應該跟他在一起，而不是跟泰。真的嗎？我確實覺得我跟派翠克有一種在泰身上找不到的連結，但另一方面，我覺得跟泰在一起很安全，派翠克不是隨時都能給我這種安全感。泰送我到家的時候正好十點，媽對他非常親切，邀他進來喝熱巧克力，問起他的工作和他的祖父母。有點尷尬，不過看得出來她是一片好意。

星期四，塔莎和我一起離開學校，在奇徹斯特公車站等車。塔莎在她家那站下車，但我繼續搭到預科學院。西薩塞克斯郡預科學院就像塔爾加斯的新大樓，毫無特色的現代建築，到處是玻璃及塑膠。媽認可這所學校，因為考試成績很好，但我死都不想來這裡。在塔爾加斯，大家或許會叫我「卡西迪老師的女兒」，但起碼有個稱號。在預科學院，我應該會隱形到不能再隱吧。預科學院的招生說明書上寫著他們「把學生當成年人對待」，在我看來是言過其實。唯一的亮點是可以當休斯老師的學生。

我通知她我會過去，她在一間教室等我。每間教室都長得一樣。這一間叫作B2 11-C；毫無意義的名字。

休斯老師在改作業，但我走進去時，她站了起來。看到她，我真的好高興。她跟別人不一樣，一直都沒有變。頭髮一如往常是整潔的白色髮髻，但今天她穿了一件荷葉領的粉色系毛衣。媽會說她看起來「跟不上時代」，但我覺得恰到好處。安全，永不過時。

「喬琪亞。」她總用全名稱呼我。「親愛的，還好嗎？」

「我還好。」我在她對面坐下。「嗯……其實有點不好。」

「放輕鬆，喬琪亞。呼吸。」

我閉上眼睛。教室裡的味道跟全世界的教室都一樣，但休斯老師在這裡，這間教室就很安全。我試著放慢呼吸的速度。她的聲音很輕柔。

「喬琪亞，怎麼了？」

我睜開眼睛。「是派翠克。」我說。

「啊，妳發現了他內心對妳的感覺。」

「不對。對。」說真的，我有點不知道該說什麼。從來沒想過休斯老師會關心誰喜歡誰。而且我從來沒想過派翠克會喜歡我，一直到上課前那詭異的一刻，他提議我們兩個在一起，然後在美術教室發表奇怪的宣言。

「跟路易斯老師的謀殺案有關。妳聽說了嗎？」

「聽說了。甚至有一個女警官跑來找我。」

「考爾警長嗎？」

「很聰明的年輕女性，但充滿憤怒。」

聽起來就是哈賓德。

「是啊，」我說，「派翠克跟我說了一些事……」我告訴她派翠克和艾爾菲克老師的事。說到那天晚上他看到路易斯老師在她家門外。說到派翠克跟威過夜，還有書房裡的那顆黑曜石。

「那是妳給我們護身的石頭，」我說。「應該是吧。」

她看著我，看了很久，看得很仔細，她的藍色眼睛既溫和，又嚇人。然後她說，「妳跟別人提過這件事了嗎？」

「沒有。」

「妳也聽到警長說那顆石頭出現在犯罪現場？」

「對。」

「妳認為派翠克有嫌疑嗎？」

我就怕聽到這個問題，但休斯老師的語氣如此平靜，我覺得我能給一個答案。

「一點點。他喜歡艾爾菲克老師，又很氣路易斯老師把他調到別的班級。而且派翠克……嗯，他脾氣滿大的。」

「是的，」休斯老師說。「有時候，派翠克的彩光是深色的。他會讓火燒起來，喜歡追求刺激。有可能很危險。在他寫的東西裡可以看到。」

「但他也可以很貼心。」我想到生日的時候他買了蘆筍給我，因為我最愛吃蘆筍，也曾錄下狗狗的節目，因為想到了赫伯特。那些他傳來、救援動物的短影片，還有我們在創意寫作班上歡笑的時刻。

「對，妳是他的好天使，」休斯老師說。「妳讓他的眼睛看到光。威妮夏……就不是那麼健康的影響。」

「我該怎麼辦？」我問。「我知道我應該告訴哈賓德，就是考爾警長，或我媽。但我不想害他惹麻煩。」

休斯老師沉默了一會兒，感覺像是好長一段時間。在我認識的人裡，只有她能在坐著的時候完全靜止。

然後她說，「我知道你們召喚了艾拉的靈魂。」

我目不轉睛看著她。「妳怎麼知道？」

我以為她用一種類似巫術的方法感覺到，可是她說，「我在『我的祕密日記』上看到了。」

我從沒想過她會上那個網站。我們在課堂上聊過，但我一直認為休斯老師早已超越了社群媒體。她甚至不太用電子郵件。我從她那兒收到了幾百張手寫的字條。我突然想到，如果她是會員，一定用了化名。

「寫作技巧也很好，」她給了我一個和善的微笑。「出色運用各種不同的句型結構。」

「謝謝。」我忍不住感到欣喜。「妳怎麼知道是艾拉？我沒有指明是誰。」

「還會是誰呢？」她說。「我也感受到了釋放，彷彿她終於脫離了自然元素。」

「妳覺得我們也該幫路易斯老師做這個儀式嗎？」

「很可惜，瑞克還局限在地球上，」休斯老師說。「他的靈魂比艾拉的低等。」

「我應該讓別人知道那顆石頭的含義嗎？」我說。

「有時候，沉默是金，」她說。「宇宙有自己解決問題的方法。」

我吐出一口氣，覺得放鬆了。一切都會好起來。

公車把我送到十字路口。走一小段就到家了。我可以清楚看到工廠的牆面，後方的白堊懸崖在黑暗中微微發光。如果媽問起，我就說塔莎的媽媽送我回來，但她急著離開，因為她要去接塔莎煩人的弟弟弗格斯，他剛踢完足球。我沿著草地邊緣走，那裡有一道路緣，可以避開路上開得飛快的車子。六點了，還是尖峰時間，神經緊張的通勤者開著BMW和Audi從旁呼嘯而過。我小的時候，七點就要上床，我一直覺得之後的時間屬於成人。我常聽到爸媽在樓下聊天，喝葡萄酒，在電視上看大人的東西。當然，沒過多久，他們再也不聊天了，開始對著彼此發出嘶嘶聲，然後是吼叫聲，到我十歲的時候，就只剩我跟媽在一起。不過，《大學挑戰賽》的主題曲仍讓我想起以前的時光。

所以我一點也不怕，這個時間點並不嚇人。

然後我聽到了呼吸聲。

我戴著耳機，所以一開始我以為是我正在聽的podcast發出的聲音。但是我停下腳步，取出耳機。呼吸聲還在，就在我後面，從樹籬與黑暗的田野中傳出來。輕柔的、像動物的聲音，但是，儘管如此，我知道不是動物。我想到《猴爪》，一篇恐怖小說，裡面那個死而復生的「東西」，把自己拖到老夫婦的家門口。我想到派翠克的畫，以及從海裡冒出來的生物。我想到休斯老師說路易斯老師的靈魂還「局限在地球上」。我加快了腳步，但呼吸聲依舊跟在後面，一直跟我差了幾步。我看到我們家，窗戶亮著，表示媽已經回來了，她的車子停在外面。我跑了起來，呼吸聲變快了，彷彿追我的人也跑起來了。

我曲曲折折穿過馬路，驚險避開一台又一台Audi，然後衝刺過我們的小巷子。呼吸聲停止了，到了家門口，我覺得安全了，才回頭看田野。穿過樹叢的是個人形嗎？但夜色已深，什麼都看不清。

我解除了跟艾達的婚約。我配不上正派的人。我躲在房間裡，表面上在努力寫論文，實際上卻在寫我現在說給您打發時間的故事，我親愛的年輕朋友。故事的主題是地獄社，以及在破房子度過的萬聖節前夕。還有那幾具屍體與我們以同志的鮮血立下的誓言。還有易卜拉希米和柯林斯。還有似乎跟在我身後的復仇者。我一再寫下這幾個字：

地獄空蕩蕩。

十月三十一日再次來臨，我只剩一具空殼。我知道其他人很擔心我。導師想找我談話（但因為我那樣對待艾達，他十分恨我），初級院長甚至要求我與他會面，並在談話時一再強調人必須吃得好及規律運動。健康的心靈源自於健康的身體。要是他知道我真實的精神狀態，就會住口了。

我等了一整天。我沒有離開房間，因為我知道不論門鎖了沒，復仇者都會回來。隔天，到了萬聖節，我才聽到消息。深夜時分，我到小鎮上閒逛。我很喜歡在寂靜的街道上徘徊，獨自思考。但是，出了聖約翰學院，我看到一個傢伙站在警衛室的陰影裡抽菸斗，他叫艾格瑞蒙。我知道他是地獄社的成員，但我快步走了過去，不想與他交談。

「喂，等等。」他在我身後大喊。「你認識巴斯蒂安吧，對不對？」

「以前認得他。」我小心翼翼地回答，不過我的心在狂跳。

「你聽說他怎麼了嗎？很可怕的消息。」

「我不知道，」我說。「他怎麼了？」

「我剛剛才聽到僕人說，巴斯蒂安去搭火車。那種新型的，有連在一起的車廂。他從一節車廂走到另一節，火車突然分開了。他被壓死在車輪下。可憐的傢伙，死得真慘。」

我看著艾格瑞蒙，看到他蒼白的面孔，衣領上別著骷髏頭徽章。

「什麼時候的事？」我問。

「就昨天，」他回答。「明天一定會上《泰晤士報》。」

過了一個星期，剪報送到了，上面仍有我已然熟悉的附筆。

地獄空蕩蕩。

第七部　克萊兒

克萊兒的日記

二〇一七年十一月十六日星期四

我真的受夠賽門了。他有什麼權利表現得高人一等、如此居高臨下？「我不能袖手旁觀，眼睜睜看我女兒陷入危險。」他剛才在電話上說的。他的女兒。好像我會讓她碰到危險一樣，就只因為我說她今晚去塔莎家了。「我以為我們說好了，她每天放學後就跟妳回家。」「她去塔莎家，」我說，「塔莎的媽媽會開車送她回來。」「能確定這個女人沒有問題嗎？」他問。「妳應該先跟我講清楚。」

跟他講清楚！那個男人跑了，離開我，搞上一個年紀只有他一半大的女人，成立一個全新的家庭。好啦，我們先分居，他才認識芙勒，嚴格來說她也只比賽門小十歲。但說真的，他們結婚後，他就變成一個自大的混蛋。律師就是這麼麻煩。如果別人付一小時不知道多少錢給你，你就以為自己說的話有點價值。

我才是碰到危險的人，賽門什麼都不知道——日記，露宿工廠的人，還有我發現了胸口插著一把刀的瑞克。賽門要喬琪跟他住，但我絕對不准。住一個週末她覺得還不錯，但我認為芙勒把她當成互惠生，利用她帶小孩去游泳，諸如此類的事。喬琪是很喜歡她同父異母的弟妹，我覺得她也喜歡去倫敦，像是可以去中國城吃飯什麼的。但她不會想一直住在那裡，她想陪在我身邊。

我沒告訴喬琪我跟賽門起了爭執。她從塔莎家回來的時候，臉有點紅，心神不寧。她說功課有點煩，但我提議要幫忙的時候，她又立刻拒絕了。話說回來，老師怎麼會知道作業要怎麼寫？工作也是惡夢一場。還好，新來的代課老師蘇珊能力還不錯，可以先帶瑞克的班。唐連沒用都稱不上，根本無法控制他的班級。除了所有要做的事情，我還要準備每個人的課表和預測考試成績。我不知道學校要怎麼繼續經營下去，但學校當然不能倒，而且就某種程度而言，那是讓我繼續活下去的全部動力。要度過這一天，只有一個方法，就是度過這一天。最近是誰跟我說了這句話？

除了赫伯特給我的慰藉，另一個安慰就是亨利。今晚他又打FaceTime給我。我很喜歡看到他坐在劍橋的辦公室裡，花飾鉛條窗，一切流露著僧侶般的樸素。第一次約會就發現死屍，這種小事嚇不到他。他想再約我出去。我必須承認，我確實感到一點安慰。

再說到賽門。我絕對絕對不會讓賽門把我的女兒搶走。我真不敢相信我愛過這個人。有時候真覺得在我遇見他的那一天，我的人生就走錯了方向。

37

生活依舊堅持著繼續。赫伯特的傷很快就好了，但如果喬琪用某種聲調說「可憐的小傢伙」或「英雄小狗狗」，他就會舉著腳掌。喬琪不想去賽門家過週末（哈！），我們在家清淨了幾天。星期六晚上，她跟泰去看電影，不過十一點前就到家了。星期天，我們去黛博拉家吃午餐，喬琪和孩子們踢足球，玩得很開心，與黛博拉和里歐聊書也聊得津津有味。有時候她的言詞真的很機敏，很有智慧。這時我就會覺得，不管賽門說什麼，我對待她的方法沒錯，給她的教育也沒錯。

學校的工作依然是磨練。好多事要做，學生的情緒都很激動，關於瑞克的死有各種理論，有人動不動就哭，也有人起了不嚴重的衝突。瑞克的喪禮定在星期四，地點是他和黛西去的教堂，位於布萊頓。還好不是在學校的禮拜堂。我真的不想再看到另一具棺木被抬進學校裡。東尼要去喪禮，他覺得我也應該去。「畢竟，妳……是關係人。」他的意思是我發現了他的屍體。說老實話，那天晚上我居然在學校裡，看起來一定不太對，但他隻字未提。或許吧，我應該參加瑞克的喪禮，但我不知道能否承受得住。或許可以說我忙著弄課表；也不算說謊。即使來了兩個代課老師，我們的人力還是很緊。但每個人都很盡責，感覺這個團隊少了艾拉和瑞克之後變得更緊密，真令人啼笑皆非。比他們還活著的時候更緊密。我和安努許卡還在準備耶誕劇，宛如老牛拖破車，拖不到盡頭。琵琶演的奧黛莉非常好，但比爾記不住台詞，演植物的學生錯過了一半的排練。

自從那天來我家告訴我「在現場」找到了什麼，之後就再也沒有哈賓德的音訊。前一天晚上，我們一起喝酒，感覺已經變成朋友了。不過，星期三，結束了地獄般的一天後，我們回到家，她的車在我家門外。

「她想幹嘛？」喬琪說。回家路上，她一直戴著耳機，沒說幾句話。只有去狗狗寵物旅館接赫伯特的時候，她才活潑起來。

「運氣好的話，她來通知我們凶手抓到了，一切恢復正常，」我說。

「媽，有夢最美。」

外面下著傾盆大雨。哈賓德下車時戴起了外套的帽子。只有她過來，可能表示這不是正式的警察探訪。

「進來吧。」我抓緊雨傘，免得被吹翻了。喬琪跟赫伯特早就衝進了家門。哈賓德進門後脫掉了外套。她看起來跟我感覺的一樣累，濃濃的黑眼圈，頭髮往後梳成馬尾。

「去廚房吧，」我說。「先喝杯茶。」

我們坐到早餐吧檯前，雨水啪啪打在天窗上。

「塔爾加斯中學還好嗎？」哈賓德自己拿了一塊餅乾。

「笑料百出，」我說。「英文科主任被殺，對士氣具有奇效。」

「我以為英文科主任換成妳了。」

「代理主任，」我說。「代不代，有關係。」

喬琪在樓上，我覺得可以問，「有進展嗎？」

「我們拿到了DNA報告，」她說。「所以我來找妳。」

我有一點點失望，她不是單純來找我喝茶的。

哈賓德從提袋裡取出一個檔案夾，但沒打開。她用她「專業」的聲音說，「我們從舊工廠的床單上找到不少DNA。睡袋上有很多體液。」

「細節不用告訴我了，」我說。

「OK。嗯，那個DNA符合犯罪現場找到的DNA。」

「哪一個犯罪現場？」

「R．M．荷蘭的書房。我們在被害人身上和桌子上都找到了鼻黏液。」

「什麼意思？」

「意思是凶手可能打了個噴嚏，」她面無表情到了極點。「克萊兒，重點是睡在舊工廠的那個人就是殺了瑞克．路易斯的人。」

「天吶。」

「我必須跟妳說，」哈賓德的手放在尚未打開的檔案夾上。「我們建議妳去一個安全的地方，最好離薩塞克斯很遠。可以去蘇格蘭的外婆家嗎？」

我笑了。太荒謬了。我不能離開薩塞克斯，現在英文科就靠我一個人撐著。但就在同時，我看到外公外婆在阿勒浦的房子，反射在海水上的陽光，遠方的山脈。

「我不能離開，」我說，「學校真的很缺人手，喬琪也不能缺課，這一年對她來說很重要。」

「可能就兩個星期，」哈賓德說。「沒有人不能被取代。」

「我真心覺得現在沒有人可以取代我。」

「老師總說學生不能缺課，那也不一定。與其上幾個星期無聊的機率課，喬琪跟妳在一起，說不定學到的更多。」

「妳們在說什麼？」我正站在水槽前往水壺裡裝水，沒聽到喬琪進來。她站在那裡，穿著醜陋的塔爾加斯中學制服，突然看起來美到超乎想像，臉色蒼白，長髮披在背上。

「我們在說妳跟妳媽應該離開一陣子，」哈賓德說：「妳覺得呢？」

「我不能不上學吧？」

「天啊，妳已經被徹底洗腦了，」哈賓德說。「我以為大家能不上學就不上。」

沒想到，喬琪笑了。「嗯嗯，我的確很討厭數學，尤其是機率。」

「我也是，」哈賓德說。「很不幸的是，當警察就會一直碰到機率。」

「妳為什麼要我們去別的地方？」喬琪說。她在哈賓德對面坐下。我覺得沒人要理我，就像西部片裡的酒保。巴克，你在煩惱什麼？[35]

㉟ 猜測是西部電影裡的經典台詞，出處不明。

「犯罪現場找到的DNA符合工廠裡床單上的樣本。」哈賓德說。她這句話給喬琪的資訊也太多了。雖然被踢到場外，我仍努力傳達我的苦惱。

「你們找到對應的檔案資料了嗎？」喬琪說。

哈賓德大笑。「現在的年輕人啊，真麻煩。他們比我更懂辦案的程序。資料庫裡沒有相符的DNA，我們也交叉比對過這一帶有前科的人。」

「所以是陌生人？」

「以機率來說，很有可能。」

不知道是誰的凶手正在逍遙法外，我不懂為什麼能讓人鬆了一大口氣，但不知為何就是這樣。我看到我緊握的拳頭鬆開了。

「犯罪現場還找到了其他東西嗎？」喬琪問哈賓德。

「我說的夠多了，」哈賓德說。「再說下去，我會被驅出警察的魔法陣。」

喬琪笑笑，離開了廚房。哈賓德沒有立刻走，她繼續吃餅乾，我們也聊了聊赫伯特。事後我才開始納悶她究竟有什麼目的。

38

最後，我還是去了瑞克的喪禮。我不覺得能找到不去的藉口。我坐在東尼和副校長莉茲·法蘭西斯中間，有人描述瑞克是個「充滿上帝光輝的男子」。原來他是個相當狂熱的教徒，我之前沒發覺。儀式在社區中心舉行，群眾唱讚美詩的時候會舉高雙手。音樂其實不錯；領唱的女生很適合唱福音歌曲，嗓音直達留在屋頂下的萬聖節氣球。牧師的演說也很不錯。「沒有信仰，我們就不會相信主能復活，每一天都是重複來臨的復活節星期六，安息日的黎明不會到來。」我看到坐在前排的黛西·路易斯用力點頭。

我沒有宗教信仰。爸媽都是無神論者，父親的家族來自愛爾蘭，他出身的天主教家庭很隨興，「聖人們真好啊，四旬期要齋戒，我們呢，就別吃糖了」。我們在家裡說起信教的人，都用一種瞧不起人的口氣，宛若人類學家在描述所謂失落的部落。我爸媽都在大學教書，那一類的對話對他們來說就是生活的樂趣。小時候，我真希望他們可以安靜下來，讓我享受閱讀。我以前常想，或許成為天主教徒也不錯。起碼在望彌撒的時候大家不會講話，星期天可以享受兩個小時的寧靜。而且，跟信仰相關的教育可以幫我更了解美國詩人艾略特，英國的米爾頓和喬叟更不在話下。我那個當醫生的弟弟馬丁總在耶誕節「待命」，他完全不能忍耐這種想法。他按著絕對理性的原則教養他的孩子。沒有牙仙子，沒有耶誕老公公，也沒有小嬰兒外型的耶穌。一家人注定要加入山達基教會。

我和賽門比較隨興自由一些。我們告訴喬琪，有些人相信有耶誕老公公和小嬰兒耶穌，這兩個人物都代表善良和慷慨。就我所知，喬琪對天主教或其他超自然哲學都沒有嚮往。但今天看著黛西，我忍不住想有個嚮往的目標或許也是好事。至少她有某個東西橫在她與黑暗之間。

我沒有留下來守靈。下午要上課，此外，我又能對瑞克的朋友家人說什麼？離去時，我停下來跟黛西打招呼，並表示哀悼。我生硬地把話說完後，她回以滿是蔑視和仇恨的表情，我連路都走不好了。

我開車載莉茲回學校（東尼當然留下來行握手禮，反覆說他有多麼遺憾）；車子開在布萊頓海岸邊的公路上，碰到了無數的紅燈，在一次停下來的時候，我說，「妳看到了嗎？黛西・路易斯看我的眼神有多仇恨。」

莉茲沉默了一分鐘，然後說，「她一定很難受，瑞克死了，她什麼都沒了。」

雖然莉茲是個好人，但我這一次絕對不放過她。

「那也不能解釋她為什麼恨我。」

「她不恨妳，」莉茲看著窗外西碼頭的殘骸，「只是嫉妒妳。」

「嫉妒？為什麼？」

「她應該知道瑞克愛上了妳。」

「瑞克沒有愛上我。」轉綠燈了，我卻讓車子熄火了。後方的公車按了喇叭。誰說布萊頓的每一個人都很悠閒、很環保。

莉茲沒說話，我接著說，「他跟艾拉有過那種關係，妳知道的。」

「我知道，」莉茲說。「可是，他先喜歡上妳。我記得我警告過他，可憐的瑞克。他人很好，但是太軟弱了。」

「男人不都用這種方法推卸責任嗎？」我說。「每個人都幫他們找藉口。瑞克對妻子不忠，大家都說，『可憐的瑞克，他只是無法抵擋艾拉邪惡的計謀』。」

「我沒有說過那種話，」莉茲說。

「妳也知道，我沒有鼓勵瑞克。我告訴他我們兩個就是不可能。」

「我沒說妳鼓勵過他，」莉茲說。「我只是說黛西應該很嫉妒妳。瑞克迷上了妳，妳甚至不屑他的付出。」

但這句話聽起來仍像批評。之後，我們幾乎一路無話到學校。

又是漫長的一天，放學後要排戲。再過不到兩個星期就要上演了，該死的植物必須換人，新的演員只有六十公分高吧。喬琪來看排練，一個理由是塔莎參加了合唱團。看到派翠克・奧利里溜進喬琪旁邊的座位，合唱團唱到《青青家園》時兩人一直交頭接耳，我不太高興。飾演奧黛莉的琵琶哭了兩次，一直看著他們。希望她不是另一個被誤導而愛上了奧利里的小傻瓜。

排練終於結束後，喬琪、塔莎和派翠克圍成一圈。琵琶的眼睛溢滿了淚水。

「沒事吧？」我說。「妳一定會演得很好，妳知道吧。」這是真心話。其他人才是問題。

「沒事，卡西迪老師。只是大姨媽來了，妳知道的。」

我不需要知道，但我掛上貼心老師的微笑，說，「好的，回家好好休息。星期一要從頭到尾彩排。我需要我的奧黛莉火力全開。」我提高了聲量。「來吧，喬琪，要回家了。」

「媽，妳鎮定一點好嗎。」這句話引起了一陣笑聲。

回家路上我們再度穿過海霧，地標倏地出現，詭異的雲朵飄過樹林。喬琪拿著手機，顯然在WhatsApp上聊得欲罷不能。我轉開了BBC廣播四台。現在播的是《射手座》[36]，一名聲音很疲憊的男子正在談論人工受精。

「拜託，」喬琪拔下了耳機。「一定要聽這種節目嗎？」

我關掉了收音機。第一次碰到這麼濃的霧，就像在雲裡開車。完全看不到舊工廠。在我們那條小得可憐的路上，只能看到三根燈柱的橘色光芒。下車後，我連前門都看不太到。霧裡突然出現了哈賓德的聲音，真的嚇了我一跳。

「克萊兒，出事了。」

[36] BBC廣播四台的肥皂劇，一九五一年開播。

39

「什麼事？」我說。「發生了什麼事？」

「先進去吧。」我看到尼爾．溫斯頓跟在哈賓德身後，所以這是正式的拜訪。

「媽，怎麼了？」喬琪抓住我的手臂。她抱著在狗狗寵物旅館待了一整天的赫伯特。

「找到鑰匙了嗎？」哈賓德的聲音彷彿來自虛空。而我，當然找不到鑰匙。我的手指都麻了，最後哈賓德不得不取過我的提袋。

進了我家以後，哈賓德開了燈，領著我們到客廳。尼爾被她派去泡茶。現在我真覺得擔心了。

「我希望妳們不要恐慌。」她的第一句話。

「天啊，」我說。「我現在非常恐慌。」

哈賓德瞄了喬琪一眼，她坐在沙發上，腿上坐著赫伯特。

「妳前夫，賽門。」

不論我想到什麼，絕對沒想到他。

「賽門怎麼了？」

「有人攻擊他。」

喬琪發出了小小的一聲尖叫。哈賓德的語速很快，「他進了醫院，應該不會有事。」

我坐到喬琪旁邊，用手臂環住她。「『攻擊』，是什麼意思？」

「有人埋伏在賽門的辦公室外面，用刀子刺他。他應該及時叫了一聲，因為有路人過來幫忙，攻擊他的人跑了。」

「用刀子。」我想到瑞克，和他胸口的那把刀。又想到哈賓德告訴我艾拉怎麼死的。「她被刺死了，被刺了很多刀。」

「可能是隨機攻擊，」哈賓德說。「倫敦常有人持刀犯案，但我們不能忽略與妳的關聯。」

「妳覺得是殺死艾爾菲克老師和路易斯老師的凶手嗎？」喬琪說。

尼爾捧著兩杯茶進來，小心翼翼地放在我們面前。哈賓德說，「克萊兒，我可以跟妳單獨聊聊嗎？」

「不行，」喬琪的聲音很有力，出乎我的意料。「我有權利知道我爸怎麼了。」

哈賓德和尼爾互相使了個眼色。「克萊兒，」哈賓德說，「我可以看看妳的日記嗎？」

「全都給妳了。」我說。

「妳一定有一本新的。」

我想到那本「記者記事本」，在樓上臥房床邊的桌子上。沒錯，她猜到了。

「媽，她在說什麼？」喬琪說。「什麼日記？」

「妳別管了。」我說。

「可以給我看看嗎？」哈賓德說。

赫伯特跟著我上樓，有種一起去遠足的感覺。那本日記躺在我的床上，不是我睡的那一邊。那一邊曾是賽門的位置。我不記得我之前把日記本放在哪裡。

我翻到最後一篇：

再說到賽門。我絕對絕對不會讓賽門把我的女兒搶走。我真不敢相信我愛過這個人。有時候真覺得在我遇見他的那一天，我的人生就走錯了方向。

下面斜斜寫了幾個字，「交給我吧。」

克萊兒的日記

二〇一七年十一月二十四日星期五

我們搭火車去因弗內斯。喀里多尼亞臥鋪火車。一切都好不真實。昨天我還在排練《恐怖小店》，期待著週末快來。現在，東尼又得再找一個代課老師，我跟喬琪上路前往阿勒浦。全都由哈賓德安排，甚至幫我們訂了這間「行政房」，有上下鋪及免費的「臥鋪包」。空間很小，但沒想到挺舒服的，床單潔白如新，桌子可以摺疊，就變成水槽。喬琪躺在上鋪聽podcast，我在下鋪用手機寫這篇日記。赫伯特跟來了，佔據了幾乎所有的地面，但表現得無懈可擊，彷彿夜間搭乘快車疾馳是他的家常便飯。英格蘭在黑暗中滑過。睡醒了以後，我們就在蘇格蘭了。

剛才跟賽門通過電話。他還在醫院裡，但生命沒有危險。他的聲音裡最多的是怒氣（或許該說惱怒）。「警方認為跟妳那些謀殺案有關。」什麼叫我那些謀殺案！警方認為凶手在攻擊賽門時可能碰到干擾，所以他只有胸口和手臂受了輕傷。我敢保證，賽門不認為他的運氣好。我敢保證，他都會怪在我頭上。

我真希望趕快到外婆身邊。在我心中，她就代表安全吧，遠遠超過我的父母。而且，蘇格蘭離學校、離R．M．荷蘭、離那個在我日記裡寫字的陌生人那麼遠，我們一定很安全。

哎呀，今天就是那個日子，只有我還活著。親愛的年輕人，那真是一個好奇怪的想法。我相信，您活躍的大腦早已看出此處展開的模式，以及這個日期的不吉利。他為什麼要說這個故事給我聽？您心裡一定納悶了。我是否被選中了，要見證敘事者的死亡？

請您別怕。畢竟，我並未計畫搭上熱氣球，也不會駕著馬車穿過沼澤。我不能從空中筆直落下，或被拖在馬車的踏板上。

我確實在一列火車上，沒錯，但我不會離開這節車廂。

第八部　哈賓德

40

送克萊兒和喬琪上了火車，我才敢放鬆。她們站在那裡，即使克萊兒穿著名牌紅外套，仍看起來像難民或流亡的人。喬琪的裝束是防風外套配毛帽，肩上掛著背包。克萊兒牽著赫伯特，他也有自己的小紅外套。我問過了，狗可以帶上臥鋪。真是很文明的旅程。九點離開尤斯頓站，在車上吃晚餐，去房間睡覺，在蘇格蘭醒來。說實話，我好羨慕啊。

我早上一起床就前往倫敦，跟倫敦警察廳開會。資深調查員史蒂夫・霍林斯督察說賽門・紐頓離開霍爾本附近的辦公室後遭人襲擊。辦公室在小街上，自然沒有監視器。但賽門一定喊了出來，發出警報，因為襲擊者只刺了他兩刀就跑了。有兩個人正要去搭地鐵，聽到騷動聲便過來幫忙。他們發現賽門趴在辦公室門口，想回到裡面。他流了很多血，但意識清楚。沒有襲擊者的蹤跡。我覺得那就是我們的嫌犯。同類型的武器，一把磨利的廚刀，掉在現場，沒有指紋。攻擊的過程也很類似——機會主義、野蠻程度、逃跑的速度。

「妳覺得就是你們的嫌犯嗎？」霍林斯說。

「犯案方式看起來一樣，所有的受害者都跟同一個女人有關聯。」

「希望她有足夠的不在場證明。」霍林斯站起來伸展身體。他是那種一刻也坐不住的人。我敢賭他一定戴著Fitbit運動手環。

「她有。」我說。是真的。賽門遭人攻擊的時候，克萊兒在塔爾加斯中學那座滿是腳臭味的體育館／劇院帶著學生排戲，以前我們也在那裡演戲。不是說我上過台。不過我記得蓋瑞參加過演出。

離開霍爾本警局後，我走路到大學學院醫院偵訊賽門。他看起來不在最佳狀態——想當然耳——但實在不知道克萊兒以前怎麼會看上他。他面色蒼白，身材細瘦，髮線開始後退，一臉暴躁。然而，同理可證，可能是因為目前的處境吧。

「我是哈賓德．考爾警長，」我說。「我在調查艾拉．艾爾菲克和瑞克．路易斯的謀殺案。」

「克萊兒提過妳。」賽門說。沒想到他有一口北方的腔調。

「她也提過你。」我說。

「那當然了。」他在床上笨拙地挪了挪身子。他的胸口和一隻手臂綁了繃帶，臉上有割傷和瘀血。他用沒受傷的手抓了抓鼻子。

「妳真覺得有關聯嗎？」他說。「那個刺傷我的男人也殺了克萊兒學校的那兩個老師？」

「我們正在調查那個可能性，」我很謹慎地說。「你能描述攻擊你的人是什麼樣子嗎？」

「沒辦法，」賽門說。「天色已經黑了，而且很突然。我剛從辦公室走出去，正在看手機，他就衝過來。」

「確定是男的？」

他想了一秒。「對。他又高又壯。把我撞飛了。」

「你覺得有多高？」

「很高，比我高。但比我高的人很多。」

顯然我們碰觸了禁忌的話題。賽門並不矮。他躺在床上，看不出多高，但我估計大概一七五公分。克萊兒沒穿高跟鞋也比他高。

「看到他的臉了嗎？」

「沒有。」

「他蒙著臉嗎？」

「我不確定。聽起來很蠢，對不對？但我確定我沒有看到他的臉。他不是戴了帽子，就是蒙著臉。」

「想不起來襲擊你的人長什麼樣子，很正常，」我說。正常，但是很討厭。「或許過幾天，你會想起一些細節。你注意到他穿什麼鞋子了嗎？」

「他的鞋？」

「對，我一定會看別人穿什麼鞋子。」

「我不會，」賽門說。「我覺得是深色的外套，那種防水的，有軟殼。」

這就符合在艾拉家找到的布料。「他說話了嗎？」我問。

「沒有。」賽門抖了一下。「那就是最可怕的。他直接撲過來，什麼都沒說。像一頭野獸。」

像一頭野獸。像是飢餓的野獸。我又問了幾個問題，不過護理師在旁邊探頭，賽門顯然也累了。我起身準備離開，他說，「克萊兒和喬琪怎麼辦？我是說，她們一定也有危險。你們會照顧她們吧？」

「她們要去克萊兒在蘇格蘭的外婆家，」我說。「我幫她們訂了今晚的臥鋪火車。」

「啊，蘇格蘭的外婆，」賽門躺回了枕頭上。「克萊兒很喜歡那裡。真沒想到妳能讓她請假。」

「是不容易，」我說。「但我們不能冒險。」

「好好照顧她們。」賽門閉上了眼睛。

「我會的。」

離開的時候，我看到一個女人帶著兩個小孩從電梯出來。她是混血，豔光四射，爆炸頭非常好看。應該就是二號老婆吧。到底是什麼讓這個不起眼的男人吸引到兩個美女？異性戀有時候真讓人不解。

我又去了一趟霍爾本，查看犯罪現場。小街仍未解除封鎖，但其實沒什麼好看的。襲擊者有很多地方可以躲：垃圾桶後面，隔壁那棟樓的陰影裡。見義勇為的路人沒有看到襲擊者，因為他們當然正忙著幫助躺在台階上流血的賽門。最下面那階仍有血跡。

之後，我有點不知道該怎麼辦。尼爾開車送克萊兒去搭火車，我要在八點到尤斯頓站跟他們會合。我需要能坐下來好好思考的地方。線索很多：DNA、筆跡、作案凶器。為什麼我們還是不知道去哪裡找這個人？我走過霍爾本高街和法院巷，來到岸濱街。店鋪裡已經充滿耶誕氣息；

聖誕老公公、麋鹿、閃亮的小玩意。再過一個月就是耶誕節。我爸媽像基督徒一樣熱烈慶祝耶誕節，招呼全家人在家裡吃喝，看電視上的垃圾節目。我只希望在那之前能找到凶手，不然我心情會很陰鬱。

最後，去了好多家Costa咖啡店，喝了太多咖啡，我到了查令十字圖書館。圖書館是很棒的地方。拿本書，坐幾個小時，也不會有人打擾你。查令十字圖書館有很多中國學生，還有在看報的老人家；其中有一兩個可能是遊民。我找了個角落坐下，開始整理我的筆記。我開始列清單，尼爾很愛嘲弄我這個習慣。

可能的嫌疑犯：

1. 克萊兒・卡西迪
肯定理由：曾經憎恨艾拉（因為工作和瑞克）。被瑞克糾纏而討厭他。發現瑞克的屍體。唯一一個與賽門・紐頓有關聯的人。
否定理由：兩案都有不在場證明（但很弱）。賽門一案有不在場證明。日記裡的筆跡（如果不是她自己寫的）。
2. 派翠克・奧利里
肯定理由：對艾拉很有感覺，討厭瑞克。在艾拉被殺那晚出現在她家附近。瑞克一案的不在場證明很無力。

否定理由：與賽門沒有關聯，有不在場證明（克萊兒證實他在排戲的場地）。他有能力規劃謀殺，並在克萊兒的日記裡留字嗎？

3.

東尼．史威特曼

肯定理由：討厭鬼一個（很可惜，這點在法庭上無法成立）。

否定理由：艾拉一案有不在場證明。瑞克一案發生時人在國外。與賽門沒有關聯。

4.

英文科的另一位成員——維拉、艾倫或安努許卡。

肯定理由：可能對艾拉和瑞克都感到憎恨。熟讀《暴風雨》。

否定理由：都有不在場證明。都有筆跡樣本，都與現場找到的字條不符。與賽門沒有關聯。

5.

布萊恩妮．休斯

肯定理由：認識艾拉和瑞克。聽說與艾拉有過爭執。人很怪。

否定理由：似乎跟瑞克不熟。完全不認識賽門。沒有真的動機。體格不夠強壯也算吧？

6.

陌生人

肯定理由：工廠內未知的DNA（但我們沒有每一名嫌疑犯的DNA樣本）。

否定理由：動機？還有，怎麼能在克萊兒的日記裡寫字？所以，到底是誰？

好了，清單做完了。我大聲哀號，一位遊民問我怎麼了。

我們把克萊兒和喬琪送上火車。其實滿尷尬的。我們還沒有熟到要擁抱道別，握手似乎又太正式。最後，我拍了拍克萊兒的肩膀，對喬琪就揮了揮手。我的熱情都用在赫伯特身上了，搔亂了他的毛，叫他不要惹麻煩。尼爾當然抱了人也抱了狗。然後我們開車回薩塞克斯。

「起碼她們在蘇格蘭會很安全，」尼爾說。「我搜尋了阿勒浦在哪裡，很荒僻。」

「我也查了，」我說。「看起來好像《巴拉莫瑞》[37]。」

「妳說什麼？」有姪子姪女就會知道這些事。莉莉還太小，應該沒看過BBC兒童頻道的這部經典。

星期五晚上的M23很擁擠。這些人要去哪裡呢？我在心裡納悶。他們不會全都要去布萊頓過一個淫蕩的週末吧。現在還有人整個週末都在搞那件事嗎？經過布萊頓的舊城門時，我說，「我要待在克萊兒家。」

「什麼？」尼爾原本把車速定在每小時一百二十公里，聽到我的話，他稍微加快了速度。

「今天晚上，我要待在克萊兒家裡。如果有人要跑進她家在她的日記裡寫字，我想要在那裡等他。」去倫敦之前，我準備了睡衣、牙膏牙刷跟換洗的內衣褲。都裝進了我工作用的提包。

「不行。」尼爾說。

「克萊兒把鑰匙給我了，」我裝著沒聽到他的話。「你就送我過去。我不想把我的車停在她家門外。」

「哈賓德，」尼爾說，「不可以，太危險了，唐娜絕對不准。」

「所以，我不會通知她。」我說。

37 BBC兒童頻道 CBeebies 的節目，地點設在蘇格蘭西海岸外的一個虛構的小島巴拉莫瑞。

41

最後，我贏了，我就知道。尼爾把我送到克萊兒家。快十一點了，街燈都已經關閉。看不到月亮。工廠和白堊懸崖在黑暗中只剩形狀。

「明天早上準八點，我來接妳。」尼爾說。

「不用啦，」我說。「我可以搭公車去警局。」

「我會來接妳，」他的口氣堅定。「有事的話立刻打給我，我會把手機放在床邊。」

我自己開門進了克萊兒家，感覺很奇怪，因為克萊兒不在這裡。我坐在她藍灰色的客廳裡，沒有開燈，想像如果變成她會是什麼感覺，坐在沙發上，點上有香味的蠟燭，翻著十九世紀的經典小說，修長的雙腿墊在屁股下面，修補剝落的指甲油，盤算著要不要跟我的劍橋教授戀人上床。我看看手機，我媽傳來了兩則訊息。我告訴爸媽，今晚會住在倫敦。「飯店嗎？」我媽說。「我好愛住飯店。」她這輩子就住過兩次飯店吧，一次是度蜜月的時候。第一則要我帶給她「一些那種小瓶的洗髮精」。第二則叫我不要帶，我爸說那算盜竊。我爸看了一輩子的店，滿腦子想的都是偷盜。或許那就是我加入警隊的理由。我回覆說反正飯店的備品品質不太好。

玩了幾局熊貓泡泡以後，我進了廚房。冰箱發出低低的運轉聲，天窗是海軍藍的顏色。崁燈看起來很有品味，但我不想打開，亮度夠我泡杯茶了；如果有人在監視這棟房子，我希望他以為家裡沒有人。柳橙與佛手柑，味道好像香水。

我摸黑上了樓。到了克萊兒的臥房，我打開床邊的燈，很昏暗的光線，從外面應該看不到。跟我想像的一模一樣：法國殖民時期風格的床鋪，刷白的木質家具，椅子的布料是藍白配色，藍色和棕色的現代版畫，放了平裝書的書架——有她不願意在樓下展示的書籍（喬潔．黑爾和吉莉．庫柏寫的羅曼史）——以及毛茸茸的白色地毯，看起來很像赫伯特。我到處窺探了一下。床邊的櫃子裡放了止痛藥布洛芬和胃藥嘉胃斯康。沒有避孕藥。她可能已經快停經了。也沒有安眠藥或抗憂鬱的藥物。書櫃上的銀相框裡一邊是喬琪，一邊是赫伯特。衣服整整齊齊地放在衣櫃裡。不算很多。我早已看出克萊兒是那種重質不重量的人。黑色、灰色和白色，也有幾件紅色或粉紅色的外套。毛衣和上衣疊好了放在抽屜裡，散發出薰衣草的香味。幾件出奇性感的內衣。幾封署名「愛妳的外婆」的信件，跟一個海螺殼和一些乾燥花放在一起。沒有來自爸媽的東西。整間臥室都是她的味道。Jo Malone的英國梨與小蒼蘭。

樓上只有兩間臥室和一間浴室。我又進了喬琪的房間，比克萊兒的臥室大，窗戶對著外面的路。我沒開燈，只用手機的手電筒照明。黑白配色的哈利波特棉被、粉紅色的「主題」牆，貼了許多喬琪和朋友的照片、書櫃（我敢賭她們家每個房間裡都有書櫃，包括浴室在內）、一群迷你動物、指甲油、化妝品、幾根蠟樹，還有乾燥花草。最後這樣東西讓我停了下來。中學女生也會在臥室裡放乾燥花草？我聞了一下；快沒味道了。跟在R．M．荷蘭書房裡找到的是同一種嗎？我在喬琪的書桌前坐下。有這樣的書桌，真的沒理由不做作業：放在特殊金屬容器裡的筆、昂貴的Anglepoise桌燈、各種顏色的螢光筆和便利貼。也有一面告示板，貼了學校的課表及一堆明信片、照片和看了就開心的貴賓狗照片。桌上有兩本書。一本是《暴風雨》的約克筆記[38]，另一本是鬼故事選集。最後一頁插了一片葉子當書籤。我把書翻開。R・M・荷蘭的《陌生人》。

「若您允許，」陌生人說，「我想說個故事……」

喬琪把筆電帶走了（我看到她把電腦放進背包裡），她用一個彩繪盒當收件匣，我翻了翻裡面的紙張。學校發的練習題（「藥物的歷史」、「呼吸生理學」），一些畫了螢光筆的筆記，還有……這是什麼？

……第一次殺人的難度最低。只是偶然的相遇，一把刀輕鬆地切過奶油，兩個在黑暗中移動的人體。他們倒下的速度真快啊，真簡單啊。第二次就要計畫了。我再也不能期待隨機的被害人。這次我要選在離家更近的地方，我像飢餓的野獸一樣撲向毫無警覺的人。我會等，我會等待時機。看到我無辜的外表，沒有人猜得到裡面藏了什麼。然後被害人獻上了自己。就一個女生，學校裡的人。可以說是朋友吧。她的名字叫伊娃・史密斯。伊娃有沒有特別突顯自己？她額頭上有沒有她沒察覺的「被害人」記號？沒有，就各方面來說，她都很普通。上數學課的時候，我坐在她旁邊，看她在方格紙上畫小小的愛心。愛心和花朵，有時候結合在一起。紅心、梅花、方塊、黑桃。我想問她，坐在旁邊的那個女生，有時會借妳量角器，或在解超難等式的時候說一些打氣的話，而有一天，她會把刀子插進妳的頸動脈，讓妳即刻死亡，這樣的可能性有多大？

上帝啊。有兩三頁。沒有作者或筆記，但顯然是從網站上印下來的。最下面有網址：

MySecretDiary.com。我拿出手機，找到了網站。要登入，不過幾秒就完成了。我輸入我慣用的假名，珍娜．巴克利。密碼：Jennbar17。不知道為什麼，我總覺得這是一個完美的白種盎格魯撒克遜人名。珍娜會是學校裡的風雲人物，她不理我，但是會跟庫許約會：金髮，毛茸茸的筆袋，老穿著男朋友的足球隊上衣，袖子拉下來蓋住雙手。不是一個額頭上有被害人記號的女生。現在珍娜加入了祕密日記網站。原來，也不是那麼祕密。

就像一次讀一百篇青少年的日記。螢幕一側的更新如傾盆大雨般落下。不了解我……討厭鏡子裡的自己……他的手指讓我渾身發軟……為什麼我這麼……為什麼我不能……為什麼每個人……我幫「珍娜」打了一篇日記。

我好正，一頭金髮。大家都愛我。我是個芭比女孩，住在芭比世界裡。我好完美，從來沒有懷疑過自己。為什麼要懷疑？雜誌裡的女生看起來都跟我一模一樣。嘿，嘿，嘿。

我不覺得這篇作品不久之後就能獲得布克獎。看來可以設成私密，也可以跟所有人分享。我在公開內容裡搜尋「奶油」，在瀏覽了許多厭食症的自我反省之後，找到了：只是偶然的相遇，一把刀輕鬆地切過奶油……很長的短篇故事——或該說短篇小說——發布的人叫瑪麗安娜。瑪麗安娜就是喬琪嗎？如果是，她還真懂怎麼寫恐怖故事。病態的幻想，殺掉數學班上的某個人。但是我記得喬琪不喜歡數學。她不喜歡機率。正常、發展均衡的女生寫出這種東西的機率有多高？就拿頸動脈的細節

㊳ 英文文學的學習指南，輔助學生複習課文重點。

來舉例吧。艾拉・艾爾菲克死於頸部的刀傷。數學班的女生叫伊娃。兩個名字的英文發音相去不遠。還有「飢餓的野獸」，R・M・荷蘭所謂無人知曉、尚未出版的小說。喬琪是不是也透過機緣巧合聽到了這個故事？

我翻了喬琪書桌的抽屜，在練習題和她忘記拿給克萊兒看的校外教學信件下面，我找到那篇小說或日記或文章的其他頁。我隨手拿了一個喬琪標了顏色的塑膠資料夾，放在裡面。還有，在那疊紙下面，我找到了另一樣東西。艾拉・艾爾菲克的照片。我認出是從她的臉書印下來的，但那不是那張照片最吸引我的地方，

最吸引我的地方應該是上面沾的血跡。

不需要打電話給尼爾。明天一早我就把照片送去實驗室分析。我記得，我告訴喬琪工廠裡的床單上有DNA，那時她說了一句話。「你們找到對應的檔案資料了嗎？」我沒有喬琪的DNA，但我有她的指紋。我可以拿這些來交叉比對在瑞克・路易斯凶案現場、蠟燭上和黑色石頭上找到的指紋。我下樓找到了夾鏈袋，一個放了有血跡的照片，另一個放了乾燥花草。

我真認為喬琪有能力謀害艾拉和瑞克？我不知道，但我必須考慮每一個可能。她都有不在場證明。艾拉被殺時，她跟她媽媽在家裡，瑞克被殺時，她在倫敦。就算我認為她有能力在黑暗中襲擊她的父親，但賽門被刺傷時，她人在學校。

但喬琪有可能拿到克萊兒的日記，並留下字句。她有可能加了《白衣女人》的引言，她一定

常在家裡看到那本書。我想到那個女孩，個子高高的，已經是個美女，還有艾拉舉行喪禮那天她在禮拜堂裡的模樣：冷靜鎮定，完全異於表現得歇斯底里的其他學生。我想起我們找到赫伯特那天，喬琪本來不肯進去工廠。為什麼不肯？又為什麼寫了殺人的故事，寫到刺死別人，一把刀輕鬆地切過奶油？

我回到克萊兒的房間，把夾鏈袋放進公事包。我不想脫衣服，只刷了牙，衣著整齊地上了床。我插上手機的充電器，把手機放到枕頭底下，儘管我媽老說這會讓我的腦子長瘤。我沒拉上窗簾，雖然很黑，我還是看得到工廠，夜空襯著它邪惡的龐大軀體。我想到我和蓋瑞看見白衣女郎的那個晚上，還有響徹荷蘭屋的尖叫聲。我有一點期待類似的恐怖事件會叫醒我，但整棟房子很安靜，我一下子就睡著了，一夜無夢。

42

尼爾來接我的時候，我已經在門口等了。我已經跟實驗室通過電話，要他們交叉比對書房裡的指紋跟喬琪留的指紋。

上車後，我把我的發現告訴尼爾。他很好心地準備了咖啡和可頌，我小心翼翼地吃著，弄髒了他的車子，他會抓狂。

「我不相信，」他說。「喬琪只是個孩子。」

「她十五歲了，」我說。「而且她非常聰明。」她還是克萊兒的女兒，這半句我就沒說出口。

「但妳真認為她跟這兩起謀殺案有關？」尼爾提高了音量，差點就超過了奇徹斯特的速限。

「她寫了相當生動的謀殺案，」我說。「持刀傷人。她有一張艾拉的照片，沾了血。還有她跟派翠克·奧利里是好朋友。在艾拉的喪禮上，我看到他們兩個在一起。說不定是什麼青少年的黑魔法。」

「黑魔法？」計速器在九十公里左右晃來晃去。

「蠟燭，那些藥草，」我說。「艾拉的客廳裡也有蠟燭，但我只想到她就是那種女人吧。克萊兒家裡到處是蠟燭，非常像天主教的教堂。」

「但是妳說的，女人都會買蠟燭。凱莉也一樣，我們家到處是小蠟燭，跟那些小碗，裡面裝了香噴噴的廢物。」

「聽著感覺真好。」

「女人就是那樣。」

「我就沒有到處放蠟燭。」

「對啊，可是妳不一樣。」他不需要繼續解釋了。我跟爸媽住，我是印度裔，我是同性戀。三連重擊。

「我覺得我們應該再去問問布萊恩妮·休斯，」我說。「她認識喬琪和派翠克，他們都在她的創意寫作班上。喬琪的故事裡也有一個布萊恩妮，看來是個『睿智女人』。還有，克萊兒說過，她是白女巫。」

「白女巫？妳不會相信這種胡說八道吧？」

「我不相信，」我耐心地說。「問題是別人相不相信。」

唐娜也不相信這個版本，但她同意讓我們偵訊布萊恩妮。我把照片和乾燥花草交給實驗室，跟尼爾開車去預科學院。今天是星期六，學院應該沒開，但我問過了，得知休斯老師今天會在。其實在校園裡閒晃的人還不少：有一場足球比賽，好像也有人在排練音樂劇，因為地面層傳出了不怎麼好聽的聲音。休斯老師在英文科的辦公室等我們。她說她在加班改作業，她的辦公桌跟上次一樣堆了一大疊作文。認真奉獻的教師，而且顯然對學生很有影響力。煽動學生去殺人，有可能嗎？

她給我們的接待親切到了極點。

「考爾警探，真好呢，我們又見面了。這位是……」

「尼爾・溫斯頓警長。」尼爾差點就要立正敬禮了。布萊恩妮・休斯這一型的女性讓他很緊張。

「關於喬琪・紐頓，我們有幾個問題想問妳，」我說。「她在妳的創意寫作班上，對不對？妳特別挑選的小團體。班上還有……」我看看筆記。「派翠克・奧利里、娜塔莎・懷特和威妮夏・薛柏。他們都是塔爾加斯中學的學生，對不對？」

「據我所知，威妮夏上的是聖菲斯。」

「妳聽說過一個網站叫『我的祕密日記』嗎？」

「那是創意寫作的論壇。」

「妳看過這些故事嗎？」我把印出來的故事推到她面前。布萊恩妮閱讀時，帶著微微的笑意。牆上的莎士比亞名言彷彿都在叫喊。他們說，必然會見血；血債必須血還。沒有付出，就沒有回報。地獄空蕩蕩。[39]

布萊恩妮把紙張排得整整齊齊，然後才回答問題。「看過，」她說。「喬琪亞寫的，有些段落寫得相當出色。」

「寫得相當出色？」我說。「寫到殺人呢。」

「《馬克白》也是，」她說，「警探小姐，我相信妳也不會否認這篇故事寫得很好。」

「我是警長，」我說。「而且我在調查兩起謀殺案。所以，如果一個女學生同時認識兩名被害人，又寫了暴力死亡的故事，我就有興趣。我很訝異，妳沒想到其中的關聯。妳聽過伊娃・史密斯這個名字嗎？」

「聽過。」布萊恩妮・休斯說。

「真有這個名字？」

「她是《玻璃偵探》裡的人物，這是普里斯特利的劇作。但是，嚴格來說，伊娃沒有出現在戲裡。這部戲也是喬琪考GCSE的一篇必讀課文。」

「所以妳確定這個故事是喬琪寫的？」

「對，充滿她的風格記號。還有醫學細節，沒記錯的話，喬琪亞很愛看《實習醫生》。一部美劇。」一看到我們的表情，她親切地補充說明。

風格記號，神明快來保佑我們。

「上一次的創意寫作班是什麼時候？」尼爾問。

「星期一，喬琪不能來。我想她的母親現在把她看得很緊。」

還不夠緊，我心想。她說到「她的母親」那幾個字的時候，肯定有敵意。我記得克萊兒不在

㊴ 分別出自《馬克白》、《李爾王》和《暴風雨》。

布萊恩妮的密友圈裡。

「所以，妳最後一次看到喬琪是什麼時候？」我問。

布萊恩妮遲疑了一下，拍了拍頭髮才回答。這個小動作似乎洩露了什麼。

「上星期四，」她說。「她放學後來找我。」

「來找妳做什麼？」

「她要拿幾篇故事給我看，她非常重視寫作。」

「可以給我們看看嗎？」

「我放在家裡了。」我有點懷疑她在說謊。

「妳最後一次看到派翠克是什麼時候？」尼爾問。

「星期一的創意寫作課。」

「他也有寫作天分嗎？」我問。

「相當有希望，」布萊恩妮說。「發自內心深處。」

我不太確定她的說法該作何解釋，但我覺得問了就輸了。

「派翠克也會寫『我的祕密日記』嗎？」我說。

「會，我記得他的筆名是美洲獅。」

我的手機開始震動，但我沒管。過了幾秒，換尼爾的震了，他走出去接電話。

布萊恩妮．休斯對我微微一笑。「哈賓德，妳記得嗎？妳在這裡念書時來找過我。」

「記得，」我說。「妳看了我寫的短篇故事。妳寫了一張紙條給我，說很好看。」

天曉得我為什麼幫學校的雜誌寫了短篇故事。我從來沒幹過這種事。我不覺得會有人真的去看校刊裡的鬼話，但休斯老師肯定讀了。她寫了一張卡片給我，是她桌上繆麗兒・絲帕克的照片。很合理。《春風不化雨》的布羅迪小姐。

「寫到荷蘭屋的鬼魂，」她說。「我對鬼魂很有興趣。」

在我開口回答前，尼爾回來了。「哈賓德，我們得走了。」

我給了布萊恩妮我的名片，說我會再來找她。她說，很期待能再見面。踩著沉重腳步走下樓梯時，尼爾告訴我發生了什麼事。

「奧莉薇亞打來的。一位薛柏太太到了警局，因為威妮夏跟派翠克失蹤了。」

「威妮夏很乖的，」艾莉西亞・薛柏說。「絕不可能離家出走。」

艾莉西亞就是典型的黑索米爾[40]母親，灰金色的頭髮、喀什米爾毛衣、緊身牛仔褲和平底鞋。我記得威妮夏是聖菲斯的學生，那所私立學校，可以推論社會等級比派翠克・奧利里高好幾層。

---

[40] 倫敦西南方薩里郡最南邊的城市，環境優美、往來倫敦方便、犯罪率低、收入程度高、教育資源豐富，聚集不少中產階級以上的家庭。

「妳最後一次看到威妮夏是什麼時候？」尼爾問。

「星期五早上，她去上學，」艾莉西亞取出一條蕾絲小手帕。「她說晚上會去朋友家過夜，去娜塔莎家。今天早上九點，她應該要直接去上單簧管課，可是老師打電話來，說她沒去。我就打電話給娜塔莎，她媽媽說威妮夏根本沒去他們家。」

「然後呢？」我問。現在快十一點了，顯然她還找過其他人。

「我打電話給她每一個朋友，沒有人見過她，聽說喬琪去蘇格蘭了。然後我打電話去奧利里家。」

「派翠克和威妮夏是男女朋友嗎？」我說。

「不可能！」這句話帶著一些憤怒。「威妮夏沒有男朋友，她不是那種女生。」

我控制自己不要轉頭去看尼爾。「可是妳為什麼會打電話去奧利里家？」

她不說話，把手帕扭來扭去。「因為娜塔莎跟幾個塔爾加斯的女生，威妮夏才會認識派翠克。」

那幾個字滿滿的蔑視；倒讓我很驕傲，我也是塔爾加斯的女生。

「派翠克也不見了嗎？」尼爾說。

「對，他昨天晚上沒回家。他媽媽好像不怎麼在意──『可能在朋友家』。」她模仿的愛爾蘭口音一點也不像。

「妳打了威妮夏的手機嗎？」

「當然，可是關了。她從來不關機。」艾莉西亞哭了，哭得很認真。我無法處理眼淚，所以我跑去找奧莉薇亞。唐娜在偵訊室外等我。

「實驗室的結果回來了。」她說。

「很快。」

「有結果，」她說。「石頭上有喬琪的指紋，在荷蘭書房裡找到的那顆黑曜石。」

第九部　喬琪

43

在這列火車上的感覺好奇怪。彷彿我們進入了膠囊，疾馳過太空。我們在這個很小的臥鋪裡，媽在下鋪，赫伯特在地上，感覺全世界只剩我們兩人一狗。我們在「觀景車」裡吃了晚餐，有肉餡羊肚[31]呢。媽吃了一點，說還不錯，但我想訓練自己吃素，所以我婉拒了。服務生的蘇格蘭口音重到我幾乎聽不懂他在說什麼，不過他說我「長得很精神」。那個我懂。我覺得是恭維，雖然聽起來好像在說長得很胖。

現在我們在車廂裡，火車喀嚓喀嚓穿過黑夜。手機沒有訊號，無線網路也一直斷，但我在聽早就下載的podcast，所以沒關係。

可能通過了手機基地台，簡訊突然冒了出來。泰一則，威兩則。泰的說，「希望妳沒事，親親。」威的說：「在哪？」還有，「有事找妳。」

「在火車上，」我回了訊息。「要去蘇格蘭。」輸入「蘇格蘭」以後，小小的藍白相間旗幟自動出現了。

威的回覆立刻來了。「拜託打給我。有事找妳。」

但在我回覆前，訊號又消失了。

「喬琪？」下鋪傳來媽的聲音。「妳的手機有訊號嗎？」

「沒有，」我說。「剛才消失了。」

「我的也是。我想打電話給芙勒，問問賽門的情況。」

不知道為什麼，我不信。剛才我看了她的手機，亨利．漢米爾頓傳了兩則簡訊。

「爸沒有生命危險，」我說。「芙勒跟我說的。」

「對啊，」她立刻接話。「他沒有生命危險。」

「妳覺得攻擊他的人是誰？」不知道為什麼，看不到她的臉，反而比較容易問出口。

「我不知道，」她說。「或許只是搶劫。」

「妳覺得就是殺死艾拉——艾爾菲克老師跟路易斯老師的人嗎？」

「我不知道，」同一個回答。「只希望警察趕快抓到這個人。」

「哈賓德說很快，」我說。「她說他們已經接近目標了。」

「對啊。」她說。不過我聽得出來，她不相信。赫伯特輕聲嗚咽著。

「他覺得無聊了，」媽說。「我應該帶他到走廊上散步。」

「我帶他去吧。」我說。

突然之間，我想逃離這張鋪位，我躺在上面，可以同時碰到兩邊的牆。我身體一旋下了床，幫赫伯特戴上牽繩。「來吧，狗子。」

㊶ 蘇格蘭傳統的料理，將剁碎的羊內臟混合燕麥、洋蔥及其他材料，塞入掏空的羊胃製作而成。

「小心點。」媽說。

❖

走廊空無一人。在暗夜中飛馳的火車劇烈晃動。車速有多快？每小時一百六十公里嗎？還是三百二十公里？赫伯特不太開心。跨過車廂時，他發出哀鳴聲；我也不喜歡跨越車廂。感覺很不對，像是走進無人之境，踏錯一步，就不復存在。

我走進了觀景車。車廂裡只有一個人，坐在那裡看書。看到一個不用手機的人，感覺很奇怪，我停下了腳步。他抬起頭。

「哈囉。」

「你好。」我說。他年紀不小，大概五十歲吧，白頭髮略長，留了鬍鬚。

「妳的狗很可愛。」他的聲音很老式，上流社會，不是很渾厚。

「他叫赫伯特。」

「很好的名字。」

「謝謝。」我想回我們的車廂，但我強迫自己走過整列觀景車，然後才掉頭。

我知道那個男人的眼睛一直盯著我。

第十部

哈賓德

44

「我們要找喬琪聊一下，」我說。「她們現在應該到了，火車預計八點半到因弗內斯。」

「然後換車去阿啦什麼那個地方。」尼爾說。

「阿勒浦。」我打了克萊兒的手機，沒有回應。現在十一點半。她應該已經到外婆家了。

「妳覺得那幾個失蹤青少年跟案情有關嗎？」唐娜說。「威妮夏和派翠克？」

「有可能，」我說。「據說派翠克對艾拉有好感，他承認在她過世那天，他去過她家。我們也知道他不太喜歡瑞克。」

我們發出了威妮夏和派翠克的失蹤人口警示。尼爾堅持他們私奔了，可是，就算他們在交往，現代青少年會私奔嗎？像阿巴合唱團的歌那樣？除了一點點父母的勢利眼外，威妮夏和派翠克要在一起，似乎沒有阻礙。畢竟，兩人都十六歲了，比喬琪大一點。

「沒有證據能證明喬琪和凶案有關。」唐娜說。她很擔心。我能看得出來，因為她還沒吃早上的甜甜圈。那個甜甜圈在她桌上，慢慢泌出果醬。

「只是在現場找到了她的指紋。」我說。

「瑞克被殺時，她人在倫敦。」尼爾說。

「倫敦也不是那麼遠。」照例我還是提出了意見。

「我們要了解照片上的血跡是誰的。實驗室應該很快就有結果了，」唐娜說。「如果是艾拉的血，就得找喬琪來解釋。即使不是她做的，她也有可能在犯罪現場。」

「她知道一些事，」我說。「妳看過她寫的那個故事了嗎？」

「看了，」唐娜說。「很嗜血，但青少年喜歡恐怖的情節。」

「我自己是詹姆斯．赫伯特的粉絲，」我說。「但我不會寫那樣的東西。而且，布萊恩妮．休斯跟整個創意寫作小組都有點怪怪的。」

「去找剩下那個女孩子，」唐娜說。「她叫什麼名字啊？娜塔莎．懷特。我們只能期待派翠克跟威妮夏現身了。等一下就拉高警示等級。」

「威妮夏的媽媽看起來就不會善罷甘休。」尼爾說。

「我們不會善罷甘休，」我說。「快破案了，我敢確定。」

娜塔莎．懷特住在斯泰寧的近郊，一間很漂亮的維多利亞式住宅。她人也很漂亮，有點雀斑，一頭令我欽羨的豐盈捲髮。她媽媽安娜開了門，兩人長得很像，只是媽媽頭髮沒有那麼捲，雀斑也少一點。屋裡傳來敲擊鋼琴的聲音。

「不好意思，」安娜說。「週末我有一對一的鋼琴課。」

究竟怎麼了？全世界的人都在上音樂課。

「沒關係，」我說。「只需要跟娜塔莎談一談。」

「是因為威妮夏嗎？」安娜說。「艾莉西亞打了電話給我，我真嚇壞了。」

「妳知道她會去哪裡嗎？」我問。安娜領著我們進了凌亂而舒適的廚房，娜塔莎也來了。客廳應該是鋼琴課的所在吧。

「不知道，」安娜說。「她跟派翠克在一起吧？女生都喜歡派翠克。」

「媽！」娜塔莎生氣了。

「誒，他長得很好看呀。」

「媽……」

我們在餐桌旁坐下，安娜推開了早餐的碗盤。「抱歉，有點亂。我要留下來嗎？只是我先生帶弗格斯去踢足球了，我們十歲的兒子，我課剛好上到一半。一直放著丹尼糟蹋降B調也不好。」

「這不是正式的偵訊，」我說。「妳不需要在場。」是我的想像嗎？可是娜塔莎看起來好像大大鬆了一口氣。

安娜離開後，我說，「娜塔莎，妳知道威妮夏跟派翠克可能會去哪裡嗎？」

「不知道。」但她避開了我的視線。她的穿著隨便，只是運動褲和帽T，卻上了睫毛膏和眼線。

「她真的喜歡派翠克．奧利里嗎？」尼爾問。

「喜歡，」娜塔莎說。「但不是每個人都對他有那種感覺。對我跟喬琪來說，他像個哥哥。

而且喬琪已經跟泰在一起了。」

我很想知道，娜塔莎有沒有跟誰在一起。就連我十五歲的時候也交了男朋友。

「妳最後一次看到威妮夏是什麼時候？」

「星期一的創意寫作課。」

「她說昨晚在妳家留宿，妳知道嗎？」

沉默。

「妳可以告訴我們，」尼爾心不在焉地掃掉桌上的麵包屑。「我們不會給妳找麻煩。」

「我知道，」娜塔莎說。「但我以為她只是跟派翠克過夜，兩個星期前的週末，她就去過他家了。就是路易斯老師被殺的時候。」

我們對看了一眼。娜塔莎真的看不出來她告訴我們這件事所代表的意義嗎？威妮夏和派翠克可以當彼此的不在場證明，或兩人都是嫌疑犯。

「妳最後一次跟他們聯絡是什麼時候？」

「昨天晚上派翠克發了簡訊給我。」

「說什麼？」

娜塔莎畫了眼線的眼睛看著我們。「『地獄空蕩蕩。』」

「我要再去克萊兒家一趟。」

「做什麼？」尼爾把車開回警局，皺著眉專心穿越週末的車陣。事態愈來愈嚴重了。唐娜打電話來，派翠克的爸媽終於開始擔心，發現他在電腦上搜尋過前往蘇格蘭的航班。

「我剛想到我在喬琪房間看到的東西。」

尼爾沒有繼續提出反對；他開上鄉間小路，駛向舊工廠和田野中間的那排房子。克萊兒的鑰匙仍在我身上，尼爾在車上等，我自己開門進去。到了喬琪的臥室，我直接走向告示板。有一張明信片，上面是兩隻卡通兔子，捧著粉紅色的心形氣球。我翻到背面。

只想說我愛妳。

字跡和「地獄空蕩蕩」的紙條一樣，也是克萊兒日記裡出現的字跡。

第十一部

喬琪

45

醒來時，我們已經到了蘇格蘭。我從床上探出身子拉開了窗簾，真不敢相信窗外的景色有多美，就像童話故事的場景：山、林、海水偶爾的波光、懸崖上聳立的城堡、低地上的村莊。看到了一兩次鹿，在紫色的石南叢中吃草，經過一個海灣時，我看到海豹在發光的黑色岩石上做日光浴。山丘上積了雪，但天空是最藍的藍。

晚上應該經過了有訊號的地方，因為我收到大概十則威的簡訊、一則泰的，一則派翠克的。威的幾乎都是「妳在哪裡，我有話跟妳說。」泰說，「晚安，親親。」派翠克說，「地獄空蕩蕩。」我想打電話給他，但訊號又消失了。

「喬琪，」媽在下鋪出聲了。「妳醒了嗎？」坐在她床上的赫伯特也叫了起來。

「噓，」媽對他說。「我們到蘇格蘭了嗎？」

「到了，」我又拉開窗簾。「景色太美了，我怎麼都不記得？」

「我們每次都搭飛機來，」媽說。「妳沒有機會看風景。妳的手機有訊號嗎？」

「沒有。」

「我的也沒有。」

「妳要發簡訊給誰啊？」

我猜是亨利，但她只笑了笑，「去吃早餐吧。」

我們在餐車裡吃早餐：炒蛋、培根和焗豆。媽喝咖啡，我喝了兩包柳橙汁。我環顧車廂，尋找昨晚那個人，但沒有看到他。他是我想像出來的嗎？他就是列車上的陌生人嗎？R．M．荷蘭的鬼魂？我告訴自己別亂想。休斯老師說，培養想像力是一回事，被想像力吞噬又是另一回事。我想到那天晚上，我聽到空空的野地裡傳來呼吸聲，那種被跟蹤的驚駭感。我要瘋了嗎？但如果我沒瘋，真的有人在那裡，看不到的某個人緊跟著我們的每一步。《老水手之歌》[42]裡面那段是什麼？「宛若走在孤寂道路上的人，行於憂心與擔心……因他識得駭人的惡魔，在他身後亦步亦趨。」

到了阿維莫爾，好心的服務員讓媽下車，帶赫伯特去解手。我更怕了。萬一車開了，他們還沒上車怎麼辦？要是那個人又出現了，帶著他奇異的肉食者微笑，怎麼辦？「妳的狗很可愛。」他說過這句話，彷彿想把小赫整個吃下肚。不過，一切安好。媽抱著赫伯特回來，他興奮地不斷蠕動。服務員砰一聲關上門，車子又開了。快到九點的時候，我們到了因弗內斯，必須趕快換車到加爾維，那是最靠近阿勒浦的站。我稍微鬆了一口氣。蘇格蘭在車外快速滑過，一邊是沼澤，一邊是海洋。就連赫伯特也看得目不轉睛。不過，到了加爾維，真不像個可以下車的地方。不是車站，不像維多利亞，連奇徹斯特都比不上，只是荒野中的一棟黃色小房子和一道行人陸橋。但

[42] 英國詩人柯爾律治（Samuel Taylor Coleridge）的敘事長詩。公認是英國浪漫主義文學的開端，講述船隻遭受風暴後的故事。

媽叫我下車，把赫伯特塞給我，然後她把自己的行李拿下去。她似乎充滿了活力，效率十足，跟在英格蘭的她完全不一樣。可能是空氣的關係；凍—斃—了。

停車場裡有一輛古老的Range Rover和一個女人，跟記憶中的曾外婆不一樣。上次看到她的時候是在倫敦的外婆家，她那時候看起來就很老了——是說，應該快九十歲了，但在這裡她穿著牛仔褲和Barbour外套，也用力抱住了我。

「喬琪！啊，妳長得這麼精神，就跟妳媽一樣。」

「哈囉，」我不知道為什麼有點害羞。但從來不閒話家常的媽嘰哩呱啦了起來，我就保持安靜吧。我帶著赫伯特進了後座。媽在跟曾外婆聊「情況」。

「我們得離開那裡。」

「妳們在這裡很安全。」曾外婆突然轉向，避開一頭高地牛。

我儘量不去聽對話的內容。「艾拉……日記……賽門……學校……瑞克……跟蹤……害怕……」我等著阿勒浦進入視線，這座港口依山傍海，海邊有白色的房子。像我小時候看的電視節目，我哼起了主題曲。

「《巴拉莫瑞》，」媽說。「喬琪，妳喜歡這裡嗎？」

「喜歡。」我說。昨晚的火車之旅感覺好奇怪，好超現實：威的簡訊、那個帶著微笑的男人、派翠克的「地獄空蕩蕩」。現在就像回到了現實。陽光在海水上閃爍，就連牛隻都看起來很和善，在棕紅色的瀏海下微笑。曾外婆聊起了雪；最高的山丘已經完全白頭了。

「今天真暖和，」她說。「跟在巴哈馬一樣。」

車上的溫度計顯示為零下一度。

曾外婆的房子我就記得很清楚。與其他房子有一段距離，在一塊兩邊都是水的土地上。我不記得曾外公的樣子，聽說他以前有一艘船，每天早上都划過港口去拿報紙。赫伯特很興奮，對著海鷗吠叫。遠處的渡輪正慢慢駛入寬闊的海洋。

曾外婆帶我去我的房間，在閣樓裡。床上鋪著拼布被，白色的牆面映照著海水。有書桌和書櫃，甚至有把小小的搖椅。我想一直待在這裡，但午餐已經準備好了，麵包和湯，以及包在布裡的奇特乳酪。如果下雪，我們可能就會與世隔絕。說不定我們要在這裡過耶誕節。

媽跟曾外婆又打開了話匣子。我再次驚嘆，媽跟她的外婆真的很有得聊。她和她的母親，就是我外婆，總是長話短說。不過現在她說起了亨利，那個劍橋的男人。有趣呢，我沒想到路易斯老師遇害的那個週末，她跟亨利在一起——不過聽了一會兒，我的眼睛也快闔上了。

「哦呵，她累了，」曾外婆說。「喬琪，妳上樓睡一下吧。」

我迫不及待回到了屋頂裡的小房間。赫伯特跟來了，一人一狗一起蓋著拼布被。我夢到了火車，《陌生人》裡那種老式的列車。我想逃跑，在傾斜的車身裡飛奔，從牆上彈跳出去，躍過車廂間夢魘般的鴻溝。但他在那裡——不見人影，但在我身後保持著相同的距離——滑順而無情地移動，不知道是誰，卻又莫名熟悉。

醒來的時候，天已經黑了。赫伯特坐起來，認真聆聽。

樓下有聲音。應該有人敲了門。

「噢，是你啊，」我聽到媽的聲音。「你怎麼會來這裡？」

赫伯特開始咆哮，我從來沒聽過他發出這種聲音，從喉頭後方用力，像一隻更大的狗。他露出了牙齒，我突然有點怕他。我朝著門走過去，但聽到了可怕的尖叫聲，是媽。「喬琪！」她大喊。樓下的門砰一聲關上，樓梯上傳來腳步聲，穩定而堅決的腳步。我向後退，退到閣樓離門最遠的角落。我叫赫伯特過來，但他仍立在門邊。他停止了咆哮；彷彿在等待什麼。

門猛地開了。我看到一個深色的人影，一把舉高的刀子，赫伯特像顆白色的子彈，飛了出去。

然後，他倒在地上，血跡斑斑，而利刃朝著我過來。

第十二部

哈賓德

46

我們中午離開克萊兒家，一點四十分，我搭上飛往因弗內斯的班機。我們打電話給當地的警局，要他們去阿勒浦探視克萊兒和喬琪。但我想親自去一趟，唐娜也同意了。這還是我第一次搭國內的航班。事實上，我只搭過兩次飛機，一次是十歲的時候去印度，一次則是所謂的浪漫迷你假期，去了巴塞隆納。真沒想到那麼輕鬆。我沒有行李，向安檢官員秀了我的警官證，就進去了。

但是，坐在飛機上很折磨人。我只想趕快到達目的地。不能用手機，簡直是惡夢一場。我看過有人說，在飛機上不能用手機是捏造出來的廢話，但我不想冒險。萬一干擾到雷達或什麼東西呢？所以我只能坐著，腿上的手機設成「飛航模式」，意興闌珊地翻閱「全球最佳十處海灘」。居然有阿勒浦，真讓人啼笑皆非。鄰座的商務客自命不凡地敲著電腦，彷彿他的工作一停，世界就完蛋了。

三點二十分降落，我一路擠開其他的乘客，三點三十分到了計程車站。一輛警車在等我。

「考爾警長嗎？」他的「爾」捲舌音特別重。

「沒錯。」

「我是吉姆．哈里斯警探。」他個子很高，年約三十，暗紅色的頭髮，表情有點凶狠。我很高興。他看起來能把車開得很快，而且不會東問西問。

「多久可以到阿勒浦？」離開機場時，我問他。

「大約一個小時四十分鐘，」吉姆．哈里斯說。「全世界最有精神的一條路線。」

他說的應該沒錯。我們確實經過了綠地、山脈和湖泊，但我一心希望能及時趕到克萊兒和喬琪身邊。吉姆說當地「條子」去過卡西迪太太家，看來毫無異狀，但我的胃裡有一種發冷的感覺。兩個人的手機我都試了，沒有人接。「哦呵，這裡訊號不好。」吉姆說。「哦呵」好像是蘇格蘭人的口頭禪。

到阿勒浦的時候，天已經黑了，港口亮起了燈光。說真的，吉姆開車時話不多，現在也很有效率地穿過狹窄的街道，駛向一塊兩邊都是水的土地。走到底就是卡西迪家。屋頂下的房間亮著燈。我想到《陌生人》，破房子裡的光線，我在舊工廠看到的燈光，鬼火，從海上發出叫聲的死去孩子的鬼魂。

車還沒停好，我就下車了。屋外停了兩台車，老舊的Range Rover和紅色的Toyota Aygo。打開的前門晃來晃去——在蘇格蘭，又是冬天晚上，可不是一個好兆頭。我衝向門前的小路，大喊「克萊兒！喬琪！」

樓下傳來叫聲，一把沉重的椅子壓住了門，但我知道我要先上樓。上了兩層樓，我到了閣樓的房門，高大的年輕人聳立在嚇壞的喬琪身旁，舉高了刀子。血跡斑斑的赫伯特躺在她腳邊。

我撲向男人，但他很壯，我只讓他踉蹌了一下。我抓住他握著刀子的那隻手臂，但他把我往後一推，力道大到我的頭重重撞上了地板。我急忙爬起，再度撲向他。樓下傳來尖叫聲，謝天謝地，警察沉重的腳步聲踏上了樓梯。吉姆．哈里斯俐落地用橄欖球的擒抱摔倒了那人，我用膝蓋壓住他的胸口，宣讀他的權利。

「泰．格林諾，我以謀殺艾拉．艾爾菲克及瑞克．路易斯，以及企圖謀殺賽門．紐頓和喬琪．紐頓的罪名逮捕你。」

第十三部

哈賓德和克萊兒

47

哈賓德

娜塔莎提到泰，才讓我想到那張明信片。喬琪的男朋友送她的照片上有可愛的兔子和愛心。看到字跡，我就知道了。我們直接去了泰工作的酒吧，聽說他請了幾天假。「你知道他住哪裡嗎？」我問。「不知道，」酒吧的經理一臉擔憂，「但他很可靠，從來不遲到。」那是因為泰的家就在路的另一頭，他擅自住進了廢棄的水泥工廠。在加爾維的警局偵訊時，他都認了。

「我住在工廠裡，」他說。「我要看著克萊兒。我會在晚上點蠟燭，看著她。我愛她。」

「什麼時候開始的？」我問。我想等到把泰押回薩塞克斯再正式偵訊，尼爾和唐娜也該了解細節，但我要先問幾個問題。

「我以前在海斯當酒保，」他說。「克萊兒來飯店參加訓練課程。我一看到她，就愛上她了。我用萬用鑰匙進了她的房間，看了她的日記。我那時候就下定決心，她需要保護。我跟她到了薩塞克斯，在酒吧找到工作。我在鎮上認識了喬琪。她喝醉了——她太任性了，我不喜歡，但克萊兒一定會很擔心——所以我決定當她男朋友，把她照顧好。當然嘍，我就可以接近克萊兒了。」他微微一笑，彷彿一切都很合乎邏輯，甚至值得表揚。他身形魁梧，雖然吉姆・哈里斯的粗暴對待在他臉上留下不少瘀青，看起來依然滿帥的。不過，一直視他的眼睛，我就知道辯方會用精神錯亂當藉口。

「你為什麼要殺艾拉？」我問。

「她讓克萊兒不高興了，」泰立即說。「一直在講跟已婚男人上床的事，學校的工作都推給克萊兒。艾拉跟妓女沒什麼兩樣。瑞克一樣爛。克萊兒在日記裡說討厭他，所以我把他也殺了。我打電話給他，告訴他我知道艾拉的事。他嚇得屁滾尿流。本來想告訴他老婆，他在外面胡搞。我叫他坐到椅子上，然後走到他後面，用鐵絲勒死他。我想弄得跟《陌生人》裡面的謀殺一樣。我在喬琪的房間裡找到那本書，我知道克萊兒很愛那個故事。當然，她也喜歡《白衣女人》。」

又是那個微笑。

「賽門．紐頓呢？喬琪呢？你不會以為克萊兒希望他們死掉吧。克萊兒那麼疼喬琪。」

「她說，在認識賽門前，在喬琪出生前，她比較快樂，」泰說。「賽門一直惹她生氣，說她是壞媽媽，一直炫耀他的新老婆跟小孩。不管怎樣，我要除掉他們兩個，克萊兒跟我才能重新開始。」

我開始擔心了。再多說一點，他一定會到精神病院服刑，而不是在他該去的最高安全等級監獄。不過，因為泰以前跟祖父母住在肯特，我找當地的警察談過，發現他曾因為跟蹤女性而被警察警告，是他以前的英文老師。雖然這一點在法庭上很無力，但這個事件證實泰．格林諾是那種殺手，先監視和等待，然後猛撲。

我把泰交給高地警察好好照顧，回到我預訂了房間的飯店。克萊兒說我可以住在她外婆家，但我想卡西迪一家要處理的事夠多了，不需要我去增加她們的負擔。而且，我累慘了。我訂的現代飯店毫無特色，正符合需要。回去的路上我買了薯片，配一罐蘇格蘭特有的飲料 Im Bru，正如吉姆所說，味道很像鐵屑。飯店叫喀里多尼亞薊，淋浴後，我穿上掛在衣櫥裡的白色浴袍，布料有點刺刺的，然後躺到床上打電話給尼爾。

「我一直認為凶手就是附近的人。」他說。

「對啊，對啊，從頭到尾你都認定是派翠克．奧利里。」

「妳聽說派翠克和威妮夏怎麼了嗎？」他問。

「沒。」

「他們私奔了，想要結婚，目的地是格雷特納格林[43]。蘇格蘭警察去愛丁堡的彩鴻酒店接他們了。」

「格雷特納格林不是在敦夫里斯郡嗎？」

「對啊，他們還沒弄清楚怎麼去。人也很好找，因為他們在臉書打卡了。」

「白痴。」我說。

「還行啦，」尼爾說。「被愛沖昏頭的年輕人。」

我已經快睡著了，但我還有一點力氣可以打電話給我媽，報告行蹤。她問我有沒有看到尼斯湖水怪。我說牠去度假了。

克萊兒

我跟哈賓德在海灘上散步，踩過白色的沙子。今天早上天氣很好，閃閃發光的海水就像明信片的景色，背景是深色的山脈。

「我覺得很內疚，」我說。「我根本沒認出泰是海斯那個酒保，現在我才想起來我們吵架的時候，艾拉說那個酒保在對我拋媚眼。」

「不要自責，」哈賓德說。「妳當時不可能知道。」

「我不贊成喬琪跟泰交往，」我說，「只是因為他比她大了好幾歲。我還以為她跟他在一起會很安全。老天啊。」

「更重要的是，」哈賓德說，「赫伯特的情況還好吧？」

「獸醫說不嚴重，還好刀子沒刺穿重要的器官。他跟貓咪一樣，有九條命。」

「他很勇敢，敢對著泰撲過去。」

「沒錯，他很愛喬琪，會捨命保護她。保護我們兩個。」我不得不停下來擦擦眼淚。

㊸蘇格蘭的小鎮，離英格蘭只有三公里，每年約舉辦五千場婚禮。在蘇格蘭，女性十二歲及男性十四歲即可合法結婚，而且任何人都可以見證宣誓為情侶主婚。

「我們拘捕泰的時候，他手臂上有幾個很深的咬痕。」哈賓德說。

「很好。」我說。

「喬琪呢？她有什麼感覺？」哈賓德說。

「她嚇壞了，」我說，「但是今天早上，她一直說要原諒他。我不敢說我做好心理準備了沒有。」喬琪昨天晚上被送進了醫院，但她沒有受傷，幾個小時後就出院了。今天早上就能談論原諒和救贖，「不然他就贏了，懂嗎？」外婆跟我一起被鎖在客廳裡，聽我尖叫，那時我以為我女兒在樓上任人宰割，她也一樣平靜，幫所有人做了豐盛的早餐。「妳們需要補一補。」真有意思，外婆跟喬琪很像，我以前都沒注意到。

「對了，」我說，「赫伯特的腳掌受傷，是泰在照顧他，對不對？」

「對，」哈賓德說。「別忘了，泰在內心深處告訴自己，他要做妳想做的事。他知道妳有多愛赫伯特。我敢說妳在日記裡沒有批評過他。」

「從來沒有，」我說。「只有寫到我有多愛他，他對我有多寶貴。天啊，我覺得好糟糕，好像殺人清單是我寫的。」

「嗯，不要怪自己，」哈賓德說。「妳沒有叫泰為了妳當連環殺手，妳也從來沒想過會有人看到妳的日記。」

「《陌生人》呢？」我說。「泰應該也看過那個故事。所以才有那句引言……還有他殺死艾拉和瑞克的手法。」哈賓德昨天晚上告訴我瑞克的死因。

「他聽喬琪說的。喬琪很迷那個故事，泰應該在她房間裡找到了一本。我們在工廠裡找到了很多書，包括《白衣女人》、喬琪的一本《暴風雨》，和《陌生人》的幾個版本。讀太多書可能會很危險吶。」

我不知道她是不是在說笑。

「我們認為他從喬琪和她的朋友那邊學到要用蠟燭和乾燥花草。他也拿走了喬琪的黑曜石，這就不知道為什麼了。布萊恩妮・休斯應該給了創意寫作班的學生一人一顆石頭當作護身符。我去問話的時候，在她辦公室裡也看到一顆。」

昨天晚上，喬琪終於坦然聊起布萊恩妮・休斯這個人，喋喋不休說著她是白女巫，還教了喬琪怎麼召喚靈魂。我默默記在心裡，這件事需要再探聽一下，以後也不讓她去預科學院聚會了。但我也覺得很難過，想到這陣子她一直在讀小說寫小說，我卻不知道。

「石頭上有喬琪的指紋，」哈賓德的語氣像在閒聊。「所以我們也一度對她特別有興趣。」

「天吶，你們認為她有嫌疑嗎？」

「不算啦，不過我在她房間裡找到艾拉的照片，還沾了血。驗出來是動物的血，今天早上拿到結果了。我們去找赫伯特，他弄傷了腳掌，我覺得那時候照片已經在喬琪的口袋裡。」

我想起去獸醫院時喬琪抱著赫伯特的模樣。我們的英雄狗狗。

「我也懷疑過妳，」哈賓德說。「妳比較像會幹那種事的人。」

「謝謝妳喔。」

「但是，後來我們就把火力集中在派翠克．奧利里身上。他以前迷戀過艾拉，也有憎恨瑞克的理由。我們知道艾拉過世那晚，他去過艾拉家。然後他消失了，通常就是有罪的明確徵兆。他發給娜塔莎的簡訊說『地獄空蕩蕩』。他自認為好笑吧。」

「他也發了同樣的簡訊給喬琪，」我說。「你們找到派翠克和威妮夏了嗎？」

哈賓德翻了個白眼。「找到啦。他們住在愛丁堡的彩鴻酒店，研究怎麼去敦夫里斯加洛威。他們的爸媽今天會來接人。怎麼會妄想到格雷特納格林結婚呢？現在的孩子到底怎麼了？」

「喬琪說威妮夏很愛喬潔．黑爾，」我說。「她的人物都會私奔結婚。」

「事實上，喬潔．黑爾對婚姻的看法很實際，」哈賓德接住了話題，再度讓我在心裡驚嘆。「她絕不會忘記每個人都需要錢，我總覺得她有點像印度媽媽。」

「我從來沒想過妳也會看羅曼史。」

「我比較愛恐怖小說，」哈賓德把一塊石頭踢進淺水處，「但我也有過浪漫的時候。」

「泰都認了嗎？」我問。我希望他能認罪，不然我跟喬琪就要上法庭了。

「侃侃而談，」哈賓德說。「我的問題其實是不想讓他把所有的事情都說給蘇格蘭的警察聽。我希望能留給我跟尼爾。今天晚上的飛機，應該很歡樂吧，跟一個殺人犯銬在一起。但要我說比這更糟糕的情況，也不是沒有，例如告別單身的派對。」

「等我回薩塞克斯後，有機會見面嗎？」我說。我不想離開阿勒浦，但還有三個星期學校才放假。我應該在星期一回去。

「妳擺脫不了我的，」哈賓德說。「像這種案子，後續一定有很多事要處理。」

「生活好像不可能正常過下去，」我說，「但還是要繼續吧。」

「我認為『正常』被高估了，」哈賓德說。「但是，沒錯，我們要繼續活下去。沒有例外。」

我們走到了海灘的盡頭，回頭看著港灣。潮水湧了上來。我們的腳印在堅實的沙子上只留下淺淺的痕跡，再過幾分鐘，就會刷掉了。

在這個世界上，沒有什麼能永久隱藏。

後記

第三次

我們爬上螺旋樓梯，一語不發。耶誕節假期已經開始，學校也關閉了，但我可以聽到樓下遠處的時鐘滴答聲，還有地板膨脹時的嘆息聲。

「沒有屍體，看起來不一樣了。」哈賓德說。她破壞氣氛的功力真的一流。

東尼走了，去東北部的學院聯盟當校長。新的校長是莉茲．法蘭西斯，她要我申請副校長的職位。莉茲想把這個房間清掉，改裝成電腦間。她的想法是很好，但學校少了R．M．荷蘭的鬼魂，就不一樣了。

喬琪進來了，走到書桌旁。她停住腳步，看看相框裡的相片，然後她做了我從來不敢做的事：坐進R．M．荷蘭的椅子。

「喬琪，」我說。「不要坐在那裡。」我忘不了前兩次來這間書房的經驗。那張椅子之前坐過一個假人（要感謝派翠克．奧利里），還有瑞克的屍體。

「不能坐嗎？」喬琪說。「很好呀，能量很不錯。我覺得坐在這裡，我可以寫出很強大的作品。」

過去這幾個星期，這件事也讓我非常震驚——我女兒會寫作。她給我看了一段，雖然主題有點駭人，但她絕對有天分。或許我該感謝布萊恩妮．休斯培育了她的天賦，但我仍不想讓喬琪回去上課後班。

「或許我才應該坐在這裡，」我說。「有時候我覺得我永遠寫不完荷蘭的傳記。」

「亨利．漢米爾頓覺得妳可以。」喬琪臉上浮現狡詐的微笑。

我跟亨利上星期見過面，他仍對我的書很有興趣。但我沒想到，他也仍對我很有興趣。

希望自己別羞紅了臉，我說，「亨利覺得聖裘德學院應該能找到更多文件。如果我能解開荷蘭妻女的謎團，就有故事了。」

「解開謎團不是那麼容易，」哈賓德提醒我。「問警官，他們最清楚。」

「妳剛解了一個。」喬琪說。她仍坐在那張椅子上，雙手壓著記事簿。後方低垂的冬日夕陽照亮了她深色的秀髮，為她籠上一圈光暈。她看起來好美，好像前拉斐爾派的繪畫，突然好像個大人。我想，再過幾年她就會離開我了。

「嗯，也是靠泰的幫忙啦，畢竟他居然想殺掉妳。」哈賓德走到紅色的牆面前細看那些照片。

泰的案子要在春季審判。因為他認罪，全都供認了，哈賓德認為我和喬琪不需要提供證據。喬琪仍說她願意原諒他，但我還沒走到那一步。我不斷想起艾拉和她的爸媽，想起黛西．路易斯，還有對襲擊事件記憶猶新的賽門。只有赫伯特看似毫無創傷，真是感謝老天。他已經回歸原本的模樣。喬琪幫他買了一套麋鹿裝，準備過耶誕節。

「所以，他的妻子跟小孩，有什麼祕密？」哈賓德說。「或許我可以幫妳解開。」她的口氣充滿自信，就像剛申請參加偵緝警司的考試。

「荷蘭的妻子愛麗絲，可能自殺了，」我說。「而我們不知道女兒的情況。他在信裡提到瑪麗安娜，有一首詩是〈願M安息〉，但那女孩的生死都沒有紀錄，也沒有人找到她的墓。在亨利找到的一封信裡，荷蘭說到瑪麗安娜繼承了『母親的瑕疵』。可能是憂鬱症或心理疾病。不確定。」

「我看過愛麗絲的鬼魂，」哈賓德說。「我沒告訴妳們嗎？」

喬琪和我瞪著她。「沒有，」我說。「妳沒說過。」

「那是耶誕節後的學期，我那時十五歲，」哈賓德說。「我在一間舊教室裡，跟我男朋友蓋瑞．卡特親熱。卡特老師，地理科的。」她特別解釋給喬琪聽。

「天吶。」喬琪蒙住了臉。「好噁。」

「反正，我們兩個在那親熱，突然教室變得很冷。我們到了外面的走廊，看到一個白色的影子衝了過去。那個影子越過欄杆跳了下去，發出可怕的尖叫聲。就這樣。」

「看到鬼以後，有人死了嗎？」我的口氣有點酸，想到了學校的傳說。

「有啊，」哈賓德說。「就有人死了。」

「是她，」喬琪一臉興奮。「是愛麗絲．荷蘭。我們應該跟她連結。她在這裡不快樂，她想要繼續前進。」

「不行！」我的聲音響到把自己也嚇到了。喬琪坦承了召喚艾拉靈魂的事。四個青少年，應該吃披薩看《六人行》的時候，卻跟亡者打起了交道。我認為這也是布萊恩妮·休斯的錯。

「好啦，」喬琪說。「媽，吃顆鎮定劑吧。是妳想寫關於她的事情啊，這樣她才不能安息吧？」

「那不一樣，」我說。「但是，如果能解開瑪麗安娜的謎團，或許也是一種驅魔。」

「那個啊，」喬琪說。「我已經解開了。」

她起身，走向貼滿照片的牆。她指著在眼睛高度的一張黑白小照片。哈賓德看看我，我們兩人也靠了過去。

「與瑪麗安娜。」喬琪讀出了說明。

「但照片裡沒有其他人。」哈賓德說。

「王牌偵探，看清楚一點。」

我們靠過去，還是哈賓德先看到了。

「那隻狗。」她說。

在照片中間的地上，有團白色的東西，幾乎淹沒在灰色的草叢間。但絕對是一隻狗，不知道什麼品種，耳朵一隻豎起來一隻耷拉著，捲捲的尾巴緊靠著背部。

「母親的瑕疵，」喬琪說。「應該是那條捲捲的尾巴。」

「育種的人說那是同性戀尾巴。」我說。

「讚，」哈賓德說。「我覺得可以變成一種流行配件。」

「瑪麗安娜，」我說。「在荷蘭筆下，她是持續的慰藉，是個天使，個性溫暖和善。」

「跟赫伯特一樣。」喬琪換成她對赫伯特說話的聲音。

「他也說瑪麗安娜很喜歡他的小說《飢餓的野獸》。」

「我懂，」喬琪說。「我常把我寫的東西唸給小赫赫聽，他覺得我是個天才。」

「照片是誰拍的？」哈賓德說。

不過，那就沒有答案了。我們一起看著那張照片，那個人，那條坐在草地上的狗，一隻未知、鬼魅般的手捉住了這一刻。

《陌生人》，R．M．荷蘭著

「若您允許，」陌生人說，「我想說個故事。畢竟，路途遙遠，看這天色，一時也下不了車。那麼，何不說個故事，打發幾個小時呢？十月下旬的晚上，再合適不過了。

您在那裡舒服嗎？不要擔心赫伯特，他不會傷害您。就是這種天氣，讓他很緊張。好，我說到哪兒了？來點白蘭地驅寒，怎麼樣？您不介意用我隨身帶的這個酒壺吧？

嗯，我要說的是真實的故事。真實故事最棒了，您說對不對？更棒的是，這是我年輕時的親身經歷。我當時大概是您的歲數。

在劍橋念書。念的當然是神學。就我來看，沒有別的科目可以讀了，要說有，應該是英國文學吧。念神學的，就是幫人做夢的。我在那裡念了快一學期。我是鄉下來的，個性害羞，算挺孤單的。我不屬於風雲人物——那些人戴白色的領結，從容穿過中庭，好像上帝給了他們什麼特權。我很少跟別人聊天，平日就是去上課跟寫作業，我交了一個朋友，跟我同年級的男生，他也有獎學金，滿羞怯的一個人，他偏偏叫作格傑恩。我每個星期都寫信寄給母親。我會去教堂。對，那時候我還是教徒。我算是滿虔誠的——我們習慣只說『信』。所以，地獄社邀請我加入的時候，我吃了一驚。既驚又喜。我當然聽過這個社團。聽說過夜半時分的雜交，聽說過僕人進去打掃房間，被看到的景象嚇昏，聽說過出自《亡靈書》的神祕吟誦，聽說過埋起來的骨頭和裂開的墳墓。但是，還有其他的故事。很多成功人士的開端都在地獄社：政治人物，甚至有一兩個內閣成員，還有作家、律師、科學家、商業巨頭。你一定認得出他們，因為他們左邊的衣領上別了一個不仔細看還看不到的骷髏頭，他們的徽章。對，就像這邊這個。

所以，受邀參加入會儀式，我很高興。入會儀式那天是十月三十一日。萬聖節前夕，沒錯。紀念諸位聖人的前夕。您知道的，今天是萬聖節前夕。相信巧合的話，會覺得不是個好兆頭。

回到我的故事吧。儀式很簡單，定在午夜舉行。當然要在這個時候。我們三個新來的得進一間破房子，就在校園外面。有人輪流蒙上我們的眼睛，給我們一人一根蠟燭。我們要走到那棟房子，爬上一樓，在窗戶前面點起蠟燭。然後要大聲叫，『地獄空蕩蕩！』愈大聲愈好。等三個人都完成任務，就可以摘掉蒙眼布，回到社友旁邊。再來會舉行盛宴，可以狂歡一番。格傑恩……我說了嗎？可憐的格傑恩也是其中一個。格傑恩很擔心，因為不戴眼鏡的話，他什麼都看不到。但是，我跟他說了，反正眼睛會蒙起來。人不用眼睛也看得到世界運作的方法。

您冷嗎？風又大起來了，是不是？看這場雪如何對著窗戶連續發射攻擊。啊，火車又停下來了。我真的很懷疑今晚能不能繼續前進。

要來點白蘭地嗎？旅行的毯子就一起蓋吧。出門旅行的時候，我一定會為最糟糕的情況做好準備。這是美好人生的格言，年輕人。隨時準備好面對最糟糕的情況。

所以，說到哪裡了？哎呀，對了。因此，我跟格傑恩，還有第三個人，就叫他威伯福斯吧，一起走近那間房子。三個地獄社的既有成員遞了蒙眼布過來。他們當然蒙著臉，不過有些人聽聲音就知道是誰。巴斯蒂安勳爵和他的親信柯林斯。第三個人有外國口音，可能是阿拉伯人。

威伯福斯第一個蒙上眼睛。他出發了，舉著蠟燭，拿著一盒火柴，像個盲人般跌跌撞撞走向破房子。我們等了又等。寒冷的冬風在身旁呼嘯。對，就像這樣的風。我們等了一陣子，感覺就像過了一輩子，然後看到窗洞上閃爍著燭光。在夜晚的空氣中，微弱的叫聲傳了過來，「地獄空蕩蕩！」

我們歡呼，聲音在石頭與寂靜間迴響。巴斯蒂安拿了一根蠟燭給格傑恩，還有一盒火柴。格傑恩慢慢取下眼鏡，用布蒙住眼睛。

「祝你好運。」我說。

他笑了一笑。現在想起來，很有趣。他微微一笑，用手做了個奇怪的手勢，像店東一樣展開雙手，推銷他的商品。我看得很清楚，彷彿他現在就站在我面前。巴斯蒂安動爵推了他一下，格傑恩踏過結霜的草地，蹣跚前行。

等待，等待，等待。一隻夜禽叫了起來。我聽到有人在咳嗽，另一個人忍住了笑聲。我的呼吸粗重，但我想不透為什麼。

我們繼續等，最後，窗口出現了燭光。「地獄空蕩蕩！」我們回應的歡呼聲傳了出去。現在輪到我了。我拿到了蠟燭跟火柴，戴上了蒙眼布。夜晚除了立刻變得更黑，也更冷，更充滿敵意。我不等巴斯蒂安推我，就上路了。我很焦慮，希望能趕快結束。然而，看不見的時候，那段路感覺好長。我以為自己走錯了，我錯過了破房子，但是我聽到身後傳來巴斯蒂安的聲音：「笨蛋，直直走！」我伸長了雙臂，踉踉蹌蹌地前進。

手碰到了石頭。我到了破房子。我摸索著正面的牆壁，最後摸到了一個空處。門口。我在門口滑了一跤，重重跌在石板上，不過，我至少進了房子。裡面的風比較小，但寒意更甚。還有那片寂靜！寂靜圍繞著我，迴響再迴響，似乎壓在我身上，把我壓向地面。我發覺自己快折成兩段了，像背著袋子的乞丐。我聽到自己的呼吸聲，很不規律，像在打鼾。我慢慢挪向樓梯，只有呼吸聲與我為伴。

有多少階？他們跟我說二十階，但數到十五我就亂了。踩空的時候，我才發覺我到了平台。我以為格傑恩或威伯福斯會輕聲向我問候，但他們很安靜。等待。我一吋一吋往前移。我得找到窗戶，趕快結束這場默劇。我的手掃過前方牆上的灰泥，最後……到了！找到木質的窗台。我拉下蒙眼布，冰冷的手指笨拙地拿起火柴，點亮蠟燭。然後我在窗台上滴了一些蠟，把蠟燭立上去。

「地獄空蕩蕩！」我的聲音在我自己的耳朵裡感覺好微弱。就在那時，我轉過身，才看到腳邊的屍體。

在廢棄的房子裡，走廊上迴響著尖叫聲，我發現，那是我的聲音。我的朋友格傑恩死了，倒在我的腳邊。威伯福斯躺在不遠的地方。我摸摸兩人的脖子，尋找脈搏，但我知道無法挽回了。某個人，或某個東西，像來自地獄的野獸般撲向這兩個人，殺了他們。格傑恩的胸口刀痕累累，鮮血把衣服染成了紅色。他的雙臂展開，我可以看到他的掌心有傷口，如我們聖潔的主手上的聖痕，好可怕的褻瀆！我一開始以為威伯福斯也被刺死了，但在閃爍的燭光下細看，他是被勒死的，脖子上繞著拉緊的白布，讓他看起來恐怖到了極點。然而，殺手的刀子沒有放過他。匕首的把柄嵌入了他的胸口。

我渾身顫抖，手上的燭火在牆上弄出狂野的陰影，我怕到動彈不得，僵住了幾分鐘。因為，殺死夥伴的惡魔一定還在附近。現在，他會用血腥的雙手拿著血紅的刀子撲向我嗎？

但破房子裡一片寂靜。除了老鼠咬著地板的聲音，其他什麼都聽不見。然後，我聽到外面傳來的喊叫聲。「怎麼了？」柯林斯、巴斯蒂安和第三個人跑上了樓梯。蠟燭仍在我手裡，他們第一眼一定看到了我鐵青的面孔，映照著妖魔似的燭光，然後才看見場景中真正的可怖。

接下來發生的事，我想避而不談，或永遠忘記。我想通知學校裡管事的人，但巴斯蒂安勳爵指出我們會有麻煩，甚至可能去坐牢。他說，此外，地獄社可不樂見消息傳出去。其他兩人似乎很在意最後這一點，他們都是學長，您可別忘了。長話短說，我被說服了，最好的做法就是離開那棟可怕的房子，若無其事地回到學院。當然會有人發現屍體，警方也會開始調查，但我們要否認我們知道任何的細節。我們再也不會提起這個晚上。

「我們必須發誓。」巴斯蒂安說，他跪下來，把手指放到格傑恩手上的傷口裡，我滿心恐懼，想起多疑的多馬試探我們的主。

「發誓，」他說。「用他的血發誓。」

您能想像那個場面嗎？在燭光中，外面的風愈來愈強，巴斯蒂安站在那裡，手上沾了格傑恩的血。我們都快瘋了，不然我不知道該怎麼解釋。巴斯蒂安把沾滿血的大拇指壓在我們的額頭上，彷彿他是管理骨灰的牧師。記住，人類，你本是塵土，仍要歸於塵土。

「我發誓，」我們一個一個輪流說。「我發誓。」

接下來怎麼了？啊，親愛的年輕人，不需要那麼驚慌。時間過去了，因為時間一定會過去。有人發現了屍體。警方開始調查，但一直沒找到凶手。沒有人來問我那天晚上去了哪裡。初級院長特別來安慰我，因為我的朋友死了，我如實告訴他，我非常非常難過。他表示同情，但引用了一小段荷馬的《奧德賽》，令人心寒，肯定是為了培養堅忍的精神。勇敢點，我的心說；我是名士兵；我看過比這更糟糕的景象。就這麼結束了。拉丁文說 consummatum est，成了。

我當時是這麼想的。

聽風呼嘯的聲音。火車似乎都被撼動了，是不是？不過，我們在這裡很安全。畢竟，車廂之間沒有連通的門。沒有人可以進來或出去。要再來點白蘭地嗎？

接下來怎麼了？唔，平淡的真相是：沒什麼可說的。格傑恩的爸媽領走了他的遺體，他被葬在他的家鄉格洛斯特郡。我沒有參加葬禮。我不知道威伯福斯怎麼了。之前說了，警方一直沒找到凶手。過了一年，破房子拆掉了。我繼續學業。我覺得我變得很孤獨，有點奇怪。穿過庭院或坐在餐廳裡時，其他的學生會用奇怪的眼神看我。「就是他，」有一次，我聽到某人的耳語。「另一個人。」對彼得學院的大多數人來說，我想我變成了「另一個人」，可能連我自己也這麼想。

我很少看到巴斯蒂安或柯林斯。我現在是地獄社的正式成員，但我不參加他們的集會，也不去一年舉辦一次、聲名狼藉的「血腥舞會」。我多半待在自己的房間或圖書館裡。我跟同學的接觸僅限於射擊社的成員。跟他們在一起，起碼能得到一些單純、志同道合的時光。

畢業時我拿到一等榮譽學位，心滿意足。聽說巴斯蒂安勳爵入獄了，柯林斯沒能完成學位。但他們是其他學院的學生，我們早已走上不同的道路。我進了博士班，繼續大學時代已經習以為常的孤獨單身漢人生。

然後，在研究所的第一個學期，我接到相當奇怪的來信。那時是十一月，酷寒的一天，走向警衛室取信時，可以聽到冰霜在腳下破裂的聲音。並不是說我常收到很多信。母親偶爾會寫信來，我也訂閱了兩本學術性的神學期刊。就這樣。但這天，還有別的東西。蓋了外國郵戳的信件，上面的字跡很奇怪，是傾斜的。我懷著一點好奇心，打開了信封。裡面是波斯文的剪報。我當然不懂波斯阿拉伯文，但裡面附了翻譯，同樣的斜體字跡。上面說，一個名叫阿米爾・易卜拉希米的人死於一場古怪的意外，與熱氣球有關。上升時很順利，但在飛行途中，易卜拉希米掉出氣球下的籃子，墜落身亡。我把信翻來覆去，納悶誰會覺得我對這種駭人的事件有興趣。就在那時，我看到背面寫了幾個字。地獄空蕩蕩。然後，我想起來了，易卜拉希米是第三個人的名字，與巴斯蒂安和柯林斯一夥的。

另一個人。

易卜拉希米的死訊自然讓我飽受驚嚇。我記得我站在那裡，拿著那張剪報，然後回了房間，躺在床上發抖。誰會把這張攸關命運的報紙寄給我？誰用那種細長的斜體字寫下了譯文？又是誰在背面寫上了「地獄空蕩蕩」這幾個字？會是巴斯蒂安嗎？還是柯林斯？怎麼可能會有別人知道地獄社跟那可怕的一晚發生了什麼事？

接下來的幾天，我反覆沉思這幾個問題。真的，其他的事都不想了。不過到了最後，我還是拋開恐懼，繼續我的人生。畢竟，我還能做什麼？年輕的時候，我有健康，我有力氣。親愛的年輕朋友，您懂嗎？對，我知道您懂。青春就是囂張，本該如此。易卜拉希米死了，我很遺憾——我也真摯地為我的好友格傑恩感到哀傷——但我無力挽回他們的性命。因此，我繼續念書，甚至開始追求一名年輕女子，我導師的女兒。那年春天，我的生活很甜蜜，想到擺脫了死亡的遮罩，感覺更甜蜜。因為，那時候，我相信我已經擺脫了。

風呼嘯得真劇烈啊。

「接下來怎麼了？」啊，一再出現、沒有答案的問題。那就是敘事的本質，不是嗎？「拜託再看一頁。」孩子在睡前祈求著。只求能抵禦黑暗的恐怖。而您才剛離開童年，我親愛的年輕朋友。很自然，您應該想知道下一章怎麼了。

又過了一年。我與導師的女兒艾達訂了婚。我開始寫論文，題目是阿爾比派的異教。我也教大學部的課程，不過，真相是我教學扎實，卻平淡無奇。我聽到學生們低聲談論我，捕捉到「地獄社」和「謀殺」幾個字眼。但那年我選擇留在光明裡。我也得到了一個夥伴。對，就在這節車廂，在您面前的這隻動物。親愛的赫伯特是個好朋友，陪我度過我的試煉。比人類的隨從更真誠、更堅定。

秋天過去，到了萬聖節前夕。我承認，那可怕的一天平安無事地結束後，我鬆了一口氣。但是過了幾個星期，僕人在走廊裡談話，我聽到「柯林斯」這個名字，還聽到「被殺」。

我衝出房間質問僕人，我的盛怒嚇到了他們，「你們在說什麼？」

「先生，我們在說以前在國王學院的柯林斯先生，」這是他們的回覆。「我們聊到他去世的方式。非常不自然。」

「出了什麼事？」說話時，我感覺到一股冷意席捲全身。柯林斯，巴斯蒂安勳爵的同伴，以前是國王學院的學生。

「先生，他被殺了。他駕著自己的馬車穿過沼澤。從伊利出發，目標是劍橋，一切正常。沒有人知道發生了什麼事，但是隔天發現他的馬在亂跑，仍套在馬車上。警方派出搜索隊，發現柯林斯先生躺在溝渠裡。先生，他的喉嚨被割開了。」

「什麼時候的事？」

比較年長的僕人回答我。「先生，是萬聖節前夕。我記得，因為加入搜查的伯特說，看到那匹馬獨自狂奔，彷彿後有地獄的獵犬，他覺得身上的血液都要凝固了。」

又過了一個星期，剪報送到了。「劍橋男子陳屍沼澤。」而標題下草草寫著「地獄空蕩蕩」幾個字。

我解除了跟艾達的婚約。我配不上正派的人。我躲在房間裡，表面上在努力寫論文，實際上卻在寫我現在說給您打發時間的故事，我親愛的年輕朋友。故事的主題是地獄社，以及在破房子度過的萬聖節前夕。還有那幾具屍體與我們以同志的鮮血立下的誓言。還有易卜拉希米和柯林斯。還有似乎跟在我身後的復仇者。我一再寫下這幾個字：

地獄空蕩蕩。

十月三十一日再次來臨，我只剩一具空殼。我知道其他人很擔心我。導師想找我談話（但因為我那樣對待艾達，他十分恨我），初級院長甚至要求我與他會面，並在談話時一再強調人必須吃得好及規律運動。健康的心靈源自於健康的身體。要是他知道我真實的精神狀態，就會住口了。

我等了一整天。我沒有離開房間，因為我知道不論門鎖了沒，復仇者都會回來。隔天，到了萬聖節，我才聽到消息。深夜時分，我到小鎮上閒逛。我很喜歡在寂靜的街道上徘徊，獨自思考。但是，出了聖約翰學院，我看到一個傢伙站在警衛室的陰影裡抽菸斗，他叫艾格瑞蒙。我知道他是地獄社的成員，但我快步走了過去，不想與他交談。

「喂，等等。」他在我身後大喊。「你認識巴斯蒂安吧，對不對？」

「以前認得他。」我小心翼翼地回答，不過我的心在狂跳。

「你聽說他怎麼了嗎？很可怕的消息。」

「我不知道，」我說。「他怎麼了？」

「我剛剛才聽到僕人說，巴斯蒂安去搭火車。那種新型的，有連在一起的車廂。他從一節車廂走到另一節，火車突然分開了。他被壓死在車輪下。可憐的傢伙。死得真慘。」

我看著艾格瑞蒙，看到他蒼白的面孔，衣領上別著骷髏頭徽章。

「什麼時候的事？」我問。

「就昨天，」他回答。「明天一定會上《泰晤士報》。」

過了一個星期，剪報送到了，上面仍有我已然熟悉的附筆。

地獄空蕩蕩。

哎呀，今天就是那個日子，只有我還活著。親愛的年輕人，那真是一個好奇怪的想法。我相信，您活躍的大腦早已看出此處展開的模式，以及這個日期的不吉利。他為什麼要說這個故事給我聽？您心裡一定納悶了。我是否被選中了，要見證敘事者的死亡？

請您別怕。畢竟，我並未計畫搭上熱氣球，也不會駕著馬車穿過沼澤。我不能從空中筆直落下，或被拖在馬車的踏板上。

我確實在一列火車上，沒錯，但我不會離開這節車廂。

啊，親愛的年輕人。您好像僵住了。是白蘭地的關係吧，或者，是顛茄。不好意思，您會看到奇異的景象，您的視力也會受損。我敢說，即使是現在，我在您眼前也變了樣，變得水汪汪的，模糊不清。說不定，我已經完全消失了。不過，誰能說什麼是真，什麼是假？稍早我引用過一句話，人不用眼睛也看得到世界運作的方法。您看著我的模樣多狂躁啊，您的眼珠完全是黑色了。不過，您當然動彈不得。您知道的，我非常抱歉，我真希望無須變成這樣。但是，不論是什麼樣的惡魔，都要我獻上鮮血；那惡魔已經帶走了格傑恩、威伯福斯、易卜拉希米、柯林斯和巴斯蒂安的性命，還有許許多多的人，啊，沾滿了血腥——這東西不會滿足，除非再奪走另一個靈魂。噢，當然也要我的命。這一天，這個萬聖節前夕，注定是我的死期。報應到來的日子。地獄空蕩蕩，魔鬼在人間。食屍鬼在等候。它很餓，在狂風呼嘯及暴雨肆虐中，我聽見它的聲音。但我認為您能滿足它，因您是清白的靈魂。

別怕。結局一點都不疼。又有誰知道，在另一邊有什麼等著我們？或許，我只是讓您加快了速度，邁向至高的幸福。但願如此。我誠心希望。

再會了，親愛的旅伴。

致謝辭

R・M・荷蘭及荷蘭屋完全是想像的產物。不過，這棟房子確實參考了西迪恩學院，我在這裡教授創意寫作。我應該不需要特別聲明，此地的居民無論是否在世，與書中的任何人都沒有關係。在往斯泰寧的路上，有座廢棄的水泥工廠，但故事裡改動了周遭的環境。

感謝拉迪卡・霍姆斯壯（Radhika Holmstrom）的評論與建議，尤其是關於哈賓德及相關的背景。也感謝萊斯利・湯姆森（Lesley Thomson）一直以來的支持，她深受喜愛及懷念的貴賓狗就叫赫伯特，謝謝她讓我用這個名字。赫伯特活在我的書裡，以及他的接班人阿弗雷德身上。

這本書是新的冒險，我很感謝Quercus出版社每一個人的支持與熱誠。特別感謝超棒的編輯珍・伍德（Jane Wood），想起我們在布萊頓吃午餐時，天空變成黃色，讓我有了《陌生人的日記》的初步構想。誠心感謝泰瑞絲・基廷（Therese Keating）、漢娜・羅賓遜（Hannah Robinson）、奧莉薇亞・米德（Olivia Mead）、蘿拉・麥克瑞爾（Laura McKerrell）、凱蒂・沙德勒（Katie Sadler）、大衛・墨菲（David Murphy）及整個團隊。一如既往，感謝一直支持我的最讚經紀人蕾貝佳・卡特（Rebecca Carter），以及Janklow and Nesbit的全體人員。

本書從一開始便得到美國出版社的支持。非常感謝娜歐蜜・吉布斯（Naomi Gibbs）及Houghton Mifflin Harcourt的所有同仁，還有我的美國經紀人柯比・金（Kirby Kim）。

愛與感謝也要給我的丈夫安德魯，及我們的孩子艾力克斯和茱麗葉。這本書要獻給艾力克斯、茱麗葉及我的貓葛斯，他一直陪著我，給我靈感，也持續督促我。

Storytella 231

陌生人的日記

The Stranger Diaries

陌生人的日記 / 艾莉.葛里菲斯(Elly Griffiths)作 ; 嚴麗娟譯
. -- 初版. -- 臺北市 : 春天出版國際文化有限公司, 2025.01
面 ; 公分. -- (Storytella ; 231)
譯自 : The Stranger Diaries
ISBN 978-957-741-987-3(平裝)

873.57 113017169

ISBN 978-957-741-987-3
Printed in Taiwan

作　者	艾莉・葛里菲斯
譯　者	嚴麗娟
總編輯	莊宜勳
主　編	鍾靈
出版者	春天出版國際文化有限公司
地　址	台北市大安區忠孝東路四段303號4樓之1
電　話	02-7733-4070
傳　眞	02-7733-4069
E—mail	bookspring@bookspring.com.tw
網　址	http://www.bookspring.com.tw
部落格	http://blog.pixnet.net/bookspring
郵政帳號	19705538
戶　名	春天出版國際文化有限公司
法律顧問	蕭顯忠律師事務所
出版日期	二〇二五年一月初版
定　價	490元
總經銷	楨德圖書事業有限公司
地　址	新北市新店區中興路二段196號8樓
電　話	02-8919-3186
傳　眞	02-8914-5524
香港總代理	一代匯集
地　址	九龍旺角塘尾道64號 龍駒企業大廈10 B&D室
電　話	852-2783-8102
傳　眞	852-2396-0050